北大美学研究丛书·第四辑

章启群　主编

中国古代诗歌中的时间意识

从《诗经》到僧肇

许迪　著

四川人民出版社

图书在版编目（CIP）数据

中国古代诗歌中的时间意识：从《诗经》到僧肇 /
许迪著. -- 成都：四川人民出版社，2022.7
ISBN 978-7-220-12626-0

Ⅰ.①中… Ⅱ.①许… Ⅲ.①古典诗歌—诗歌研究—
中国 Ⅳ.①I207.22

中国版本图书馆CIP数据核字(2022)第082575号

ZHONGGUO GUDAI SHIGE ZHONG DE SHIJIAN YISHI CONG SHIJING DAO SENGZHAO

中国古代诗歌中的时间意识——从《诗经》到僧肇

许迪 著

出 品 人	黄立新
策划统筹	王定宇
责任编辑	母芹碧　何佳佳
版式设计	戴雨虹
封面设计	李其飞
责任校对	李隽薇
责任印制	祝　健

出版发行	四川人民出版社（成都三色路 238 号）
网　　址	http://www.scpph.com
E-mail	scrmcbs@sina.com
新浪微博	@ 四川人民出版社
微信公众号	四川人民出版社
发行部业务电话	（028）86361653　86361656
防盗版举报电话	（028）86361661
照　　排	四川胜翔数码印务设计有限公司
印　　刷	成都蜀通印务有限责任公司
成品尺寸	165mm×235mm
印　　张	15.75
字　　数	225 千
版　　次	2022 年 7 月第 1 版
印　　次	2022 年 7 月第 1 次印刷
书　　号	ISBN 978-7-220-12626-0
定　　价	58.00 元

主编寄语

　　用现代汉语言说和写作美学的历史，与北京大学具有血肉之关联。中国大学开出的第一堂美学课在北大，中国最早、最有影响力的美学著作作者在北大，几乎所有现代中国美学巨匠都在北大工作过或出身于北大。北大美学前辈们筚路蓝缕艰辛创造的辉煌，粗粗罗列即灿然大观，似乎不需多费力气，亦难以尽言。而有幸进入北大研习美学者，受前辈精神之熏染，得大师思想之滋养，寸草春晖，岂敢言报恩于万一！然学术之薪火相传，不能截然断绝于吾辈。而献曝之忱，亦难以阻遏。故而有本丛书之面世。

　　丛书第一辑、第二辑和第三辑分别在安徽教育出版社、商务印书馆和四川人民出版社出版，第四辑仍将由四川人民出版社出版。这个现象大概只能用缘分来解释。我自1993年以来没有申报国家科研项目，也没有申报各种奖项。在没有任何政府和个人资助的情况下，这套丛书至今将出版四辑共15本，在某种程度上亦验证了我的信念。我坚信，21世纪的中国，在任何情况下，纯粹学术一定能够找到适当的土壤，得以生存和发展。因为实现中华民族的伟大复兴，不仅要有新科学、新技术，还要有新学术、新文化。为这个信念而做出的坚守，其意义甚至比学术本身更大。

　　《淮南鸿烈》云："昔者仓颉作书而天雨粟，鬼夜哭。"

可谓惊天地泣鬼神！使用汉字是个极为神圣的事业，中国民间千年来素有"敬惜字纸"的传统。我辈尚能握管，即假学术之名，下笔千言，惟祈戒甚慎甚。然学养功力毕竟有限，缺点错误在所难免，期盼天下方家不吝示教。

大疫当前，煎熬苍生。苍生何罪？罪罚何由？思接千载，不知所云。念兹在兹，是祷是祝！

章启群

于封控中京西寓所见山堂

壬寅四月廿五，岁次2022年5月25日

导　言

　　时间不仅是个物理学问题，也是个哲学问题。亚里士多德认为时间具有独立于事物之外单向、均匀流动的属性，康德把时空看作人类先天具有的感性认识形式，而海德格尔的代表作《存在与时间》则论证了人的在世的本质与时间的内在关系："此在"的全部意义都是建立在"时间性"之上。

　　时间意识不仅与人的日常生存活动息息相关，而且是不同文化和不同哲学之间差异的一个标志。"时间的表象是社会意识的基本组成部分，它的结构反映出标志社会和文化进化的韵律和节奏。时间的感觉和知觉方式揭示了社会以及组成社会的阶级、群体和个人的许多根本趋向。"①也就是说，在一个时代里，不仅人们生存生活的方式，而且整个时代的文化生活模式和向度很可能都有着时间意识方面的根源。《文化与时间》一书即在这一理论前提下，对中国人、印度人、班图人思维中的时间意识知觉和历史观，以及希腊思想、犹太文化、基督教、伊斯兰教中的时间观和历史观进行了考察，认为时间是文化史上的一个重要课题。由联合国教科文组织编辑出版的系列丛书《在文化的交叉点上》，亦从时间的角度切入，通过时间观念众多差异的呈现，揭示不同的文明和文化传统之间的差异。

　　从历时性的角度看，时间意识同样成为展示人的生存境况与历史变迁

---

① 　［俄］A.J.吉列维奇：《时间：文化史的一个课题》，见［法］路易·加迪等著，《文化与时间》，郑乐平、胡建平译，杭州：浙江人民出版社，1988年，第313页。

的一个重要标准，因为时间观念及其被感知和体验的方式会随着时代语境的变化而变化。自时钟于13世纪末被发明之后，时间能够被精确地测量、分割与确定。以钟表、日历表现出来的矢量时间，成了完全独立于人事的工具。时间与测量时间推移的工具之间的关系，远比时间与在其中发生的现象的关系紧密得多。面对技术时代如此精密的时间体系，现代人完全由钟表记录的时间控制着，准确地定位最遥远的过去，也要求以规划的形式预见自己的未来。速度和效率的价值被无限高估，"时间就是金钱"成为人们对时间价值的评估。时间仍然自在地流逝，而人们却在"时不再来"的生活节奏中渐渐树立了时间的权威，成了时间的奴隶。时间此时作为一种"空洞的"抽象绵延，已经脱离了人的生命本身，转而成了技术时代的一个重要参数。"时间作为一种外在的、强大的自在之流而出现，时间成为一个对象、客体，成了人的异在力量，人与时间的关系问题开始成为一个严重的问题。"①于是，尝试着将目光回转到前技术时代，回到思想与文明的源头，梳理和审视古人原初对于时间的观照方式，或许能够获得一种反思技术时代的视角，并借以重新调整与修正人与时间的关系。这种对古人原初时间意识的考察，可以借助于考古发掘的材料，如古代随葬的工艺品和图像符号，也可以借助于现存的文献文本。

前一种考察早已引起了学界的兴趣和关注，例如葛兆光的《古代中国人的空间和时间观念》一文，即是通过对上古人类墓葬中的陪葬品的考察，来阐释和理解上古中国人的时间观念。他通过半坡瓮棺葬之陶盆（钵）下部的小孔，质疑这个小孔是否是为灵魂出入预留的通道，得出上古人已经有了"死后世界"的观念和"灵魂永存"的思想。又通过考古发掘的女神像或女性群像的丰乳肥臀，或者青海乐都柳湾男性裸体陶罐，推测上古人类对生命的诞生抱以一种神秘的想象和敬畏心理。巫鸿的艺术文化史的研究更是直接依据于考古发掘的材料，他的《黄泉下的美术》一书对中国古代墓葬艺术传统进行了全面的分析和考察，从空间性、物质性和

---

① 吴国盛：《时间的观念》，北京：北京大学出版社，2009年，第85页。

时间性三个观念性的角度阐释中国墓葬艺术的历史变迁。其中"时间性"一章，通过对墓主人遗体、墓葬中的器物、陪葬图像等多种对象的考察，讨论墓葬艺术所反映的时间秩序。英国汉学家鲁惟一在《汉代的信仰、神话和理性》书中"丧葬仪式"一节，同样通过分析坟墓中的随葬品，如马王堆一号汉墓中的帛画、坟墓中的TLV精美铜镜，来分析汉人的生死观念，认为"人们不仅试图把死者置于宇宙中的最适宜境地，而且试图提供一条通往来生的道路"[①]。而后一种考察，借助于现存的文献文本，主要是通过哲学论著与文学作品来展开。

中国思想史和哲学史上有诸多文本涉及时间意识的问题，今人对其的研究主要涉及经学传统中的《易传》、诸子中的庄子、天文学和律历学中的时间意识等。例如宗白华在他的《形上学》笔记中考察了《周易》中所包蕴的时空维度，从时空的角度对宇宙之"序秩理数"进行描述，认为革卦是中国时间生命之象，鼎卦是中国空间之象。革，乃观于四时之变革，以治历明时；鼎，乃观于空间鼎象以正位凝命。据此，他认为中国哲学既不是"几何空间"的哲学，也不是如柏格森所言"纯粹时间"的哲学，而是"四时自成岁"的历律哲学，是春夏秋冬的四时节序，与东西南北的方位合奏而成的历律。而"月令"学中的时间意识同样重要，中国古代的月令之学经出《管子》中的《幼官》《五辅》《四时》《五行》《七臣七主》《禁藏》《度地》《轻重己》等篇，《逸周书·时训解》《吕氏春秋·十二纪》纪首，《大戴礼记·夏小正》《淮南子·时则训》，以及发展至《礼记·月令》——古代月令系统集大成者。[②]其中时间图式在天人合一与阴阳五行的宇宙观影响下，通过物候、祭祀、政令等三重内容而凸显，是一种王官之时，并经由"四时迎气""顺时读令"等仪礼，渐次蜕变为极具象征意义的礼制时间。

---

① ［英］鲁惟一：《汉代的信仰、神话和理性》，王浩译，北京：北京大学出版社，2009年，第118页。

② 《逸周书·时训解》《吕氏春秋·十二纪》纪首、《淮南子·时则训》，与《礼记·月令》基本相同。

对中国古代哲学论著中的时间意识进行整体性的考察，也已引起了学者的研究兴趣。如刘文英的《中国古代的时空观念的产生和发展》一书，围绕时空的本质，时空抽象概念，宇宙时间空间的有限性与无限性、相对性和绝对性、间断性和连续性等问题，对中国古代的时空观念展开专题性探讨，系统地考察了中国古代时空观念的源流变化。

吴国盛的《时间的观念》一书力图揭示时间的多样性，旨在破除只把时间作为一个物理学哲学问题来思考的传统，以"展现时间对于理解中国文化的意义、理解基督教文化的意义、理解技术时代的意义、理解近代科学中两大传统——数理传统与博物学传统——之交汇与整合的意义"①。该书的第二章讨论了中国传统的时间观，认为"久""宙"是中国古代的测度时间概念，而"时"是更本源性的标度时间，"时"的概念以"天时"为基础，并融会了"时机""时运"之意，不仅与农时相关，而且与中国思想中强调天人相感、天人相通和天人合一的观念密不可分；再者，作者认为中国古人也有时间之流的概念，即"逝"。人们对个体的有限与历史的无限的感知，是时间之流的两种感知方式。虽然作者从测度时间、标度时间、时间之流等方面考察中国传统的时间观，抓住了"时"的概念的几个重要方面，但是，有些观点的论述不无有待商榷之处。例如，作者由孔子"未知生，焉知死"一句，认为"孔子对待死的问题采取回避的态度，认为要紧的是生的问题，死的问题可以存而不论"②。又如，作者认为"对死的淡漠，使古代中国人不信宗教，不信彼岸的真理，缺乏热情似火的宗教精神。相反，肯定此生，重视现实的生活，对世界充满乐观态度，是真正的中国精神"③。如此观点，显然背离了古文献的本意，在本书的论述中，可以看到与所列举两者不同的看法。

德国汉学家鲍吾刚的《中国人的幸福观》一书，以"寻找幸福"为枢

---

① 吴国盛：《时间的观念》，北京：北京大学出版社，2009年，第85页，第二版序第2页。
② 吴国盛：《时间的观念》，北京：北京大学出版社，2009年，第41—42页。
③ 吴国盛：《时间的观念》，北京：北京大学出版社，2009年，第42页。

纽，将中国几千年的历史串联了起来，认为围绕此主题的两个核心问题，即"中国人寻找的幸福是个人幸福还是社会幸福"，以及"他们希望这幸福是在此时此地还是彼时彼界找到"，是几千年来的中国文化史中反复出现的问题。"幸福"如果是一种现世的生存状态和感知，那么就必然涉及对生命、死亡、过去、现世、未来等的认识，都与时间意识直接相关。

而与时间意识相关的断代史研究，较为重要的两本书，一是英国汉学家鲁惟一的《汉代的信仰、神话和理性》，另有一本是余英时所著的《东汉生死观》。二者都主要从中国古代的哲学论著出发，阐释汉代人对"生与不朽""养生长寿""来生""死与神灭"等时间意识紧密相关的观念的变迁与发展。

与依托于哲学论著而展开的丰富的时间意识研究相比，从文学作品，特别是诗歌出发来审视时间意识，也已进入学术研究的视野，但成果稍显薄弱与分散，还没有成为学术界的热点与重点。

国内研究诗歌中的时间意识，较为重要的单篇文章是文学家陈世骧先生《"诗的时间"之诞生——〈离骚〉欣赏与分析》一文，作者认为现代人所理解的"时间"一词的明晰概念是从屈原的作品中诞生的。《离骚》中屈原所表达的生命焦虑，将人的存在和自我身份凸显了出来。作为《离骚》中心旨趣的"时间"，有别于此前时间所包含的季节、时机等意义，而是经受过洗礼而纯化了的"诗的时间"，其特征已被铸造成诗中的意象。

关注诗歌中的时间意识的专著，较为重要的有肖驰的《中国诗歌美学》。作者将诗歌中的时间意识分为个人的、历史的、宇宙的三种，并将这三种时间意识与儒、道、释分别关联。作者认为，儒家思想主要是个人时间与历史时间，或者历史时间与宇宙时间的某种结合；道家是从宇宙时间的角度来关注个体生命；而佛家却在日常生活和自然山水中消解了时间。钱志熙的《唐前生命观和文学生命主题》一书，以生命意识为主线，注重文学发展中群体、个体的精神意识，在对生命意识的解读中，文学之为人之文学的意味更加清晰。最直接与诗学的时间问题相关的是史成芳的

《诗学中的时间概念》一书，作者在发现了宇宙时间的由过去向未来的矢量发展，人的时间的过去、现在、未来的三维结构，以及诗学的再现、在场和解构三者的"隐喻体系"关系后，非常有效地将宇宙时间、生命时间和诗学时间加以并置，揭示了人类时间体验和艺术体验的神秘关联域，进而对经验—回忆、在场—叙事、空无—拼接模式作了精彩的描述，从而为文学本体论的建构提供了有力的依据和有深度的阐释。

国外研究诗歌中的时间意识的专著，主要有保尔·利科的《虚构叙事中时间的塑性》和加斯东·巴什拉的《空间的诗学》等两本书。《虚构叙事中时间的塑性》认为，时间在以叙事方式被衔接时成为人的时间，并且力图在纪实的时间（即人们生活中的时间）和在自然中与叙事同时流逝的时间之间建立直接的联系。《空间的诗学》一书认为，空间并不是物体填充于其中的容器，而是人类意识赖以存在的居所。因而作者关注文学意象的心理动力，并从此角度对空间作系统性分析，建构出具有存在意义的栖居空间诗学。这一角度改变了着重关注物质空间的传统，引导人们转而关注"内部精神空间"。

综上所述，中外学者已经对文学作品或者诗歌中的时间意识这一问题作了颇有开创性的探索研究。但这些研究大多是从文学理论的角度来展开，目的也是为了完善文学理论的建构，为文学的本体论提供解释角度和依据。本书所要进行的研究，是在前人研究所奠定的基石上，尝试将目光回转到前技术时代，回到思想的源头，梳理和审视古人原初的时间观照方式，期许能够获得一种反思技术时代的视角，并借以寻找人与时间关系的重新调整与修正。因此，本书的目的不仅在于从时间问题出发，形成诗歌研究的一种新思路，而且在于指向一种我们当下生活的切实意义。

当然，这种对于研究目标的期许并不是闭门造车。事实上，从《诗经》《楚辞》开始，至两汉魏晋，时间意识一直牵引着文人敏感的神经。在这一时期的人们心中，持续保持着大化迁逝、瞬息易改的时间意识：诗歌中暗含着丰富的时间喻像和意识，频繁出现诸如日月、朝露、飘尘、落花等喻像，诗歌的共同主题——生死、游仙、隐逸，等等，都透露着诗人对时间的感喟和敏感神经。在古人的思维中，时间绝不是如技术时代一般，是一种钟表化、机械化的标度，并不是一个外在于春耕夏种、秋收冬藏的抽象之物，而是人们观照宇宙人生的生活向度，是他们通过处世方式和生命态度而体现的生命价值观。

所以，本书拟依循于编年顺序，依次从先秦、两汉、魏晋的诸多诗歌中筛选出若干代表性作品，采用个案分析和历史叙事相结合的方法，结合诗歌的语义分析，力图揭示每一历史时段中诗歌的一般时间意识特征，进而阐明从先秦至魏晋这一历史时期诗歌中时间观的一般性发展，以此尝试形成一种诗歌时间观的断代演化史。

本书具体论述如下：

第1章考察《诗经》，论证其中包含的时间意识。第一是日常生活形式。第二，时间意识不仅是生活的时间指南，也成为人们感知生命和表达情感的工具。第三，周人将个体生命延伸到现实之外，因此对于时间的关切自然延展至权命、时运、先王等三方面。先民对国之权命、人之时运的喟叹，与对先祖之德的追述结合一体，是从生命观和历史观的角度阐发的时间意识。

第2章考察《楚辞》中的时间意识，论证其时间意识包含对过去、现在、未来等三重时间维度的关注。首先，对逝去时间的追念，表现为屈骚诗人对尧舜禹、彭咸等先王、先贤的颂念；其次，现世存在的矛盾性，即生不逢时的境遇，表现出对时间流逝的紧迫感与"美政"的政治理想之间的巨大张力；最后，政治理想的破灭迫使诗人到超现实的虚构时空中归返帝丘，寻求灵魂的安顿。这三重维度的时间意识是在儒家思想和宗子维亲思想的影响下形成的。

第3、4章考察汉乐府诗，论证汉人的时间意识不仅包括对"此世性"的关注，也包括对死后世界之"彼世性"的构筑。

第5章以"三曹"诗文为中心考察建安诗歌，探讨人命逝速、死为必然，立功、立言与不朽之关系，游仙的生命意义等诸多命题。

第6章从"生命迁逝""吊古忧时""求仙放游"三个侧面展现魏晋

时期玄学家阮籍诗文中的时间意识，认为"嗟叹社会现实—吟叹自我生命—期叹求仙游时"的时间意识演进逻辑彰显了诗人在生存论层面的深度悖论和张力。

第7章以"生存"为关键词，从生存本质、生存修养、生存境界三维度着眼，展现"竹林七贤"群体领袖级人物嵇康诗文中的生存哲学智慧。

第8章考察东晋时期郭璞的《游仙诗》，展示《游仙诗》中的神仙时间观所确立的世界，并最终认为郭璞将生命安顿于"似仙实隐"的时空之中。

第9章考察东晋陶渊明的田园诗，揭示陶渊明抱持的玄学生死观，其耕隐的田园时间对传统农耕时间的升华，以及其"笃意真古"的复古心态。

第10章考察山水诗人谢灵运诗文中的时间意识，认为其以山水时间为主要表征的时间意识因"出"与"处"的生命选择而触发，在山水诗歌中实现了"迁逝"与"去远"的空间化呈现。

第11章通过回顾《物不迁论》的造论源起、论证及思想观点，较为完整地呈现僧肇的时间观，认为其佛玄并糅的时间体悟形式通过申明"动静不二"之"不迁"义，既消解了时间的存在，又开列出了独特的精神境界。

第1章
《诗经》中的时间意识

　　《诗经》是我国最早的诗歌总集，也是"五经"之一。因此，《诗经》不仅具有重大的文学价值，也具有重大的学术史和思想史的价值。《诗经》的研究著作至今可谓汗牛充栋，除了字词训诂、义理考辨之外，对于《诗经》的思想研究亦洋洋大观。但是，从时间意识切入，进而探索《诗经》思想史内容的另一侧面，至今未见有分量文字。本章运用文本分析的方法爬罗剔抉，试图从思想史的角度对《诗经》中的时间意识做出初步探讨，认为在《诗经》中，第一，时间是日常生活形式。第二，时间意识不仅是生活的时间指南，也成为人们感知生命和表达情感的工具。第三，周人将个体生命延伸到现实之外，因此对于时间的关切自然延展至权命、时运、先王等三方面。先民对国之权命、人之时运的喟叹，与对先祖之德的追述结合一体，是从生命观和历史观的角度阐发的时间意识，这是古代社会宗教观念的必然反映。

1.1　时间：自然的时序

　　在中国古代社会，由于科学知识的匮乏，先民尚没有形成对时间概念的抽象认识。他们在农耕和日常生活的实践中感知物候、天象，将与狩猎、采摘、祭祀、庆典等日常生产与生活密不可分的时间知识载录于册或吟咏成歌。在《殷礼征文》中，王国维首先指出，殷之先王从上甲开始，即以十干的日为名。①"以日为名"的殷制"说明时间观念的发现是人类最初的意识生产"②，也"反映了对于自然环境变化的把握，特别是对于时间概念的掌握"③。

这种通过对自然时序的把握而呈现的时间意识为周人所承继。在《诗经》中就有诸多诗篇是将对自然中的时间意象的感知吟咏成歌，或为农耕生活提供客观的时间指南，或兴起诗人的某种特殊情感。

《诗经·豳风·七月》中的时间记载，便是属于这种朴素的口头流传的农时歌谣，时间在此时被理解为"时令"或者"节令"。

> 七月流火，九月授衣。一之日觱发，二之日栗烈。无衣无褐，何以卒岁？三之日于耜，四之日举趾。同我妇子，馌彼南亩，田畯至喜。
>
> 七月流火，九月授衣。春日载阳，有鸣仓庚。女执懿筐，遵彼微行，爰求柔桑。春日迟迟，采蘩祁祁。女心伤悲，殆及公子同归。
>
> 七月流火，八月萑苇。蚕月条桑，取彼斧斨，以伐远扬，猗彼女桑。七月鸣鵙，八月载绩，载玄载黄，我朱孔阳，为公子裳。
>
> 四月秀葽，五月鸣蜩。八月其获，十月陨萚。一之日于貉，取彼狐狸，为公子裘。二之日其同，载缵武功。言私其豵，献豜于公。
>
> 五月斯螽动股，六月莎鸡振羽。七月在野，八月在宇，九月在户，十月蟋蟀入我床下。穹窒熏鼠，塞向墐户。嗟我妇子，曰为改岁，入此室处。
>
> 六月食郁及薁，七月亨葵及菽。八月剥枣，十月获稻，为此春酒，以介眉寿。七月食瓜，八月断壶，九月叔苴。采荼薪樗，食我农夫。

① 王国维：《殷礼征文·殷人以日为名之所由来》，《王国维遗书·第九册》，上海：上海书店出版社，1983年，第1页。
② 侯外庐：《中国思想通史(第一卷)》，北京：人民出版社，1957年，第61页。
③ 侯外庐：《中国思想通史(第一卷)》，北京：人民出版社，1957年，第61页。

九月筑场圃，十月纳禾稼。黍稷重穋，禾麻菽麦，嗟我农夫，我稼既同，上入执宫功，昼尔于茅，宵尔索绹。亟其乘屋，其始播百谷。

二之日凿冰冲冲，三之日纳于凌阴。四之日其蚤，献羔祭韭。九月肃霜，十月涤场。朋酒斯飨，曰杀羔羊。跻彼公堂，称彼兕觥，万寿无疆！①

《豳风·七月》是迄今可见最早描述季节与农耕生活的文献，诗歌从七月开始，依次描述了每个月的物候、天象、农事活动（如：春分后采桑，八月织布、收割，十一月田猎等）以及人们在农忙、秋收、酒宴、祭祀等生产、生活过程中喜乐哀苦的丰富情感。此外，《大雅·韩奕》《大雅·泂酌》《周颂·天作》《周颂·思文》《周颂·臣工》《周颂·噫嘻》《周颂·丰年》《周颂·载芟》《周颂·良耜》《周颂·清庙之什》等篇也记载了当时的农业生活。其中的时令记载反映出农业生产的周期性是同日月星辰这些天象变化的周期性相适应的，以素朴的物候、气象来表征的自然时序是人们安排生产和生活的客观时间尺度，具有高度的实用价值。

1.2 对于时间的感受内容

除了上述对生活实践的实用意义外，《诗经》中对自然时序和季节时令的描写，还有一些是为了寄情于自然之景，正如刘勰所说的"情以物迁，辞以情发"。

一、望夫。如"其雨其雨，杲杲出日"（《卫风·伯兮》），叙写独守空闺的妇人像干旱时盼望雨泽一般急切盼望丈夫归家；"瞻彼日月，悠悠我思"（《邶风·雄雉》），写尽妇人对远行丈夫的怀念。

---

① 蒋见元、程俊英：《诗经注析》，北京：中华书局，2009年，第406-415页。本章以下所引《诗经》原文与相关解释均来自此书。

二、悼亡。"夏之日，冬之夜。百岁之后，归于其居！冬之夜，夏之日。百岁之后，归于其室！"（《唐风·葛生》），妇女悼念亡夫，愿死后共归一处，然夏之日、冬之夜都如此漫长，身处异处，相见何难。

三、感逝。"昔我往矣，杨柳依依。今我来思，雨雪霏霏。"（《小雅·采薇》）；"昔我往矣，黍稷方华。今我来思，雨雪载涂。"（《小雅·出车》），以乐景写哀，哀景写乐，用时间意象反衬从军远戍之凄苦，以及安然归来之欣慰；"明明上天，照临下土。……二月初吉，载离寒暑。……昔我往矣，日月方除。曷云其还？岁聿云莫。……昔我往矣，日月方奥。曷云其还？政事愈蹙。……"（《小雅·小明》），叙写小官吏久服远役，抚今惜往，悲悯自己经年不归、思友不得的沉郁心情；又如《卫风·氓》中"桑之未落，其叶沃若"到"桑之落矣，其黄而陨"的自然时序发展过程，正暗合了主人公从恋爱、结婚、受虐到被弃的过程。

四、悲秋。这些寄情于景的比兴中，尤以描写秋天的无尽寂寥之味[①]为最多，而"这种描写，却并不是为了抒发秋天的无限的寂寥之味，而多半是为了借此而抒发忧愁悲哀的感情"[②]。如《诗经·小雅·四月》之"秋日凄凄，百卉具腓。乱离瘼矣，爰其适归"，郑笺有"凉风用事而百草皆病，兴贪残之政行，而万民困病"，描写的就是一位常年行役在外的大夫，过时而不能归祭，悲愤烦忧之情郁结于心，与寒凉秋风的侵袭

---

① 这成为汉赋及其后文学中大量"悲秋"诗之滥觞。"在汉代诗歌中，秋的季节感即已被利用；但在魏晋时代，秋景被更经常地利用来表现悲哀、忧愁的感情。"（［日］小尾郊一：《中国文学中所表现的自然与自然观》，邵毅平译，上海：上海古籍出版社，1989年，第30页。）譬如，魏文帝的《杂诗》如下："漫漫秋夜长，烈烈北风凉。展转不能寐，披衣起彷徨。彷徨忽已久，白露沾我裳。俯视清水波，仰看明月光。天汉回西流，三五正纵横。草虫鸣何悲，孤雁独南翔。郁郁多悲思，绵绵思故乡。愿飞安得翼，欲济河无梁。向风长叹息，断绝我中肠。"（《曹丕集校注》，魏宏灿校，合肥：安徽大学出版社，2009年，第67—68页。）李善注云，这首诗是诗人在西征之旅中，因思念故乡而作，诗中的秋夜写景"俯视清水波，仰看明月光。天汉回西流，三五正纵横。草虫鸣何悲，孤雁独南翔"引出了"郁郁多悲思，绵绵思故乡"的浓厚情感以及思归乡而不能之"向风长叹息，断绝我中肠"的喟叹。

② ［日］小尾郊一：《中国文学中所表现的自然与自然观》，邵毅平译，上海：上海古籍出版社，1989年，第29页。

互为融洽，加之江汉泉水等景物的触发，发而为伤时伤己之喟叹。又如《诗经·豳风·七月》之"春日迟迟，采蘩祁祁，女心伤悲，殆及公子同归"，郑笺有"春女悲，秋士悲，感其物化也"。

五、行乐。《唐风·蟋蟀》云"蟋蟀在堂，岁聿其莫。今我不乐，日月其除。无已大康，职思其居。好乐无荒，良士瞿瞿。……今我不乐，日月其迈……蟋蟀在堂，役车其休。今我不乐，日月其慆。无已大康，职思其忧"。作者于"蟋蟀在堂""役车其休"之岁暮感怀，宣扬人生当及时行乐，但又自警不要享乐太多，万不可彻底堕落。正如方玉润《诗经原始》云，此人"强作旷达，又不敢过放其怀，恐耽逸乐，致荒本业。故方以日月之舍我而逝不复回者为乐不可缓，又更以职业之当修、勿忘其本业者为志不可荒"①。

较之《唐风·蟋蟀》的矜持节制，《唐风·山有枢》所力倡的及时行乐则更加恣纵，"子有衣裳，弗曳弗娄。子有车马，弗驰弗驱。宛其死矣，他人是愉。……子有廷内，弗洒弗埽。子有钟鼓，弗鼓弗考。宛其死矣，他人是保。……子有酒食，何不日鼓瑟？且以喜乐，且以永日。宛其死矣，他人入室"。放浪形骸之态与晋昭公时期的"有财不能用，有钟鼓不能以自乐，有朝廷不能洒扫"的风气迥然相异。

又如，《秦风·车邻》贵族妇人咏唱享乐生活，"今者不乐，逝者其耋。……今者不乐，逝者其亡"；《小雅·頍弁》"如彼雨雪，先集维霰。死丧无日，无几相见。乐酒今夕，君子维宴"，都极言人生几何、及时行乐的思想，"行乐之词，乃以斥（涩）苦之音出之，开后来诗人许多忧生昔日之感"②。

以上诸篇都力倡及时行乐的生活态度，成为《古诗十九首》、魏晋六朝时期诗歌中频繁出现的因对人生苦短的喟叹，转而游山水或隐逸以优游之思想的滥觞。

---

① 方玉润：《诗经原始》，李先耕点校，北京：中华书局，1986年，第252页。
② 钟惺《评点诗经》之语，转引自蒋见元、程俊英：《诗经注析》，北京：中华书局，2009年，第309页。

与此相反的则是行乐另一方的痛苦。《邶风·柏舟》抒写诗人在黑暗势力打击下的忧愁和痛苦;《邶风·终风》叙写一个妇女受强暴男子的调戏欺侮而无法抗拒或避开,诗中以天阴、刮风、下雨、打雷比喻男子的欺侮行动。

1.3　天命观之一:"权命"

《诗经》中的时间意识,既有"自然之天"所包蕴的自然时序和时间意象,为先民农耕生活提供指南,"兴"起人们的丰富情感;也有因对"宗教之天"的关切而产生的"天难谌,命靡常"的天命观。

该天命观的构成可分为"天"和"命"两个方面,"天"既是人世王朝政治权利和政治寿命[①]的授予者,又是人世历史及命运的主宰者;相对应地,"命"既是指国家的政治权命,也是指个体生命的时运。周人对命运的观念便是依附于此天命观发展而来,以下两节,通过对"天"与"命"的交互阐发,从对国之"大我"和人之"小我"两方的关注中,我们可以看到周人对待历史和现实生命的矛盾心态,一方面是日渐凸显的理性精神和忧患意识,另一方面是对个体生命深深的焦虑之感。

"敬天、尊上帝、配天命"是周人所秉持的宗教。[②]这里的"天""天帝""天命"合而为一,如《大雅·烝民》篇中"天生烝民,有物有则",胡承珙《毛诗后笺》云"有物指天,有则指人之法天"[③]。首先,这个"天"是运命、权命的授予者,而君王受命于天,其德行应该配于天

---

① 陈来认为,"这里所说的'命'不能仅仅作'令'来解释,应当是指运命、权命"。(陈来:《古代宗教与伦理——儒家思想的根源》,北京:三联书店,1996年,第164页。)

② 侯外庐:《中国古代社会史论》,石家庄:河北教育出版社,2000年,第126页。

③ [清]胡承珙:《毛诗后笺》,郭全芝校点,合肥:黄山书社,1999年,第1443页。

命。① 如《周颂·维天之命》篇"维天之命，于穆不已。于乎不显，文王之德之纯！……骏惠我文王，曾孙笃之"；《周颂·昊天有成命》篇"昊天有成命，二后受之"；《周颂·时迈》篇"时迈其邦，昊天其子之？实右序有周"，都认为昊天祚周以天下，是自有明令和定命，文武为王，是受藉天命而为之。

其次，上帝的威仪不仅表现在它有作为权命授赐者的绝对权力，而且"天"或"天道"是有神格的存在，它"作善降之百祥，作不善降之百殃"。一方面，天是人事的护佑者，如《小雅·桑扈》篇周王宴会诸侯，席间感叹"君子乐胥，受天之祜"，认为众诸侯的喜乐是受上天的庇佑赐福，而这种庇佑又是可以随时流逝的，如"肆皇天弗尚，如彼泉流"。另一方面，可惧可畏的天意会通过民情而传达，会因嗔怒于君王的不作为而暴虐降灾于人间，使人民"无敢戏豫""无敢驰驱"。如《大雅·板》所载"上帝板板，下民卒瘅。……天之方难，无然宪宪。天之方蹶，无然泄泄。……天之方虐，无然谑谑。……天之方懠，无为夸毗。……天之牖民，如埙如篪，如璋如圭，如取如携。……敬天之怒，无敢戏豫。敬天之渝，无敢驰驱。昊天曰明，及尔出王。昊天曰旦，及尔游衍"。诗中第一个"上帝"是诗人不敢直称厉王，而以上帝来暗喻，此后的"天"及"昊天"均指有神格的"宗教之天"，昊天在上，自有威仪，因而诗人告诫周厉王要敬畏上天的变怒。

---

① 《尚书》中已有天授赐人世王朝以权命的思想，如"有夏多罪，天命殛之！……夏氏有罪，予畏上帝，不敢不正。……尔尚辅予一人，致天之罚"（《尚书·汤誓》）；"先王有服，恪谨天命……罔知天之断命……天其永我命于兹新邑"（《尚书·盘庚》）。（《今古文尚书全译》，江灏、钱宗武译注，贵阳：贵州人民出版社，2009年，第112、156页。）然而，这里的"'天'与'上帝'都只是一种作为自然与人世的主宰的神格观念，这种纯粹的主宰神格观念，未曾涉及德、民、人等，应属早期"。（陈来：《古代宗教与伦理——儒家思想的根源》，北京：三联书店，1996年，第167页。）而周人的宗教观里，君王要持续保有天命，必须做到"敬""仁""诚"，此外"天命"是有明确的道德意义的，如"敬德""保民"。陈来据此认为，"商人的世界观是'自然宗教'的信仰，周代的天命观则已经具有'伦理宗教'的品格"。（陈来：《古代宗教与伦理——儒家思想的根源》，北京：三联书店，1996年，第168页。）

最后，时王为了保有权命，就不仅要敬畏上帝的威仪，所谓"畏天之威，于时保之"①，更要"明德慎罚""用康保民"，使其德行上配于天。在周公写给卫君康叔的告诫书《康诰》中，周公反复强调"用康保民，弘于天，若德裕有身，不废在王命"，"敬哉！天威棐忱，民情大可见"。②《诗经》中也有"无念尔祖，聿修厥德。永言配命，自求多福"（《大雅·文王》）；"帝迁明德，串夷载路。天立厥配，受命既固"（《大雅·皇矣》）；"大邦维屏，大宗维翰。怀德维宁，宗子维城"等表述。

可见，从时间意识的角度来看，周人对权命的认识已经具有了强烈的现实感和忧患意识，不再像殷人那样盲目地信从上天的授命，认为人世现实的一切安排以及权命都是上天的永恒授予；而是更理性地认为人必须主动地实际参与历史的进程，并从自身的行动中寻找历史变革的前因后果，将"服命"与"敬德"相结合，这是防止帝命迁迁的谨小慎微，也从效果上打破了对天命的必然性和永恒性的执念。③

---

① 卡西尔认为，人类"把神性看作强于自身的一种力量，而且这种力量不能以巫术的强制手段而只能以祈祷和献祭的牺牲形式获得"。（卡西尔：《神话思维》，黄龙保等译，北京：中国社会科学出版社，1992年，第244页。）周人也借由祈天、禘神之礼来表达对上天的敬畏，如《大雅·云汉》篇是周宣王当政之时，在"天降丧乱，饥馑荐臻。靡神不举，靡爱斯牲"的状况下，仰天求雨的祷词，诗中有宣王的"事天之敬"，也有"事神之诚"，而祈求降福的神明有很多，包括天神、地神、前代诸侯的神（群公）、前代贤达的神（先正）、死去父母的神以及祖先的神。《大雅·抑》亦云"神之格思，不可度思，矧可射思"，认为神明的到来是不可预测的，人们应该对其敬畏而笃信。

② 《今古文尚书全译》，江灏、钱宗武译注，贵阳：贵州人民出版社，2009年，第276页。

③ 陈来认为，"西周的天命观是'有常'与'无常'的统一，'无常'是指天所命赐给某一王朝的人间统治权不是永恒的，是可以改变的，'有常'是指天意天命不是喜怒无常，而有确定的伦理性格"。（陈来：《古代宗教与伦理——儒家思想的根源》，北京：三联书店，1996年，第193页。）而周人对于命运的观念（第四节将要论述）正是依附此"天命观"发展而来的。

1.4　天命观之二：“时运”

正是因为理性精神的凸显和忧患意识的兴起，具有永恒意义的上天意旨在周人那里变得不再那么确定，他们转而相信天命是变动的；加之《诗经》记载的周代时期的社会生活，正处中国奴隶社会从兴盛到衰败的时期，当世之时，频有幽王、厉王等昏暴之君当政，时有卑劣臣子谄媚辅政，加之贵族贪婪成性，战争频仍，徭役繁重，构怨连祸。人们在此时运之下常喟叹时运不祥、天命不佑，常恐罹谤遇祸，产生“天命靡常”的生命观，如：

> 天命靡常。（《大雅·文王》）
>
> 天难忱斯，不易维王。（《大雅·大明》）
>
> 民莫不逸，我独不敢休，天命不彻，我不敢效我友自逸。（《小雅·十月之交》）

“忱”，三家诗作“谌”，感叹天命靡常，难以相信，为王不易，这些思想与《周书》中“天命不易”“天命谌”“惟命不于常”的思想是一致的。“天命靡常”的危机感，促发人们或逃避厌世，或祈命永年，凡此种种个体生命体验也是《诗经》中时间意识的重要内容。

1.4.1　叹不济之宿命

《小雅·小弁》篇中“民莫不谷，我独于罹。何辜于天，我罪伊何？……假寐永叹，维忧用老。……天之生我，我辰安在？”诗人失去双亲而无所归依，将“我独于罹”的痛楚归之于天，认为生时不善，因而时运不祥。又《召南·小星》中“嘒彼小星，三五在东。肃肃宵征，夙夜在公，寔命不同。嘒彼小星，维参与昴。肃肃宵征，抱衾与裯，寔命不犹”，小官吏为朝廷办事，夙夜征行，作诗自述勤苦，却也把这种辛劳归结为“不敢慢君命”之宿命。《唐风·鸨羽》篇中劳动人民常年经受无休止的徭役压迫，居处无定，征役无极，旧乐难复，更不得养其父母，怨愤至极，只能将忧闷归之于天，《史记·屈原列传》云"夫天者，人之始也；父母者，人之本也；人穷则反本。故劳苦倦极，未尝不呼天也；疾痛惨怛，未尝不呼父母也"①，这也是对难逃之宿命的悲痛呼告。

1.4.2 厌世

更甚者是产生以厌世的生活态度来面对"各敬尔仪，天命不又"（《小雅·小宛》）的自伤无奈，《王风·兔爰》就完整地侧写了没落贵族的厌世思想，"有兔爰爰，雉离于罗。我生之初，尚无为。我生之后，逢此百罹，尚寐无吪！……我生之初，尚无造。我生之后，逢此百忧，尚寐无觉！……我生之初，尚无庸。我生之后，逢此百凶，尚寐无聪！"崔述《读风偶识》认为"幽王昏暴，戎狄侵陵，平王播迁"是诗人"逢此百罹"的社会背景，如此构怨连祸使得部分贵族失去了土地和人民，地位突变，家室飘荡，因而产生了不乐其生的厌世思想。

1.4.3 祈天永命

同样是斤斤于个人沉浮，有些人厌不乐生，有些人却祭祀以求长寿，这类祈天永命的思想多见于为贵族颂德或贵族祭祀祖先的诗篇中，"在这些诗篇中祖先神被理解为可以来到宗庙享用祭献的存在，并赐福和保佑子孙"②。

如：

> 南山有台，北山有莱。乐只君子，邦家之基。乐只君子，万寿无期。……乐只君子，万寿无疆。……乐只君子，德音不已。……乐只君子，德音是茂。……乐只君子，遐不黄耇？乐只君子，保艾尔后。

① 司马迁：《史记》，韩兆琦译注，北京：中华书局，2010年，第5376页。
② 陈来：《古代宗教与伦理——儒家思想的根源》，北京：三联书店，1996年，第133页。

（《小雅·南山有台》）

报以介福，万寿攸酢。……永锡尔极，时万时亿。……使君寿考。（《小雅·楚茨》）

寿考万年。……曾孙寿考，受天之祜。……报以介福，万寿无疆。（《小雅·信南山》）

君子万年，福禄宜之。……君子万年，宜其遐福。……君子万年，福禄艾之。……君子万年，福禄绥之。（《小雅·鸳鸯》）

君子万年，介尔景福。……君子万年，介尔昭明。昭明有融，高朗令终。令终有俶，公尸嘉告。……君子万年，永锡祚胤。……君子万年，景命有仆。……从以孙子。（《大雅·既醉》）

1.5 祭享：链接古今时间

"天命谌，命靡常"的天命观及其引发的对生命和命运的思考之外，《诗经》中还有许多追念先王之德、祭享祖先的篇什，既有托古讽今之辞，也有褒赞先王德行之誉。从时间意识的角度看，海德格尔曾指出历史性是"此在的演历的存在建构"，"此在的存在在时间性中发现其意义。然而时间性也就是历史性之所以可能的条件，而且历史性则是此在本身的时间性的存在方式"。[1]也就是说，历史性是时间性的存在方式，因而历史也是时间性展现自身的一种方式。所以祭享祖先是通往过去的时间，但指向现世存在，具有链接古今时间的作用，反映了周人从线性时间视角对历史展开思索的一个侧面和方式。

1.5.1 托古讽今

如《大雅·瞻卬》篇：

---

[1] ［德］海德格尔：《存在与时间》，陈嘉映、王庆节合译，北京：三联书店，1987年，第25页。

瞻卬昊天，则不我惠。孔填不宁，降此大厉。邦靡有定，士民其瘵。蟊贼蟊疾，靡有夷届。罪罟不收，靡有夷瘳。……不自我先，不自我后。藐藐昊天，无不克巩。无忝皇祖，式救尔后。

讲述周幽王乱政亡国，诗人慨叹"藐藐昊天，无不克巩。无忝皇祖，式救尔后"，上天渺茫难测，令人敬畏，若幽王能不忝其祖（指文王、武王），悔过自新，那么天意还是可以扭转，子孙亦可蒙福。

又如，《大雅·烝民》篇中"古训是式，威仪是力"，"缵戎祖考"即是称颂仲山甫能效法先王、祖先之遗典，有礼有节，恪居官次而不懈于其位。再如《大雅·召旻》"昔先王受命，有如召公，日辟国百里。今也日蹙国百里。于呼哀哉！维今之人，不尚有旧？"官吏在幽王之政行将覆灭之时，感慨今昔君王各承受天命而为王，然行政之效能差异迥然，刺今王之余不免流露出对先王之政的眷念。《大雅·荡》亦有"靡不有初，鲜克有终。……天降慆德，女兴是力。……天不湎尔以酒，不义从式。……匪上帝不时，殷不用旧。虽无老成人，尚有典刑。……殷鉴不远，在夏后之世"。诗人哀伤厉王无道，天下荡荡，假托周文王批评殷纣的口气，告诫厉王殷之明镜不远，要引以为戒。

1.5.2 赞先王之德行

《诗经》的《雅》《颂》中有若干诗篇是对先王之德的追念，通过追溯开国历史赞誉先王，告诫时王效法先王的德行，效法旧制典章，而文王、武王是最常被提起的先王典范。

《大雅》中有六首诗，叙述周人从始祖后稷创业至建国的历史，具有史诗的性质。如《大明》篇唱道：

明明在下，赫赫在上。天难忱斯，不易维王。天位殷适，使不挟四方。……昭事上帝，聿怀多福。……天监在下，有命既集。文王初载，天作之合。……有命自天，命此文王，于周于京。……保右命

尔……（《大雅·大明》）

以天命难测，殷商失国领起，"明明、赫赫"赞文王之德，通过追溯武王伐纣的历史，力证"文王有明德，故天复命武王"。又如：

> 皇矣上帝，临下有赫。……上帝耆之，憎其式廓。……帝迁明德，串夷载路。天立厥配，受命既固。……帝省其山，柞棫斯拔，松柏斯兑。帝作邦作对，自大伯王季。……载锡之光。受禄无丧，奄有四方。……帝谓文王，无然畔援。……帝谓文王，予怀明德。（《大雅·皇矣》）

此诗通过"叙大王、大伯、王季之德，以及文王伐密伐崇之事"[①]，追念周王室先祖的"明德"。

追述先王之德很重要，是为了给时王树立施行德政的标杆，以告诫时王效法先王之德。如《大雅·下武》篇云：

> 下武维周，世有哲王。三后在天，王配于京。王配于京，世德作求。永言配命，成王之孚。……永言孝思，孝思维则。……昭兹来许，绳其祖武。於万斯年，受天之祜。……於万斯年，不遐有佐。

"下武"，毛诗序云"继文也，武王有圣德，复受天命，能昭先人之功焉"，即武王能顺德，以成其祖考之功。《大雅·维天之命》也赞美文王之德之纯，於穆不已，曾孙之辈应该对之敬笃之，就是告诫时王要顺从并执行文王的美政善道。

周人除了对先王的德行追慕不已，更是对旧制典章赞赏备至，毕竟为政治国，兴国安邦，不仅要有德行兼备的君王，更要有行之有效的典章规

---

① ［宋］朱熹：《诗集传》，北京：中华书局，1958年，第184页。

制。如《大雅·抑》篇有：

> 于乎小子，告尔旧止，听用我谋，庶无大悔。天方艰难，曰丧厥
> 国。取譬不远，昊天不忒。回遹其德，俾民大棘！

毛诗序认为此诗是卫武公刺周厉王之诗，厉王"颠倒厥德，荒湛于酒"的作风与先王的"抑抑威仪，维德之隅"形成强烈反差，卫武公于是苦苦劝解厉王如若执行旧的典章制度，还有济世救国之希望。

又如《周颂·我将》篇"仪式刑文王之典，日靖四方。伊嘏文王，既右飨之。我其夙夜，畏天之威，于时保之"。高亨《周颂考释》认为，《我将》篇是"叙写武王在出兵伐殷时，祭祀上帝和文王，祈求他们保佑"①，祝祷词中，武王自许要效法文王施政的典章，用它来平定天下。

而在众多祭享、追念中，文王、武王是《诗经》中最常被嘉许的先王典范，《文王》中唱道：

> 文王在上，於昭于天。周虽旧邦，其命维新。有周不显，帝命不
> 时。文王陟降，在帝左右。……穆穆文王，於缉熙敬止。……仪刑文
> 王，万邦作孚。（《大雅·文王》）

歌颂文王"受命作周"，"文王陟降，在帝左右"即是说文王的神明在天上，一升一降之间，无时不在上帝的左右，以使子孙蒙其福泽。又如《周颂·闵予小子》唱道：

> 於乎皇考！永世克孝。念兹皇祖，陟降庭止。……於乎皇王！继
> 序思不忘。

---

① 转引自蒋见元、程俊英：《诗经注析》，北京：中华书局，2009年，第945页。

　　此为成王于武王之丧时，告于祖庙，思慕父亲、祖父，警戒自己的诗篇。这里"皇考"指武王，"皇族"指文王，"皇王"兼指文王、武王。

　　海波·斯宾塞曾从社会学的角度解释这种远祖崇拜，他说："凡超乎寻常的东西，初民都认为超自然的或神圣的；都认为是其本族中的一个非常人物。这非常人物，也许只是一个被认为该族之创业远祖，也许只是一个有力气有勇气的头目，也许只是一个有名的医病的人，也许只是一个发明了某些新事物的人……也许只是战争得胜的外来氏族或异族之一员。……久而久之，便成一定的崇拜仪式……凡对死者崇拜，不论死者为同族或异族，都可视为广义的祖先崇拜，祖先崇拜可以说是一切宗教的根源。"①

　　祖先崇拜在殷人那里既包括对先公先王的享祀，也包括求帝降命，殷代还因此产生了"先妣皆特祭""先王和先妣合祭""甲日祭甲"的特殊祭礼。侯外庐认为"殷人的宗教不论崇祀先公先王，或求帝降命，帝王都是指的祖先神"②。

　　周人因袭商人旧俗，所谓"人惟求旧""启以商政"，即周人依然尊崇"先哲王"，但在周人那里，先王和上帝发生了分离，据上文"国之'时运'"一节中，我们可以看到，上帝在《诗经》中又被称为天、皇天、昊天，这个"天"是"自然之天"，先王是受了皇天之命才得以称王而施化天下，有美行善德才能克配于天。所以周人的宗教观是在"先王以外另设一个上帝，再由上帝授命给先王，使先王'克配上帝'"③。先王是受了皇天大命的，于是后王必得"享孝先王"，以求先王赐福。于是便出现了上述所概括的追述先王之德的篇什，或为祈福，或为讽喻以刺后王。

---

① 转引自侯外庐：《中国古代社会史论》，石家庄：河北教育出版社，2000年，第204页。
② 侯外庐：《中国古代社会史论》，石家庄：河北教育出版社，2000年，第205页。
③ 侯外庐：《中国古代社会史论》，石家庄：河北教育出版社，2000年，第207页。

1.6 小结

"时间"不仅是科学研究的对象，也是重要的哲学问题。人类历史在时间中展开，个体生命也必定具有时间的存在测量尺度。

《诗经》中的时间意识，第一是日常生活形式。我们看到，由于科学知识的匮乏和农耕生活的需要，"以日为名"成为先民对时间概念的最初表达，这种对自然时序和时间意象的敏感，发展至周人得以扩展和丰富。

第二，时间意识不仅是生活的时间指南，也成为人们感知生命和表达情感的工具。望夫、悼亡、感逝、悲秋、行乐等是《诗经》中人们借自然景态、时间意象以抒发感念的重要主题。

第三，周人将个体生命延伸到现实之外，因此对于时间的关切自然延展至权命、时运、先王等三方面。《诗经》中对权命和时运的关注，代表了周人在"天难谌，命靡常"的天命观影响下而产生的对生命、命运的基本看法，是周人的生命观的集中体现；而对先王之德的追述[①]、祭享，是通往过去的时间，但又指向现世存在，反映了周人的历史观。以上两种时间意识，都是古代社会宗教观念的必然反映。

---

① 由于周人"先王与上帝分离"之宗教观，打破了殷代宗祖与祖先神合一的一元宗教观，在先王与宗族之外另辟"上帝"，这个"上帝"也被称为"天"或者"昊天"，不仅是有情感的，而且是帝命的授予者。此观点王国维和郭沫若均有论述和考证，在《观堂集林·释天》中，王国维通过考查卜辞中"天"和"帝"二字的写法，加之确定卜辞中只有祀祖祀帝的记载，而无祀天的记载，以及先王被通称祖帝的事实，断定商人的宗教是帝祖一致，并统一到祖先崇拜里。

第2章
《楚辞》中的时间意识

　　自屈原及其作品产生以来，思想界对屈原及《楚辞》的研究就从未断绝，至今已有两千多年的历史。今人学者的著作亦汗牛充栋，涉及文学、版本学、地理学、历史学、哲学等诸多领域。不仅研究的深度与广度仅次于孔子及经学研究，而且常于重要问题上不断出现商榷、论争与再论争之文，屡见机锋。总体来讲，现有成果有其固有的解释脉络，如阐述章句、考证史实，辨争屈原其人的存在与否；或以校勘、训诂、考证的方法确定《楚辞》各篇的作者、作时与写作动机；或以文本分析的方法讨论各篇的题旨和史源，等等。概言之，即"校其文，明其例，通其训，考其事，定其音"①。

　　但从时间的角度切入《楚辞》的文本，探究其思想史意义的另一侧面，目前却鲜有有分量的文字。本章以文本分析的方法探赜钩深，认为《楚辞》中的时间意识包含对过去、现在、未来等三重时间维度的关注。首先，对逝去时间的追念，表现为屈骚诗人对唐尧舜禹、彭咸等先王、先贤的颂念；其次，现世存在的矛盾性，即生不逢时的境遇，对时间流逝的紧迫感与"美政"的政治理想之间的巨大张力；最后，政治理想的破灭，迫使诗人到超现实的虚构时空中归返帝丘，寻求灵魂的安顿。这三重维度的时间意识是在儒家思想和宗子维亲思想的影响下形成的。

---

① 游国恩：《离骚纂义》，引自《游国恩楚辞论著集·第一卷》，北京：中华书局，2008年，第2页。

2.1 "伤时": 逝去的时间感怀

明人胡应麟《诗薮·内篇》评价《离骚》: "屈原式兴,以瑰奇浩瀚之才,属纵横艰大之远,因牢骚愁怨之感,发沉雄伟博之辞。上陈王道,下悉人情,中稽物理。"①这里的"上陈王道",很重要的一部分即是屈原及其后的屈骚诗人②对先王、贤臣之德的追思、惺惺相惜,即所谓"修先王之术,慕圣人之义",于追怀往古中,满含愤懑之意,体现了对先贤的遥遥相知之情。

具体到文本中,首先是诗人常称道的"先王",例如:

> 高辛之灵盛兮,遭玄鸟之致诒。(《九章·思美人》)
>
> 依前圣以节中兮,喟凭心而历兹。……汤禹俨而祗敬兮,周论道而莫差。(《离骚》)
>
> 汤禹严而求合兮,挚咎繇而能调。(《离骚》)
>
> 汤禹久远兮,邈而不可慕。(《九章·怀沙》)
>
> 彼尧舜之耿介兮,既遵道而得路。……忽奔走以先后兮,及前王之踵武。(《离骚》)
>
> 尧舜之抗行兮,瞭杳杳而薄天。(《九章·哀郢》)
>
> 尧舜圣已没兮,孰为忠直?……往者不可及兮,来者不可待。

---

① [明]胡应麟:《诗薮》,上海:上海古籍出版社,1979年,第4页。
② "楚辞,一般被认为是以屈原为代表的战国诗人所创作的一种文体,自刘向将屈原、宋玉等人的作品选辑成集并命名为《楚辞》,楚辞又成为一部诗歌总集的名称。"(见《楚辞》,林家骊译注,北京:中华书局,2010年,前言第1页。)可见,《楚辞》是以屈骚作品为核心的一个专称,因此楚辞作家就是一个群体,包括屈原(作品有《离骚》《九歌》《天问》《九章》等)、宋玉、贾谊、淮南小山、东方朔、刘向、王褒、严忌等,前两位为战国时楚国人,后六位均为汉代人。今人学者姜亮夫在研究著作中,将两者分别表述为屈宋赋和汉人赋,本书中将楚辞作家通称为屈骚诗人,两者的区别在于: "屈赋"是汉人对《楚辞》作品在文体类别上的界定;而"骚体"是从体式和精神性质上对《楚辞》的定位,以《离骚》的体式和精神为核心。本书在行文表述中,通称楚辞作家为"屈骚诗人",是为此二故。

（《七谏·初放》）

　　惟往古之得失兮，览私微之所伤。尧舜圣而慈仁兮，后世称而弗
忘。（《七谏·沉江》）

　　济沅湘以南征兮，就重华而陈词。（《离骚》）

　　驾青虬兮骖白螭，吾与重华游兮瑶之圃。（《九章·涉江》）①

　　从以上列举的十项②可以看出，屈骚诗人所称道的"先王"主要是唐
尧禹舜汤文武，而我们知道在卜辞和金文里，以及殷周人的《训诰》《雅
颂》里并没有尧舜的存在，《诗经》里所推重的先王之德，也都是周文、
武、成王，而未提尧舜，可见《楚辞》中对尧舜禹等"前王"的极力推崇
是和儒家的古史观相一致的。

　　尧舜在春秋战国以来的传说中是有圣德的帝王，《尚书·帝典》
《史记·五帝纪》等均有记载可供展开传说的全貌，《楚辞》记载尧"姚
告""举任""袭兴""舜摄"及"克明俊德"的慈仁忠直，是儒家思想
的具体展现。而"《楚辞》引用古帝王事迹者，莫详于舜，而赞叹欣赏，
亦莫高于舜"③，舜的品质、德行是屈子心中的个人典范④，"就重华而
陈词"（《离骚》）是屈子在耿介不容、中情毋察之时，就重华以决疑，
达到"义可用，善可服"的归依；"重华不可遌兮"（《九章·怀沙》）
是在屈子困顿于众人不知其"重仁袭义，谨厚为丰"之时，期望能遇到重
华，感受他的知音相惜；在《涉江》中，"吾与重华游兮瑶之圃"，是屈
子思慕能与圣帝同游，表达自己的行义高洁，抗志高远，借对重华的景

---

① 本章中《楚辞》原文均引自《楚辞补注》。（《楚辞补注》，［宋］洪兴祖、白化文
　　等点校，北京：中华书局，1981年。）以下引原文处均不复加注。
② 所列事例，不尽完备，《楚辞》中还有大量与此相关的文句，涉及的贤王、贤后有尧
　　舜禹汤、后稷、文王及楚之三后，乃至王该、王季、上甲微、齐桓、晋文；贤后有
　　《离骚》所求四女：姜嫄、宓妃、湘君、湘夫人等。
③ 姜亮夫：《楚辞通故·二》，昆明：云南人民出版社，2000年，第11页。
④ 姜亮夫：《楚辞通故·二》，昆明：云南人民出版社，2000年，第14页。"屈子心中
　　之重华，盖以为个人之典型，或就之以决疑，或叹其不遇，或冀能同游。"

慕，映照了顷襄王时期的庸暗荒唐。

其次，诗人借由所推崇的历史人物，如夷吾、申徒狄、伯夷、介子推等来传递敬仰之情，如：

> 齐桓失于专任兮，夷吾忠而名彰。（《七谏·沉江》）
> 驱子侨之犇走兮，申徒狄之赴渊。若由夷之纯美兮，介子推之隐山。（《九叹·惜贤》）
> 行比伯夷，置以为像兮。（《九章·橘颂》）

贤者申徒狄安己修善，不见进用，故避世不仕，自沉江河；伯夷、叔齐让国离世、不食周粟，而以身殉道，等等。以上古之贤人的德行，亦得到儒家的大力推崇，如《论语·季氏》载："齐景公有马千驷，死之日，民无德而称焉。伯夷、叔齐饿于首阳之下，民到于今称之。其斯之谓与？"[1]

而在《楚辞》所载的古之贤能中，最为屈骚诗人所推崇的是彭咸，如：

> 謇吾法夫前修兮，非世俗之所服。虽不周于今之人兮，愿依彭咸之遗则。……既莫足与为美政兮，吾将从彭咸之所居。（《离骚》）
> 望三五以为像兮，指彭咸以为仪。（《九章·抽思》）
> 夫何彭咸之造思兮，暨志介而不忘！（《九章·悲回风》）

关于彭咸的真实存在与否，为何朝贤臣、介士，投水之故等，历来学者多有不同理解。颜师古说："彭咸，殷之介士，不得其志，投江而死。"[2]王逸注："彭咸，殷贤大夫，谏其君不听，自投水而死。遗，余也。则，法

---

[1] 杨树达：《论语疏证》，上海：上海古籍出版社，1986年，第438页。
[2] ［汉］班固：《汉书·扬雄传》，颜师古注，北京：中华书局，1962年，第3522页。

也。言己所行忠信，虽不合乎今之世，愿依古之贤者彭咸余法，以自率历也。"①今人学者黄灵庚据《国语·郑语》关于祝融之后的记载，推测"彭咸大约是生于殷纣无道之世的贤大夫，与屈原有相似的人生际遇"②。可见，彭咸、屈原两人同为乱世中遭遇昏君斥责、放逐的贤臣。屈原之所以以彭咸为仪，视彭咸为心目中理想人格的代表，盖因为他们对生命存在的价值有相似的认知，为了坚守正直和高洁的品德，不愿随世俗而苟且，而宁愿以死殉道，可谓"独耿介而不随分，愿慕先圣之遗教"（《九辩》）。

最后，诗人亦借由忠良却遭遇不幸的历史人物，如申生、申胥、比干等来表达自己对历史与现实的困惑。如：

> 晋申生之离殃兮，荆和氏之泣血。吴申胥之抉眼兮，王子比干之横废。（《九叹·惜贤》）
>
> 伊思兮往古，亦多兮遭殃。伍胥兮浮江，屈子兮沉湘。（《九怀·尊嘉》）
>
> 傺念兮子胥，仰怜兮比干。《九思·哀岁》
>
> 求介子之所存兮，见伯夷之放迹。……望大河之洲渚兮，悲申徒之抗迹。（《九章·悲回风》）

申生体性慈孝，却遭谗言而自杀；伍子胥忠诚进谏，被赐属镂之剑以死；比干止谏，以死相争，惨遭剖心而成菹醢。诗人思往古之时，感慨贤臣亦多有遭受殃患。

以上借由对前王和贤臣的颂念来表述对失去的时间的追述，是屈骚诗人通过文学塑形投射在外的时间经验来表达的对于历史和世界的看法。通过对历史人物的回顾和推崇，过去了的行为世界与作者当下的内省世界相交织，被重提的过去因而增添了当下的意义。

---

① ［宋］洪兴祖：《楚辞补注》，白化文等点校，北京：中华书局，1981年，第13页。
② 黄灵庚：《楚辞与简帛文献》，北京：人民出版社，2011年，第75页。

2.2 "哀时命"：现世存在的矛盾性展示

《楚辞》之所以关切失去的时间，不断追述过去了的时间经验，将短暂的静思时刻用于张举先王、贤臣的德行，通过回忆投射出一个保持内心"中正"原则的意义世界，根源在于诗人所身处的现世存在有着太深切的困顿。"哀时命"（生不逢时、国之多忧；时间流逝、志竟未成）与"美政"的政治理想之间的巨大张力，是现世存在的矛盾性之所在。

2.2.1 生不逢时、国之多忧

生不逢时、时命不济，是《楚辞》中诗人最常发出的对时运和生命的嗟叹。如：

> 忳郁邑余侘傺兮，吾独穷困乎此时也。……曾歔欷余郁邑兮，哀朕时之不当。（《离骚》）
>
> 阴阳易位，时不当兮。怀信侘傺，忽乎吾将行兮！（《九章·涉江》）

而命运乖蹇，多是因为社会风气邪僻、世俗不分是非，导致贤愚错位；众人嫉贤妒能，亲近谗佞小人而远离贤人君子，喜欢遮蔽美善而称扬邪恶。如诗人所言：

> 世溷浊而嫉贤兮，好蔽美而称恶。……怀朕情而不发兮，余焉能忍与此终古。（《离骚》）
>
> 众并谐以妒贤兮，孤圣特而易伤。怀计谋而不见用兮，岩穴处而隐藏。……世从俗而变化兮，随风靡而成行。（《七谏·沉江》）

诗中亦有大量词句以秋冬之肃杀为契机，叙遭际，抒情志，以自然

时态之凄凉衬托衰败的楚国之凶险的时局①，渲染当时的家国之悲，国之多忧的社会氛围。例如《九辩》篇以"悲哉秋之为气也！萧瑟兮草木摇落而变衰"起句，奠定全文的感情基调，被后世奉为"悲秋之祖"。其后接"皇天平分四时兮，窃独悲此凛秋。白露既下百草兮，奄离披此梧楸。去白日之昭昭兮，袭长夜之悠悠。离芳蔼之方壮兮，余萎约而悲愁。秋既先戒以白露兮，冬又申之以严霜。收恢台之孟夏兮，然欿傺而沉藏"，写尽秋之萧索的自然情态下国之将亡、士人怆凄的悲凉。

2.2.2　时间流逝、志竟未成

一面是遭遇世道人心的无可奈何，一面是自然时光的倏忽流逝让人唏嘘不已，可谓"日月逝矣，岁不我与"②，诗人有时直抒胸臆，感叹韶华易逝；有时以自然事物随寒暑迭迁而花开渐败自伤。如：

> 岁曶曶其若颓兮，时亦冉冉而将至。蘋蘅槁而节离兮，芳以歇而不比。……吾怨往昔之所冀兮，悼来者之愁愁。（《九章·悲回风》）
>
> 恐天时之代序兮，耀灵晔而西征。微霜降而下沦兮，悼芳草之先零。……春秋忽其不淹兮，奚久留此故居？（《远游》）
>
> 惜余年老而日衰兮，岁忽忽而不反。登苍天而高举兮，历众山而日远。……寿冉冉而日衰兮，固僤回而不息。……非重躯以虑难兮，惜伤身之无功。（《惜誓》）

---

① 考察《战国策》《吕览》《荀子》《贾子春秋》等发现，其中多有对楚国之凶险时局的记载。如《战国策·中山策》载："是时楚王恃其国大，不恤其政，而群臣相妒以功，谄谀用事，良臣斥疏，百姓心离，城池不修，既无良臣，又无守备。故起（白起）所以得引兵深入，多倍城邑，发梁焚舟，以专民以，掠于郊野，以足军食。"（见《战国策》，缪文远、缪伟、罗永莲译注，北京：中华书局，2012年，第1060页。）

② 杨树达：《论语疏证》，上海：上海古籍出版社，1986年，第442页。

太阳西下，秋霜沉降，春去秋来不停留，白蘋杜蘅已枯落，想到草木错杂将凋零，芳香消散生机全无，岁月流逝而不停息，怅恨错失了美好时光，感叹年龄渐长日见衰老，寿命恐难久长，令人惆怅自感悲凉。

面对天时易过，人年易老，尽是岁月落空的悲凉与伤逝感，诗人或以暂且漫步，独遣忧伤的洒脱态度来自处，所谓"富贵有命，天时难值，不可数得，聊且游戏，以尽年寿"①。如：

> 时不可兮再得，聊逍遥兮容与。（《九歌·湘君》）
> 老冉冉兮既极，不寖近兮愈疏。（《九歌·大司命》）
> 留灵修兮憺忘归，岁既晏兮孰华予。（《九歌·山鬼》）

个人之志竟未成，因而充满遗憾。感叹时光流逝，半生已过了，仍身陷悲凉蹇滞的处境，滞留在外而一事无成。相似诗句还有"年既已过太半兮，然埳坷而留滞"（《七谏·怨世》）；"岁忽忽其若颓，怜余身不足以卒意兮"（《七谏·自悲》）；"生天地之若过兮，功不成而无效"（《九辩》），等等，仍渴望在"年岁未晏，余饰方壮"之时能周流上下。

此外还有因国家之功败垂成而忧虑。《离骚》有云："汩余若将不及兮，恐年岁之不吾与。朝搴阰之木兰兮，夕揽洲之宿莽。日月忽其不淹兮，春与秋其代序。惟草木之零落兮，恐美人之迟暮。不抚壮而弃秽兮，何不改此度？乘骐骥以驰骋兮，来吾道夫先路"，屈子唯恐春往秋来，以次相代，岁月行疾，追之不及，担忧"君不建立道德，举贤用能，则年老耋晚暮，而功不成，事不遂也"②。

2.2.3 对"美政"之向往

不同于《诗经》中周人常将生命的悲喜苦忧，以及伤时间之流逝系于

---

① ［宋］洪兴祖：《楚辞补注》，白化文等点校，北京：中华书局，1983年，第68页。
② ［宋］洪兴祖：《楚辞补注》，白化文等点校，北京：中华书局，1983年，第6页。

"天命"，用定命来加以解释，在《楚辞》中，无论是生不逢时的无奈，还是志竟未成、怀才不遇的悲謇，诗人对现世存在的生命感悟，对时间易逝的悲怆感，都是与国家多灾多难的现实和个人的"美政"理想相联系的。

屈子的"美政"是以"德"的展开为基础的，所以剖析"美政"，先要明"德"。《楚辞》中"天德""大德""和德""德泽"等"德"目屡次出现，而与政治理想休戚相关的是"天德""君德""民德"的三而合一，是为"明德"：

> 雄雄赫赫，天德明只。（《大招》）
>
> 独耿介而不随兮，愿慕先圣之遗教。……既骄美而伐武兮，负左右之耿介。（《九辩》）
>
> 皇天无私阿兮，览民德焉错辅。夫维圣哲以茂行兮，苟得用此下土。瞻前而顾后兮，相观民之计极。夫孰非义而可用兮，孰非善而可服。（《离骚》）

"天德"者，依王逸《章句》言"熊熊赫赫，威势盛也。言楚王有雄雄之威，赫赫之勇，德配天地，体性高明"。以情状论，上天之德，明明昭然，儒家加以文饰，状其刚健光明之象；以政治功用论，"三代而后，宗教之崇拜，渐变而为政治权力之崇拜。于是天之所命，以君临天下之人君，亦得言'明德'"①。

"君德"者，其一要选贤任能，原则即是屈子所言"夫孰非义而可用兮，孰非善而可服"；其二，"耿介"是君德之极，屈子之所以对尧舜最为称颂，就是因为他们能遵道以得路，秉守"耿介"之德，如顾亭林《日知录》云"尧舜所以出乎人者，以其耿介，同乎流俗，合乎污世，则不可以入尧舜之道"②。

---

① 姜亮夫：《楚辞通故·二》，昆明：云南人民出版社，2000年，第370页。

② ［清］顾炎武：《日知录集释（全校本）》，黄汝成集释，上海：上海古籍出版社，2007年，第779页。

"民德"者①，即以民为天意之本，与《尚书》"天视自我民视，天听自我民听"②同义。天在屈原心中固然有德，但是与《诗经》中言必称"天命"是不同的，他认为皇天神明无私阿，所以它为天下所立的君王，必是万民之中有圣哲之人，并配以贤能辅佐，以成其志，即是就人事以配天德。

明"德"尔后，屈子以《大招》篇完整勾勒了他的"美政"理想的图景："三圭重侯，听类神只"，"魂乎归来！尚贤士只"的贤能在位；"察笃夭隐，孤寡存只"，"发政献行，禁苛暴只"的惠民功绩；"田邑千畛，人阜昌只"，"执弓挟矢，揖辞让只"的富饶境况；"名声若日，照四海只"，"德誉配天，万民理只"的君德被民。

然而"时俗工巧，偭规矩而改错"，"背绳墨"，"竞周容"，"众皆竞进以贪婪"，"党人偷乐"，"谗人高张，贤士无名"的现实境遇，与屈子的"美政"理想之间形成巨大张力，难以弥合的冲突形成了现世存在的矛盾性，屈骚诗人只能空怀壮志未酬的悲壮，"哀时命之不合兮，伤楚国之多忧"。

2.3 "魂归帝丘"的虚构时间

因为社会浑浊纷乱，诗人遭遇黑白颠倒、贤愚不分的衰世，希望直面现实的黑暗，辅佐君王，实现美政的理想，然而却生不逢时，不为庸众所容，于此深受理想与现实、理智与情感的双重挣扎，陷入极度矛盾、徘徊难断的境地。

面对如此矛盾冲突，诗人或于失去的时间中追述先人、感怀今世，或于现世存在中咤叹时间流逝、倏忽迭迁。然而却终难凭此摆脱烦忧，入

---

① "民德者，人伦道德之谓。具体言之，即社会道德、风纪、习惯等皆是。"廉、贞、正、信、孝等德目皆见于屈子书，"而《尚书》、《诗经》金文中，可为民德之基本条目者，以严、恭、寅、畏四字，以尽之"。（见姜亮夫：《楚辞通故·二》，昆明：云南人民出版社，2000年，第372页。）

② 李学勤：《十三经注疏·尚书正义》，北京：北京大学出版社，1999年，第277页。

世还是出世？是被现实逼问出的关于生存境遇选择的难题，《卜居》《渔夫》两篇中屈子坚持了"保真"入世的态度；而《离骚》《远游》等篇是在入世难为、忧愁叹吟不绝的境况下，企盼通过逃遁到虚构的"仙游"时空而实现的死亡飞升，这种"魂反帝丘"的死亡选择是对生命意义"本初"的回归。

2.3.1 "保真"入世

《渔夫》篇记述屈原遭遇放逐，形容枯槁，漫步江畔之际，巧遇渔夫。渔夫问其身份，探其落魄之因，引起两人关于处世态度的对话。诗中渔夫①认为"圣人不凝滞于物，而能与世推移"，劝诫屈原应随俗方圆，淈泥扬波，于明时修饰冠缨而仕，于乱世抗足远行。而屈原却坚持"身之察察"与"皓皓之白"，不愿"受物之汶""蒙世俗之尘埃"。

《卜居》篇，即问卜处世方式，以决定究竟用何种态度对待社会现实。篇中连用十几个问题占卜问世，呈现出了两种截然相悖的入世态度，即："将送往劳来斯无穷乎""将游大人以成名乎"的谄媚入世，与"悃悃欵欵朴以忠""超然高举"的"保真性"以入世。虽然卜者詹尹开导屈原曰"尺有所短，寸有所长"，应该顺应自然以觅出路，但屈原的选择早已通过问话而彰明，他并无待决之疑，反而通过占问，更坚定了"宁廉洁正直以自清"的入世态度。

至此，屈原通过随性自适的出世隐身与自守高洁、不与尘俗同污之入世的对比，选择了入世；又于谄媚入世与"保真"入世的两种入世方式中，选择了洁身自好，不惜舍生取义的"保真"入世。这一入世态度极具儒家舍生取义的生命价值观的取向。

---

① 明王夫之云："江汉之间，古多高蹈之士，隐于耕钓，若接舆、庄周之流，皆以全身远害为道，渔夫盖其类也。"（见［清］王夫之：《楚辞通释》，北京：中华书局，1959年，第119页。）可见渔夫是位主张"与世推移"、高蹈遁世、游戏人生的隐者。

2.3.2 "仙游"出世

虽然屈原数次表达"竭忠诚以事君"的中正之德，但"哀余生之不当兮，独蒙毒而逢尤"却是他始终无法摆脱的现实困境，也成为他无法实现"保真"入世之理想的滞障。在贤愚不分的时世中，行中正，持高洁，"保真"入世就无法苟且活命。"要么苟生而弃其正直、清白之行，要么为正直、清白的人格而死"①，屈原最终选择了后者。他有"亦余心之所善兮，虽九死其犹未悔"、"伏清白以死直兮，固前圣之所厚"的决绝，在现实世界的汨罗江自沉之前，就已经在《离骚》《远游》等诗作中虚构了灵魂高举仙游、复归帝丘的死亡飞升过程，这也是他为自己虚设的出世②方式。

《离骚》在自道身世，欲辅国求贤，而求女不得，去国不能之后，开启了神游西土的"上征"之路，所谓"忽反顾以游目兮，将往观乎四荒"、"驷玉虬以乘鹥兮，溘埃风余上征"。诗中上天入地、咸池饮马、神木遮日、月神开路、鸾凤引领的遐思，虚构了一个可使诗人的无私正道得以豁然安顿的时空。诗人"飞升"的目的地是昆仑山，即"何离心之可同兮，吾将远逝以自疏。遭吾道夫昆仑兮，路修远以周流"，并于昆仑上回望到了"旧乡"，"陟升皇之赫戏兮，忽临睨夫旧乡。仆夫悲余马怀兮，蜷局顾而不行"，诗人自己、仆夫和马都顷刻陷入悲伤。

《远游》以"悲时俗之迫阨兮，愿轻举而远游"开篇，"轻举而远游"即是《离骚》里的"令帝阍"③。《远游》之"游"有两个方向，一

---

① 黄灵庚：《楚辞与简帛文献》，北京：人民出版社，2011年，第67页。高亨先生亦有"正中之志闭塞不得行，故舍弃生命而陨亡也"。（见高亨：《周易大传今注》，济南：齐鲁书社，1979年，第380页。）

② 《楚辞》中诗人以史为鉴，列出了诸多出世避身的方式，如"彼圣人之神德兮，远浊世而自藏"（《惜誓》）、"贤士穷而隐处兮"（《七谏·怨思》）、"经浊世而不得志兮，愿侧身岩穴而自托"（《七谏·谬谏》）等。

③ 《离骚》"吾令帝阍开关兮，倚阊阖而望予"，"帝阍"意为天帝的看门人。"宁超然高举以保真"（《卜居》），"何故深思高举，自令放为"（《渔父》），与"轻举而远游"同义。

是"形穆穆以浸远兮，离人群而遁逸。因气变而遂曾举兮，忽神奔而鬼怪"。即凭依精气的变化而飞升天上以超越浊世，并求问王子乔"成仙之道"；二是"经营四荒兮，周流六漠。上至列缺兮，降望大壑。下峥嵘而无地兮，上寥廓而无天"。此为往来四方、周流六合、通天入地之广阔天地。无论是求仙还是轻举于天地之间，诗人始终对"旧乡"难以忘怀，所谓"涉青云以汎滥游兮，忽临睨夫旧乡。仆夫怀余心悲兮，边马顾而不行"，最后终以"超无为以至清兮，与泰初而为邻"作结。

《离骚》《远游》记叙的飞升过程充满玄幻和浪漫，但诗人最终归依的"昆仑山"以及共同依恋的"旧乡"，是怀念宗邦的宗子情怀的必然反映。昆仑①是楚国的发祥地，"旧乡"是楚国祖先的葬地、颛顼所在之地，所以两者都并非楚之故都郢，而是楚人始祖帝颛顼高阳氏所居之地。屈原是楚国的宗亲，《离骚》开篇载"帝高阳之苗裔兮"，《九叹·逢纷》云"伊伯庸之末胄兮，谅皇直之屈原。云余肇祖于高阳兮，惟楚怀之婵连"，即屈原是伯庸的后代，始祖是古帝高阳，楚怀王与他族亲相连，"血缘关系是氏族社会根基的遗留"②。因而屈原诗中念念不忘归返"旧乡"，是其作为高阳氏人的宗子情深的必然反映，死后灵魂归返精神"故居"，是"楚族人有关祖先的宗教意识、情感等历史与文化的积淀，如同法国人类文化学家列维·布留尔所概括的'集体表象'，它作为无意识潜

---

① 《楚辞》中常出现的"高丘""空桑"也是指楚人始祖帝颛顼高阳氏的发祥地。"高丘"，即高阳之丘、帝丘，王逸注"楚有高丘之山，或云高丘阆风山上也，旧说高丘楚地名也"。《淮南子·地形训》载："昆仑之丘，或上倍之，是谓凉风至山，登之而不死。或上倍之，是谓悬圃，登之乃灵，能使风雨。或上倍之，乃维上天，登之乃神，是谓太帝之居。"（见［汉］刘安等编著，高诱注《淮南子》，上海：上海古籍出版社，1989年，第41页。）《楚辞》中有"哀高丘之赤岸兮，遂没身而不反"（《七谏·哀命》）；"声哀哀而怀高丘兮，心愁愁而思旧邦"（《九叹·逢纷》）等。"空桑"，本瑟名，如"魂乎归来！定空桑只"（《大招》），亦因产琴瑟之材而为山名，所以在"就颛顼而陈辞兮，考玄冥于空桑"（《九叹·远游》）与"君回翔兮以下，踰空桑兮从女"（《九歌·大司命》）中，"空桑"作为地名，也指高阳氏所尝居之地。
② 姜亮夫：《楚辞今绎讲录》，北京：北京出版社，1981年，第50页。

藏于屈原的心灵深层之下"①。

因此，我们可以说，屈原于《离骚》《远游》等诗篇中构筑的"仙游"的超现实时空，既表达了他出世的愿景，也是他对个体的感性生命能于死后复本归根的希冀。

2.4　小结

《楚辞》中的"时间"不仅是科学研究的对象，也是重要的哲学问题。人类历史在时间中展开，个体生命也必定具有时间的尺度。

《楚辞》中的时间意识包含对过去、现在、未来等三重时间维度的关注。首先，对逝去时间的追念，表现为屈骚诗人对唐尧舜禹等"先王之术"及伯夷、彭咸等"圣人之义"的颂念。这与儒家的古史观相一致，表达了屈骚诗人对生命存在价值的体认。

其次，生不逢时、国之多忧的境遇，时间流逝、志竟未成的焦灼与屈原"美政"的政治理想之间形成巨大张力，难以弥合的冲突形成了矛盾的现世存在感。

最后，政治理想的破灭，迫使诗人面临"入世还是出世"的生存境遇难题。"保真"入世是屈原无法实现的美好愿景，于此，只有凭借"仙游"出世，到超现实的虚构时空中，去寻求魂归帝丘的灵魂安顿。

作为先秦时期诗歌的代表，《诗经》与《楚辞》中都蕴含着丰富的时间意识，不仅有对个体生命的感知和追问，也有对历史意义的体验和领悟，并在两者的互动和交叠下产生对历史、个人以及生命的观念，既有相同之处，也有相异之表达。

二者时间观的相同之处在于：

第一，都对自然时序和季节、时令投以敏感，寄情于自然之景：以秋冬之自然时态之凄绝来衬托衰败的时局或抒发忧愁悲哀的情致。

---

① 黄灵庚：《楚辞与简帛文献》，北京：人民出版社，2011年，第80页。

第二，在时间的维度上，有对过去、现在、未来时段的分段感受和意识。首先，两者都共同于对先王、先贤之德的追念中，表达对失去时间的追述。《诗经》在祭享的远祖崇拜中通往过去的时间，《楚辞》于追怀往古中表达对先贤的遥遥相知之情。再者，二者都对个体生命的现世存在或"时运"多有感慨，并产生了不同的生命态度。《诗经》中"天命靡常"的危机感，促发人们或逃避厌世，或祈命永年，凡此种种个体生命体验是《诗经》中时间观的重要内容；《楚辞》中的现世存在充满矛盾性，生不逢时、国之多忧的境遇，时间流逝、志竟未成的焦灼与屈原"美政"的政治理想之间形成巨大张力，难以弥合的冲突迫使诗人勾勒出"保真"入世和"仙游"出世的两种生命态度。最后，对"未来"的不同看待是《诗经》和《楚辞》在时间的维度这一问题上的最大差异。

第三，两者都关注到了个体生命的终结性问题。《诗经》中诗人通过祈命永年的方式间接反映了他们对个体生命终结的恐慌，而《楚辞》中诗人通过"仙游"出世的方式构筑了一个充满玄幻和浪漫的死亡飞升过程，在那里，"死"不是可怖的，而是灵魂对精神"故居"的归返。

第四，两者都包含了强烈的历史意识，既有对个体生命历史的喟叹（这一方面在以上第二点相同之处已经概括），也有对国之权命的关切。在国之权命这一点上，《诗经》中反映出周人已经具有了强烈的现实感和忧患意识，不再像殷人那样盲目地信从上天的授命，认为人世现实的一切安排以及权命都是上天的永恒授予；而是更理性地认为人必须主动地实际参与历史的进程，并从自身的行动中寻找历史变革的前因后果，将"服命"与"敬德"相结合，这是防止帝命迭迁的谨小慎微，也从效果上打破了对天命的必然性和永恒性的执念。而《楚辞》中诗人对国之时运幽愤而哀婉，贤愚错位、风气邪僻的时代背景与诗人的"美政"理想相去甚远。

二者时间观的相异之处在于：

第一，《诗经》中诗人对自然时序的感知比《楚辞》更为敏感和多元，"情以物迁，辞以情发"，进而产生了诸如望夫、悼亡、感逝、悲秋、行乐等诸多丰富的情感和生命感知。更为重要的一点是，《诗经》

中《豳风·七月》一篇，将对物候、天象的感知与日常生产和生活相连，直接用于指导农业实践，自然时序于是成为人们农耕生活的四季时令。而《楚辞》中对时间的感知除了"情以物迁"的"悲秋"情怀，更多的是对时空循环的感知。

第二，时间是线性的还是循环的？在以上第一点的基础上，我们看到，《诗经》中的时间细致到了对十二月份的依次描述，主要表现为对各月物候和天象的揭示，但这种揭示并没有蕴含循环的时间意识，也就是说我们只能从《豳风·七月》中看到时间的线性发展。但是《楚辞》中对时间的关注以太阳循环为中心，体现的是循环的时间观。今人学者江林昌在《楚辞与上古历史文化研究——中国古代太阳循环文化揭秘》一书中认为，《楚辞》中的诸多篇章都蕴含和揭示了太阳循环的时间观，比如《东皇太一》《东君》反映了太阳东升西落的一个昼夜交替循环，《楚辞》里扶桑、若木、咸池、汤谷神树圣地的东西迁移与并存，也是太阳东升西落的神话化，《远游》中由"东"而"西"而"南"而"北"的过程也反映了初民对太阳循环的认识的深入，等等。概言之，《诗经》中人们认为宇宙时间是线性的，而《楚辞》中人们认为以太阳为标志的时间是循环的。

第三，对未来的感知与否？我们在前面的相同之处提到《诗经》和《楚辞》都对三重维度时间中的过去和现在有所领悟和把握，而不同的在于《楚辞》较之《诗经》更添加了对"未来"时间的关注，具体表现为诗人在现世存在之"美政"理想破灭之后，希冀凭借"仙游"出世，到超现实的虚构时空中，去寻求魂归帝丘的灵魂安顿。虽然这种未来的维度本身已经超度到了现实之外，但较之《诗经》中仅对过去和现在抱以感知的时间观而言，《楚辞》中魂归帝丘的幻想至少穿越到了未来。

第3章

汉乐府的时间观之一：此世性

以《古诗十九首》为代表的汉代乐府诗是汉代诗歌艺术的主流。它不仅在艺术形式上比先秦诗歌相对成熟，而且在内容上指事造型、穷情写物、包含万有，广博地抒发"逐臣弃友，思妇劳人，讬境抒情，比物连类，亲疏厚薄，死生新故之感"[①]。诗歌中表达的主题非常丰富，也生动展示了两汉人的生命意识。汉代诗人不仅在世俗的层面，在自然的时序中感兴时情的哀凉，觉悟到天地的混沌、社会的无序、人生的短促、生命的脆弱，也在哲学的层面思考让生命不朽的方式，选择安身立命的生存态度。

本章所选取的诗篇，并非作于一时，成于一人，但都围绕时间意识的主题，反映了两汉人对生命之"此世存在"的关注。可以说，"生"本身是"存在"的展开，但"此世存在"中所呈现的不同生命态度也更好地映射了"生"的样态，呈现了时人独特的时间意识。

3.1 对自然时序的生命感悟

虽然《古诗十九首》和乐府诗中所描写的都是在时代背景下人生最现实的哀叹与愤懑，但诗人的视野甚为广阔，并没有将这种生命的感知局限

---

① 《古诗十九首绎后序》，见隋树森：《古诗十九首集释》，北京：中华书局，1955年，第49页。

于狭隘的空间与局促的时间里。"内在心情与客观世界的契合，在诗歌中不可遏止地飞翔着极其丰富的、空阔无边的诗人的想象。"①

3.1.1　以时序兴哀乐

《古诗十九首》里关于自然时序的描写，大都以凄清的秋冬季节为背景，而大多数的写景抒时是为了兴起人们的哀乐情感。如：

> 清商随风发，中曲正徘徊。（《西北有高楼》）②

虽然没有直述秋景，但五音（宫商角徵羽）配五行（水火木金土），而五行又分属四时，"商"正是五行中金行之音，是分属于秋天的声。③"清商随风发"一句在诗中正是表达高才之人"不惜歌者苦，但伤知音稀"的忧思哀怨情调。

又如"回风动地起，秋草萋已绿。四时更变化，岁暮一何速"（《东城高且长》），由"秋草"之凄然向尽引出"四时更变化"，如《楚辞·离骚》"日月忽其不淹兮，春与秋其代序"，伤岁暮急速之迁流，生出"岁月易逝，劳苦何为？不如及时行乐"的安顿之念。

乐府诗中亦有大量悲秋与怀乡之作，如《古歌》和《古八变歌》中，诗人因物感兴而思故乡：

> 秋风萧萧愁杀人，出亦愁，入亦愁，座中何人，谁不怀忧？令我白头。胡地多飚风，树木何修修。离家日趋远，衣带日趋缓。心思不

---

① 马茂元：《古诗十九首初探》，西安：陕西人民出版社，1981年，第31页。
② ［梁］萧统编：《六臣注文选》，［唐］李善等注，［元］方回撰，上海：上海古籍出版社，1993年，第669页。（以下所引《古诗十九首》诗歌原文皆引自该书第667–673页，不复加注。）
③ 《吕氏春秋》中的《孟秋纪》《仲秋纪》《季秋纪》都说"其音商"，《管子·地员篇》有云"凡所商，如离群羊"。

能言，肠中车轮转。（《古歌》）①

　　北风初秋至，吹我章华台。浮云多暮色，似从崦嵫来。枯桑鸣中林，络纬响空阶。翩翩飞蓬征，怆怆游子怀。故乡不可见，长望始此回。（《古八变歌》）②

　　即使诗中偶然写到春天，也徒添悲凉黯淡的气氛，因为对于凄然失意的倦客而言，节序的迁移、时间的迅逝所激起的情感是特别敏感的。"青青河畔草，郁郁园中柳"（《青青河畔草》），草青柳郁，本是茂盛而畅然的春光，但另一方面，青青草色，一望而无尽头，也会使人睹物伤情，怀想起远游漂泊的游子的归途无期。与《楚辞·招隐士》"王孙游兮不归，春草生兮萋萋"、乐府《相和歌辞·饮马长城窟行》"青青河畔草，绵绵思远道"、王维《送别》"青草明年绿，王孙归不归"一样，都是眼见艳阳之景而特为感伤。

　　《回车驾言迈》中"四顾何茫茫，东风摇百草。所遇无故物，焉得不速老"，不以秋景点缀迟暮之情，反以艳阳之春写就，"盖秋物虽一日憔悴一日，然毕竟犹有憔悴之骨子在。一经春风，则憔悴者悉化，又换一番新物矣，则吾身之如赘可知"③，凡物无常，草经春而来，是为新物，然而去年此时的"春草"，已尽为故物，即"春风摇之而长，秋风摇之而落；后日摇之而落者，即今日摇之而长者，故盛必有衰也"④，物去故而就新，时光如此，人焉得不老，而形随物化。

　　又如《长歌行》"青青园中葵，朝露待日晞。阳春布德泽，万物生光辉。常恐秋节至，焜黄华叶衰。百川东到海，何时复西归？少壮不努力，

---

① 《乐府诗选》，余冠英选注，北京：人民文学出版社，1954年，第60页。
② 《乐府诗选》，余冠英选注，北京：人民文学出版社，1954年，第61页。
③ 张庚：《古诗十九首解》，见隋树森：《古诗十九首集释》，北京：中华书局，1955年，第33页。
④ 张庚：《古诗十九首解》，见隋树森：《古诗十九首集释》，北京：中华书局，1955年，第33页。

老大徒伤悲！……"①长歌，即是言人寿命长短有定分，不可妄求。诗中亦以春景之德泽光辉反兴秋节而至之后的万物枯败。

3.1.2 时间意象：晨风、促织、月夜、朝露等

除季节、时令而外，《古诗十九首》中亦有很多与时间相关的自然意象，如月夜、晨风、蟋蟀，诗人通过对这些意象的描述，凸显了节序易流的时间主题。以《明月皎夜光》为例：

> 明月皎夜光，促织鸣东壁；玉衡指孟冬，众星何历历？白露沾野草，时节忽复易。秋蝉鸣树间，玄鸟逝安适？昔我同门友，高举振六翮；不念携手好，弃我如遗迹。南箕北有斗，牵牛不负轭。良无磐石固，虚名复何益？

全诗以"明月皎夜光"开篇，可谓"大凡时序之凄清，莫过于秋；秋景之凄清，莫过于夜"②，朱自清云"月出皎兮……劳心悄兮"，以月夜之景衬托诗人悄然而至的劳心，而"玉衡指孟冬，众星何历历"亦从时令着笔，月明而星稀，暗示秋夜之漫长，更显出诗人幽怨而不能寐的情态。诗中还有大量表达时间迁逝的自然意象，如"促织""白露""秋蝉""玄鸟"四个意象都是带有季节特征的秋天景象，"这四语见出秋天一番萧瑟的景象，引起宋玉以来传统的悲秋之感"③。促织就是蟋蟀，《春秋考异邮》之"立秋趣织鸣"，《诗经·豳风·七月》"七月在野，八月在宇，九月在户，十月蟋蟀入我床下"，"明东壁""入床下"都表明随气候的转变，促织由田野移入室内，表征着渐寒的深秋的到来。

---

① 《乐府诗选》，余冠英选注，北京：人民文学出版社，1954年，第16页。
② 朱筠：《古诗十九首说》，见马茂元：《古诗十九首初探》，西安：陕西人民出版社，1981年，第76页。
③ 朱自清、马茂元：《朱自清 马茂元说〈古诗十九首〉》，上海：上海古籍出版社，1999年，第32页。

同样，《礼记·月令》记"孟秋之月……白露降，寒蝉鸣"，《诗·商颂·玄鸟》"天命玄鸟，降而生商"，也标明节气迭迁之意。

"明月""夜光"乃仰观于天，"白露""秋蝉"乃俯察于地，从节序之变起，转到人情之变，进而谈到万事俱空。俯仰辽阔之间，皆微寓兴意，"观时物之变异，感节序之流易"，以点明"时节忽复易"的主题。

《孟冬寒气至》中"三五明月满，四五詹兔缺"的月圆月缺过程，如《楚辞·天问》所言"夜光何德，死则又育"，标志着时间流逝的过程，也象征人间的会合与别离，引起人们的今昔之感。

《东城高且长》一篇有言"四时更变化，岁暮一何速？晨风怀苦心，蟋蟀伤局促"，承续《诗经》中《晨风》《蟋蟀》①两篇之义，以"晨风"慨古之怀苦心者，以"蟋蟀"伤局促，隐喻人生短暂的悲哀。

"浩浩阴阳移，年命如朝露"（《驱车上东门》），乐府《薤露歌》"薤上露，何易晞！露晞明朝更复落，人死一去何时归"，叹喻人命比易干枯的朝露还要短促，露水干枯了明日还会再落下，然而人的生命一旦逝去，又何时才能归来？

乐府诗《董娇饶》有言："'高秋八九月，白露变为霜，终年会飘坠，安得久馨香？'秋时自零落，春月复芬芳。何时盛年去，懽爱永相忘。……"②以白露秋节变霜的自然过程，喻高士才不遇时，盛业难追慕，并借"春花好女言懽日无多，劝之取乐及时也"③。

3.2　"生命无常"的时代主题

人世迭迁，时命速逝是诗歌中的时间意识永恒的主题，汉代诗赋亦延续了《诗经》《楚辞》中这一对生命无常而短暂的嗟叹之辞，其迸发的生

---

① 《诗·秦风·晨风》"鴥彼晨风，郁彼北林。未见君子，忧心钦钦"句、《唐风·蟋蟀》"蟋蟀在堂，岁聿其莫。今我不乐，日月其除"句，都是隐喻人生短暂的悲哀。
② 《汉魏乐府风笺》，黄节笺释，陈伯君校订，北京：人民文学出版社，1958年，第175页。
③ 《汉魏乐府风笺》，黄节笺释，陈伯君校订，北京：人民文学出版社，1958年，第176页。

命领悟感之有物，掷地有声，"惟忧用老"和"物常人促"是诗人最常发出的哀怨自白。

3.2.1 "惟忧用老"

《行行重行行》篇是抒发个人离别之情的思妇词。"行行重行行，与君生别离。相去万余里，各在天一涯。道路阻且长，会面安可知？胡马依北风，越鸟巢南枝。相去日已远，衣带日已缓；浮云蔽白日，游子不顾反。思君令人老，岁月忽已晚。弃捐勿复道，努力加餐饭。"由于邪佞毁忠良的不仁，使得贤者不得于君，退处迄远，造成了游子与思妇"生别离"的境遇，然而"思君使人老"，"胡马出于北，越鸟来于南；依望北风，巢宿南枝，皆思旧国"的故土之恋始终萦绕，成为诗人"惟忧用老"之因，日远则日疏，其情日伤，带已宽而人已老，顿感"岁月忽已晚"，老期将至，多少别离可堪？"思君令人老，岁月忽已晚"是诗人对日暮途迟、时间倏忽流逝的感叹。

"去者日以疏，来者日以亲。出郭门直视，但见丘与坟。古墓犁为田，松柏摧为薪。白杨多悲风，萧萧愁杀人。思还故里闾，欲归道无因"（《去者日以疏》），与"曼余目以流观兮，冀壹反之何时？鸟飞反故乡兮，狐死必首丘"（《九章·哀郢》）所感所叹非常相似，即陶渊明《挽诗学》所云"悯乱者，思归焉"[1]，日月易逝，岁不我与，生时与其羁旅他乡，蹉跎岁月，纷纷营营，驰骋于世间况味，不如早还乡间，以"反本归根，研性命之旨也"[2]。亦有徐昆感叹云"客行虽云乐，不如早旋归"[3]。

另有"同心而离居，忧伤以终老"（《涉江采芙蓉》），"思君令人老，轩车来何迟"（《冉冉孤生竹》），"所遇无故物，焉得不速老"

---

[1] 姜任修：《古诗十九首绎》，见隋树森：《古诗十九首集释》，北京：中华书局，1955年，第43页。

[2] 刘光蕡：《古诗十九首注》，见《汉魏乐府风笺》，黄节笺释，陈伯君校订，北京：人民文学出版社，1958年，第126页。

[3] 朱筠：《古诗十九首说》，徐昆笔述，见隋树森：《古诗十九首集释》，北京：中华书局，1955年，第58页。

（《回车驾言迈》），无论是望乡之苦、贤者出仕而不得及时行道，还是即景而兴起的"人随万物同为化灭"的悲慨，都是"惟忧用老"而感到的时光迭迁。总之，个体生命的牢骚和不平，折射了时代的哀愁与苦闷，是两汉时期共同的社会背景反映出的时代主题。

3.2.2　物常人促

诗中亦常以物之可久，反兴人生之不久、生命之短促，甚是凄绝。磐石以其坚固持存，飘尘以其旋聚旋散，而最常被借为喻体。

> 青青陵上柏，磊磊涧中石；[①]人生天地间，忽如远行客。[②]（《青青陵上柏》）

就颜色言，柏可长青，就形状言，石可长磊；即陵上之柏，阅岁不凋，涧中之石，坚贞不朽，都是永恒持存的。而人之生寿，长不如柏，坚不如石，如"客"寄世，加以"远行"，只是暂住于世。"譬如远客，忽忽欲去，然则将如之何？"[③]

> 人生忽如寄，寿无金石固。万岁更相送，贤圣莫能度。（《驱车上东门》）

---

① "唐宜之曰：……'柏'著'陵上'取其高，'石'著'涧中'取其深。各得其所，无物害之，以见人生之短脆也。前首是正兴，后首是反兴。"（吴淇：《古诗十九首定论》，见隋树森：《古诗十九首集释》，北京：中华书局，1955年，第12页。）
② "寄""归""过客"在古籍中常用来极言时光之速，人生如暂住于世的凄绝，如《尸子》："老莱子曰：'人生于天地之间，寄也；寄者固归'"；李善说："寄者固归"；伪《列子》："死人为归人"；李善说："则生人为行人矣"；《韩诗外传》有云："二亲之寿，忽如过客。"本诗中"远行客"的比喻，便是从"寄""归""过客"的观念中化育而来。
③ 朱筠：《古诗十九首说》，徐昆笔述，见隋树森：《古诗十九首集释》，北京：中华书局，1955年，第52–53页。

自古而今，生死更迭，永无终了，贤圣亦不能超越这一自然规律。

　　良无盘石固，虚名复何益？（《明月皎夜光》）

认为人生在世，命不如磐石长固，复而萦萦于虚名，是很愚笨的。

　　盛衰各有时，立身苦不早。人生非金石，岂能长寿考？奄忽随物化，荣名以为宝。（《回车驾言迈》）

　　人之生如草木枯荣，盛衰有时，生命亦脆弱而非金石，即便老寿，也终有尽期，将随万物同为化灭，而不能久存于世。诗人叹生之无常，恨立身之不早，伤"奄忽随物化"的死后空虚，唯恐"君子疾没世而名不称"，所以求荣名以为宝贵，希冀修名留于后世。

　　另有"人生寄一世，奄忽若飙尘"（《今日良宴会》）一句，喻人生如飙尘。飙风旋起旋止，极其短促；被飙风旋落卷起的尘土，旋聚旋散，极其空虚，所谓"风尘之起终归于灭"。用飙尘比喻人生，"比'寄'比'远行客'更'奄忽'，更见人生是短促的"①，是对人生飘忽而空虚的慨叹。

　　面对时光之速和人生行役之苦，感物兴怀，唯有以"斗酒相娱乐，聊厚不为薄。驱车策驽马，游戏宛与洛"自度；唯有及时行乐，才能不为戚戚所迫。《青青陵上柏》一诗从"人生短暂"的失意感悟和及时行乐的斗酒得势两个不同角度，透视了东汉末年动乱社会的精神面貌——当时贵戚宦官倾轧最为激烈，农民起义如暴风雨般兴起，本诗中斗酒相娱的王侯、冠带阶层，即是指这班贵戚宦官及其党羽，他们在平日里常极宴娱心，但在日暮途穷的现实面前，沉溺于自我麻醉的奢靡生活之中，以乐忘忧，不

---

① 朱自清、马茂元：《朱自清马茂元说〈古诗十九首〉》，上海：上海古籍出版社，1999年，第21页。

免戚戚然，更加深了时代的没落预感。

以上"惟忧用老"与"物长人促"，是东汉文人两种典型的生命体验和感悟，由此折射出的日暮途迟、生命短促的喟叹是由时事逼问出的时间意识，亦反过来，突出了时代的主要矛盾与主题。

3.3　求仙立名以眷生

面对暂存如远行客，飘忽若飙尘，生生灭灭，终有了时的短促人生，诗人选择了以不同的生命态度来面对，分别表现为"服食求神仙""荣名以为宝"的眷生与"斗酒相娱乐""饮酒被纨素""安贫乐道"的达生。前者希冀服食丹药来延长寿命，或者因衰老而欲早立荣名，实则是逆理而求生；后者避弃功名而言嗜欲，以娱世乐道的方式来豁达面对生灭无常的人生。

3.3.1　服食求仙

在早期文学和哲学的文本中，"仙"被认为是弃绝了人世、世情的人，是"将身体转化为天上的气而获得完全的自由"①，《楚辞·远游》篇这样描述仙人升天的场景："因气变而遂曾举兮，忽神奔而鬼怪。……绝氛埃而淑尤兮，终不返其故都。"②然而无论是战国的诸侯，还是秦汉时期的皇帝，都绝不会像早期的仙人那样弃绝现世的浮华生活，他们的求仙是希冀将"仙人不死"的观念投射到现世生活中，以延续世俗的快乐，使其绵延以至不绝。

他们通过"服食"，也就是吃丹药③的方式"求神仙"，相信可以找到一种药使人长生于世以便享受无尽的世俗欢愉。这一希冀长生之术的

---

① 余英时：《东汉生死观》，侯旭东等译，上海：上海古籍出版社，2005年，第147页。
② 《楚辞补注》，［宋］洪兴祖、白化文等点校，北京：中华书局，1981年，第165页。
③ 秦始皇、汉武帝时代的"不死药"都是自然的植物或矿物，东汉就有了合炼而成的丹药。

迷思最早出现于战国时期，《战国策》里曾记载，有人献不死之药给楚王。[1]秦汉以来，方士更得到统治阶级的信任，统治者的敬神求仙之举亦愈演愈盛。

乐府诗中的诸多诗篇就反映了这一在汉代亦被广为重视和信服的眷生方式，《驱车上东门》中"服食求神仙，多为药所误"一句，是以劝诫者的立场论述在人生如寄的情状下，正确的生活态度应该是于现前一刻及时为乐，或"饮美酒"，或"被服纨素"，而相应地否定了"服食求神仙"的逆理求生，认为"若因莫能度而求神仙之术，则又谬矣。仙可求乎？求之未有不为药所误而速其死也"[2]，即人们在此过程中会被所谓的道家服食长生之药所误；但是，这一立场亦从反面反映出"服食求神仙"已是时下社会中普遍流行和被认可的对待生命的方式，如崔豹《古今注》云"淮南服食求仙，遍礼方士"，朱止谿云"五侯七贵一流，其高者好言方士谈老庄；以达人当之，了不异饮酒被服之常耳"[3]。

另外，仙人的情状、生活样态也多在诗中被提及，如《长歌行》一诗：

> ……仙人骑白鹿，发短耳何长！导我上太华，揽芝获赤幢。来到主人门，奉药一玉箱。主人服此药，身体日康强，发白复更黑，延年寿命长……[4]

"太华"，山名，就是西岳华山，是传说中神仙常居住的地方。作为古乐府中的祝颂歌辞，多数难避祈神长寿的话题，该诗中甚至描述出了仙

---

① ［西汉］刘向集录：《战国策》（中），《战国策·卷十七·楚策四》之《有献不死之药于荆王者》，上海：上海古籍出版社，1985年，第564–565页。
② 张庚：《古诗十九首解》，见隋树森：《古诗十九首集释》，北京：中华书局，1955年，第34页。
③ 《汉魏乐府风笺》，黄节笺释，陈伯君校订，北京：人民文学出版社，1958年，第171页。
④ 《乐府诗选》，余冠英选注，北京：人民文学出版社，1954年，第16页。

人"发短耳长"的神貌，他奉予时寿之人的灵药可以使其康健延命。

《善哉行》一诗，提及有名的仙人王乔，又以淮南八公的喜好求仙为例，介绍通达神仙要道的路径，多角度地描绘神仙境地，如下：

> 来日大难，口燥唇干。今日相乐，皆当喜欢。经历名山，芝草翻翻，仙人王乔，奉药一丸。自惜袖短，内手知寒。渐无灵辄，以报赵宣。月没参横，北斗阑干。亲友在门，饥不及餐。欢日尚少，戚日苦多，以何忘忧，弹筝酒歌。淮南八公，要道不烦，骖驾六龙，游戏云端。①

这一宴会中主客答赠的歌辞，一则劝客戚日苦多，应弹筝酒歌以及时尽欢；二则是祈念客人长寿。诗中"芝草"是传说中可以用以制仙药的神草；"王乔"是传说中的仙人名，虽然以"王乔"为名的仙人有三个，但是最早也最为人所知的是周灵王太子王子乔，他被道士浮丘公接上嵩山，从此成为有名的仙人；"淮南八公"是指汉淮南王刘安和苏非、李上等八人，刘安喜好服食求仙，广为延聘方士，因而相传他和门客"八公"一同仙去；"要道"与"六龙"是指通达神仙的道理，而后以六龙驾车而升天。

通过这些与神仙境地相关的描述可以很明确地看出，无论是以王乔奉药嘱于宾客，还是以淮南王比颂主人，用意都是不离求仙祈长生的主题，正如曹植诗所谓："主称千金寿，宾奉万年酬。"

此外，乐府诗中很多"服食求仙"的古辞，都与武帝派遣方士入海以求不死药、三神山的历史背景有关。据《史记·封禅书》云："自威、宣、燕昭使人入海求蓬莱、方丈、瀛州。此三神山者，其传在渤海中，去人不远；患且至，则船风引而去。盖尝有至者，诸仙人及不死之药皆在焉。其物禽兽尽白，而黄金白为宫阙。未至，望之如云；及到，三神山反

---

① 《乐府诗选》，余冠英选注，北京：人民文学出版社，1954年，第22页。

居水下。临之，风辄引去，终莫能至云。世主莫不甘心焉。"《汉书·郊祀志》亦记载："自威宣燕昭使人入海求蓬莱、方丈、瀛洲，此三神山者，相传在渤海中，去人不远，尝有至者。诸仙人不死之药在焉。"①也就是说，时人相信仙人的不死之药藏于蓬莱、方丈、瀛洲等三神山②，于是武帝派遣方士前往三地去敬神求仙，寻求不老不死之药。③

古辞《董逃行》，朱止谿认为是因了武帝时使方士入海求三神山而作，"王者服药求神仙，其志盘矣。曲中传教、教敕、求言、受言，此方士迂怪语，使王人庶几遇之"④。如下：

吾欲上谒从高山，山头危险大难。遥望五岳端，黄金为阙，班璘，但见芝草叶落纷纷。百鸟集，来如烟；山兽纷纶：麟、辟邪；其端鸥鸡声鸣；但见山兽援戏相拘攀。小复前行玉堂，未心怀流还。传教出门来："门外人何求？"所言："欲从圣道求一得命延。"教敕凡吏受言，采取神药若木端，玉兔长跪捣药蝦蟇丸。奉上陛下一玉样，服此药可得神仙。服尔神药，莫不欢喜。陛下长生老寿，四面肃

---

① ［东汉］班固：《汉书》卷二十五，［唐］颜师古注，北京：中华书局，1962年，第1204页。

② 三神山最著名的当属蓬莱，公元3—4世纪成书的《列子》亦吸收了古老的神话与传说，对神山的性质和效能多有描述，如："渤海之东，不知几亿万里，有大壑焉，实惟无底之谷，其下无底，名曰归墟。……其中有五山焉：一曰岱舆，二曰员峤，三曰方壶，四曰瀛洲，五曰蓬莱。……其上台观皆金玉，其上禽兽皆纯缟。珠玕之树皆丛生，华实皆有滋味，食之皆不老不死。所居之人皆仙圣之种；一日一夕飞相往来者，不可数焉。"（《列子·汤问》，见杨伯峻：《列子校释》，北京：中华书局，1979年，第151-152页。）

③ 《史记·封禅书》中关于武帝的类似记载主要有以下几件，其一：李少君是武帝第一个极为信奉的方士，他劝说武帝去寻求蓬莱安期生等仙人的庇佑，建议武帝向灶神陈献祭礼，以招引通灵的奇异生灵，并在他们的辅佐下，将丹砂转化成黄金，再将这些黄金做成饮食器物使用，便可以帮助武帝延年益寿。其二：因为方士"仙人好楼居"的意见，武帝于是在长安、甘泉山一带大造高楼以候仙，还命人扩建建章宫。其三：武帝于桥山黄帝冢祭拜黄帝，奔赴东海冀遇蓬莱，并多次于泰山行封禅大典，根本目的都在于求仙。

④ 朱止谿言，见《汉魏乐府风笺》，黄节笺释，陈伯君校订，北京：人民文学出版社，1958年，第20页。

肃稽首，天神拥护左右，陛下长与天相保守。①

诗中前半首所描绘的泰山端、宫阙、芝草、禽兽的情状，就是《汉书·郊祀志》中所载三神山的模样，而后半首所记的若木、玉兔都与另一处神仙之地——昆仑密切相关，据《十洲记》载："昆仑有流精之阙，碧玉之堂，西王母所治也。"总之，诗歌的题意不离"王者服药求神仙"的主题。

又如《步出夏门行》一诗：

> 邪径过空庐，好人常独居。卒得神仙道，上与天相扶。过谒王父母，乃在太山隅。离天四五里，道逢赤松俱。揽辔为我御，将吾上天游。天上何所有？历历种白榆，桂树夹道生，青龙对伏趺。

本诗写一个独居的修仙之人的游仙经历，神仙道、王父母、太山隅、赤松都是极具仙道骨风的意境，神仙道与天相沿，是神仙所走的路，"太山"就是东岳泰山，东王公、东王母、赤松子都是传说中的仙人。

《王子乔》一诗，因"武帝遣方士入海求三神山、不死药，古诞为此曲。曰'悲吟'，讽辞也"②。诗人欲借王子乔的形象以比拟汉太子，指明太子虽然因为武帝痴迷于求不死、好神仙而遭毒流，但仍心怀感念，"鸣吐衔福"而矢口不忘祷祝，从侧面讽喻求仙之事的虚妄性。如下：

---

① 《汉魏乐府风笺》，黄节笺释，陈伯君校订，北京：人民文学出版社，1958年，第18-19页。

② 朱止黯言，见《汉魏乐府风笺》，黄节笺释，陈伯君校订，北京：人民文学出版社，1958年，第57页。"王子乔"为什么与武帝求仙的背景相关，原因有二。其一：王子乔为周灵王太子晋，因为对谷、洛二水泛滥的状况提出了直谏，触怒了灵王，被贬为庶人，并在其后与师旷的会面中，预卜了自己未及三年而薨的生死命运，后人便称其为神仙。其二：武帝因为信奉方士，求神仙，而毒流太子。所以古诗中常以同遭贬谪和毒害，并化为神仙形象的王子乔来比拟，一则从毒流太子的角度突出武帝夸张的求仙行径，二则突出王子乔的神仙形象。

　　王子乔①，参驾白鹿云中遨，参驾白鹿云中遨。下遨来！王子乔！参驾白鹿上至云，戏游遨：上建逮阴广里，践近高结仙宫，过谒三台，东游四海五岳，上过蓬莱紫云台。三王五帝不足令，令我圣明应太平，养民若子事父明，当究天禄永康宁。玉女罗坐吹笛箫，嗟行圣人游八极，鸣吐衔福翔殿侧：圣主享万年！悲吟：皇帝延寿命！②

　　诗歌前半首极力描绘王子乔化为仙人，参驾神遨于仙境的神游状态。后半首言明太子虽遭毒流，仙游八极，但仍心不忘本朝，"鸣吐衔福"而"祝寿康"，何必还需蓬莱方丈之求福呢，即："所谓神人者，不过其神凝，使物不疵疠而年谷熟耳，岂真如方士好言姚佚轻举者邪！"③

　　以上通过诗与史的互为参照、印证，展现了乐府诗中所记载的汉人"服食求仙"的眷生态度。其实，学界对于"服食求仙"的方式究竟是关涉生命的"此世"存在，还是关乎来生和彼岸世界这一问题，常有不同辩争和见解。如英国汉学家鲁惟一在《汉代的信仰、神话和理性》一书中认为，虽然灵丹或妙药的摄取是通过修行而使生命得以延长的方式，但"丹药的效用也见于寻求通往来世之路的那种完全不同的氛围中"④。于是，

---

① "王子乔"是被汉代人广为信奉的神仙道人，关于"王子乔"究竟其人为何，历来多有争辩，主要有两种代表性的说法：一则认为王乔有三人，分别为王子晋、叶令王乔和柏人令王乔，三人都是神仙。二则是确信王乔就是周灵王太子晋，如刘向《神仙传》云："王子乔者，周灵王太子晋也。好吹笙，作凤鸣。游伊洛之间，道人浮丘公接以上嵩高山。三十余年后，求之于山上，见桓良曰：'告我家：七月七日待我于缑氏山头。'至时果乘白鹤驻山头，望之不得到。举手谢时人，数日而去。为立祠于缑氏山下及嵩高之首焉。"（［汉］刘向：《列仙传》，上海：上海古籍出版社，1990年，第9页。）另有说法也正面否定了"王乔为叶令王乔"的说法，如《史记·封禅记》注引裴瑞《冀州记》云："'缑氏仙人庙为柏人令之王乔'，则误矣。"于是"王乔就是周灵王太子晋"的说法得到了普遍的认可。乐府诗中将太子晋称为"王子乔"，是因为师旷称晋为王子，而并非以王为姓，乔则是晋的别名。

② 《汉魏乐府风笺》，黄节笺释，陈伯君校订，北京：人民文学出版社，1958年，第56页。

③ 朱止黟言，见《汉魏乐府风笺》，黄节笺释，陈伯君校订，北京：人民文学出版社，1958年，第57页。

④ ［英］鲁惟一：《汉代的信仰、神话和理性》，北京：北京大学出版社，2009年，第28页。

汉代人对于东方仙岛和西王母掌管的神秘区域的信仰，被鲁惟一归为"四种关于天堂或来生的思想"的范围内，他认为去往这些岛屿的求取长生丹药的道路，同时也"充当通往帝之世界的全新存在之路"。

然而，我们通过以上分析乐府诗中的记叙，并佐以《史记·封禅书》和《史记·孝武本纪》的材料，发现上自皇帝，下及庶人，"服食求仙"的迷思被汉代人所普遍信奉，并且这种"求仙"的目标绝不会像早期的仙人那样弃绝现世的浮华生活和荣耀，而是希冀将"仙人不死"的观念投射到现世生活中，以延续世俗的快乐，使其绵延以至不绝。所以本章认为，汉代"服食求仙"的方式是关涉生命的"此世存在"的，是希冀通过寻求灵丹妙药来保持和延续生命的长存于世，而蓬莱等仙岛并不是象征来生和天堂，而是世人所认为的丹药在此世中的所在之地。

3.3.2　荣名以为宝

年命短促，去日者多，生时已矣，生者转瞬即变为泉下人，面对如此"年命甚促，今生已矣"的必然命运，诗人不仅希冀通过服食丹药的方式来延长肉身生命的存在时间，以超越"在世"生命的有限性而达到不朽，"据要路，树功名，光旂常，颂竹帛"[①]更是乐府诗中诗人常据以存在于当下的方式。同为动乱时代羁旅愁怀的反映，"饮酒被纨素"的极宴娱心只是短暂的麻醉，而以"荣名"为宝，通过"据要路"而"立荣名"的方式，则是在躯壳的逝去以后仍能长存于世的一种极好的方式，这里，"名"超越了有限的肉身存在，而成为衡量生命寿夭的标尺。

《今日良宴会》一诗，申明了"策高足""据要路"的用意：

今日良宴会，欢乐难具陈。弹筝奋逸响，新生妙入神。令德唱高

---

① 陈祚明有言："盖其意所愿，据要路，树功名，光旂常，颂竹帛，而度不可得，年命甚促，今生已矣，转瞬与泉下人等耳。神仙不可至，不如放意娱乐，勿复念此者，正不能不念也。夫饮酒被纨素，果遂足乐乎？与极宴娱心意，荣名以为宝，同一旨。"（见马茂元：《古诗十九首初探》，西安：陕西人民出版社，1981年，第102页。）

言，识曲听其真。齐心同所愿，含意俱未申。人生寄一世，奄忽若飙尘。何不策高足，先据要路津？无为守穷贱，坎坷长苦辛。

全诗描绘的是客中对酒听歌，抒发"贫士失职而志难平"的感慨。从表面上看，诗人是在慨叹"往者不可追，来者不可邀"，时光倏忽易逝，今日时短难长保，人生于世若飙尘，因此要据"今日"而行乐。实则是裸陈座中人"未申"的"含意"，即面对短暂而空虚的人生，"策高足""据要路"，图谋富贵功名才是正途。

另有《回车驾言迈》一诗，有言：

> 回车驾言迈，悠悠涉长道。四顾何茫茫，东风摇百草。所遇无故物，焉得不速老？盛衰各有时，立身苦不早。人生非金石，岂能长寿考？奄忽随物化，荣名以为宝。

人之生如草木枯荣，盛衰有时，生命亦脆弱而非金石，即便老寿，也终有尽期，将随万物同为化灭，而不能久存于世。诗人叹生之无常，恨立身之不早，感伤"奄忽随物化"的死后空虚，唯恐"君子疾没世而名不称"，所以求荣名以为宝贵，希冀修名留于后世。

《古诗十九首》中所表现出的"荣名以为宝"的眷生态度，一则与当时东汉王朝的养士政策有关，二则与儒家"三不朽"的生命精神一脉相承。

东汉王朝为了加强其统治，在王朝建立之初，就继续奉行西汉武帝以来的养士政策，"于京师设太学及宫邸学，于地方设郡国学，以训练各级商人地主的子弟"①，《后汉书·儒林传·序》记载："本初元年，梁太后诏曰：'大将军下至六百石，悉遣子就学。'……自是游学增盛，至三万余生。"又云："顺帝……乃更修黉宇，凡所造构二百四十房，

---

① 翦伯赞：《中国史纲·第二卷秦汉史》，北京：商务印书馆，2010年，第500页。

千八百五十室。试明经下第补弟子，增甲乙之科员各十人。"可以看到，到了安帝时，仅太学的学生一项，就已经多至三万余人，人才教育体系庞大，吸收的对象范围亦逐渐宽泛，除了贵族官僚子弟、东汉商人地主的子弟外，出身于社会中下层的寒门小族之士，也可以通过地方的贡举和政府的特征而获得官职。

统治阶级所采用的养士政策和选举制度，一方面是为了便于统治和补充人才，巩固政权基础。另一方面，这种政策和制度广开利禄之途，于是当时的首都洛阳便必然成了汲汲于富贵的知识分子们求谋进身的逐鹿之场。这样，便出现了《古诗十九首》和乐府诗中所描绘的诸多为求谋进士而背井离乡、漂泊异地的游子，也出现了诸多失志而意难平的贫士，"慨得志之无时，河清难俟，不得已而托之身后之名；名与身孰亲？悲夫！"①

另外，"立身""荣名"的眷生态度，与儒家"三不朽"的生命精神一脉相承。"不朽"的观念由来已久，它关涉生死问题，是力图超越人生在世生存的有限性和死亡的必然性，以实现永存，虽然目的一致，但实现"不朽"的方式各异。

最早的"不朽"观念载于《左传》，成公十六年（公元前575年），楚晋交战，楚国战败：

> 楚师还，及瑕，王使谓子反曰："先大夫之覆师徒者，君不在。子无以为过，不谷之罪也。"子反再拜稽首曰："君赐臣死，死且不朽。臣之卒实奔，臣之罪也。"

这里，臣子将国君的赐死视为死而不朽，因为身亡在本国和本族，死后仍能在宗庙里长受子孙宗后的祭拜，从鬼神循环时间观的角度来看，人

---

① 陈祚明言，见马茂元：《古诗十九首初探》，西安：陕西人民出版社，1981年，第81页。

死后能通过受祭拜的灵魂得到不朽。

而到了春秋中后期，《左传》襄公二十四年（公元前549年），记载了范宣子和叔孙豹的一段对话：

> 　　二十四年春，穆叔如晋，范宣子逆之，问焉，曰："古人有言曰'死而不朽'何谓也？"穆叔未对。宣子曰："昔匄之祖，自虞以上为陶唐氏，在夏为御龙氏，在商为豕韦氏，在周为唐杜氏，晋主夏盟为范氏，其是之谓乎！"穆叔曰："以豹所闻，此之谓世禄，非不朽也。鲁有先大夫曰臧文仲，既没，其言立，其是之谓乎！豹闻之：'大上有立德，其次有立功，其次有立言。'虽久不废，此之谓不朽。若夫保姓受氏，以守宗祊，世不绝祀，无国无之。禄之大者，不可谓不朽。"

从此处记载，我们可以看到两种"不朽"的观念：其一为"保姓受氏""世不绝祀"的世禄不朽，强调家族血脉传袭的继承性，如《老子》载有"善建者不拔，善抱者不脱，子孙以其祭祀不辍"（《第五十四章》），《孟子》有"不孝有三，无后为大"，这种通过血脉因缘对祖先生命的承继、对家族生命的延续，保存了作为个人生存依托的家族存在的永生不朽，也因此超越了个体生命的有限性和必死性。

其二是"立德立功立言"的三不朽。"立德"是以身载道，志于道而修于德，以仁德的实现而成为世人的楷模，"立功"是在社会事务中有所贡献和功业，"立言"是独创一家之言并得以流传存世。这一层次的不朽观念，超越了以上提到的通过宗族祭拜实现的灵魂不朽，也超脱于通过家族血脉承袭所实现的群族的肉身不朽的执着之上，是一种挣脱了肉体的束缚，具有超越性的精神生命的不朽存在。此"三不朽"就是儒道两家都坚持的"身死而道存"的不朽，如孔子言"朝闻道，夕死可矣"，《国语》言"其身殁矣，其言立于后世，此之谓死而不朽"，老子言"不失其所者久，死而不亡者寿"，也是汉乐府和《古诗十九首》中确立"荣名以为宝"，对"立荣名"孜孜以求的根源①，即谋取官职，是实现"立德""立功""立言"的有效途径。而借由此"三不朽"，可以在个体生命的肉身存在湮灭以后，仍能通过"德""功""言"三种方式，将个人的精神生命留驻于人心、世事，这是对人的有限自然生命时间的克服，是借由"道存"而实现的不朽。

3.4　奉身自养以达生

"服食求神仙"和"荣名以为宝"的眷生方式，或是以服食丹药来延长寿命，达到"仙人不死"的境地，或者以荣命长存的方式来弥补生年必有极的缺憾，都是在直面"来者去日少"和人生的必死性以后，希冀通过别样的方式来延续生命，突破生命的有限性的努力。与其不同的是，"饮酒被纨素"和"荡情志"的达生方式，都格外注重生命的"现前一刻"，是在生命的当下流动中去贯以实现的"此世性"。

3.4.1　"饮酒被纨素"

> 出西门，步念之：今日不作乐，当待何时？逮为乐，逮为乐，当及时；何能愁怫郁，当复待来兹？酿美酒，炙肥牛，请呼心所懽，可用解忧愁。人生不满百，常怀千岁忧。昼短苦夜长，何不秉烛游？游行去去如云除，弊车羸马为自储。（《西门行》本辞）②

朱止黯云"西门行，君子悼时为无益之忧也"，人生如云除，倏忽不留痕迹，不如往游天上，或以酒食合欢。

---

① 吴淇在《选诗定论》中有言："《十九首》中，勉人意凡七，惟此点出'立身''荣名'是正论，其他'何不策高足''何为自拘束''不如饮美酒''何不秉烛游'及'极宴娱心意'，皆是诡调。"（见隋树森：《古诗十九首集释》，北京：中华书局，1955年，第19页。）

② 《乐府诗选》，余冠英选注，北京：人民文学出版社，1954年，第28页。

> 今日相乐，皆当喜欢。……仙人王乔，奉药一丸。……以何忘忧？弹筝酒歌。淮南八公，要道不烦，参驾六龙，游戏云端。（《善哉行》）①

该诗除开上文所言"求仙祈长生"的主题之外，亦是于主客答赠间，劝诫时人戚日苦多，应弹筝酒歌以及时尽欢，如李子德言"此篇言来者之难，知本劝人及时为乐饮耳"，又朱止溪云"世患无常，达人处顺则有常，其为懂不忻忻，其为忧不惙惙，先时不迎，时去不随；与服药求神仙者异矣"。

另有《驱车上东门》一诗：

> 驱车上东门，遥望郭北墓。白杨何萧萧！松柏夹广路。下有陈死人，杳杳即长暮。潜寐黄泉下，千载永不寤。浩浩阴阳移，年命如朝露。人生忽如寄，寿无金石固。万岁更相送，圣贤莫能度。服食求神仙，多为药所误。不如饮美酒，被服纨与素。

诗人因现前墟墓的萧瑟和墓中"陈死人"的"千载永不寤"，而直接联系到"年命如朝露"和飘忽如寄的现实人生，感叹生死更迭，永无了时，圣贤亦不能超度，求神仙也是虚妄，不如饮酒被服，以乐余生。

《青青陵上柏》一诗也是企图通过斗酒策马、游戏宛洛的荒淫生活来逃遁生命的无限迁逝感：

> 青青陵上柏，磊磊涧中石。人生天地间，忽如远行客。斗酒相娱乐，聊厚不为薄。驱车策驽马，游戏宛与洛。洛中何郁郁，冠带自相索。长衢罗夹巷，王侯多第宅。两宫遥相望，双阙百余尺。极宴娱心意，戚戚何所迫。

---

① 《汉魏乐府风笺》，黄节笺释，陈伯君校订，北京：人民文学出版社，1958年，第25页。

诗人因陵上之柏的阅岁不凋，涧中之石的坚贞不朽，而反兴"忽如远行客"的人生行役之苦，感物兴怀，于是以斗酒相娱，进而游戏王侯之间的方式来自度，以此摆脱"戚戚然"的紧张感，而顿觉时光舒长。

3.4.2 "安神养性"以"荡情志"

斗酒相浇、被服纨素的极宴娱心，企图强借外力、外物来实现暂时的麻醉，以短暂地忘却现实人生的时光之速和凄凄没落。而有诗人认为这种极宴娱心的人生之趣，终会经历过渡变灭而归于烟痕俱消，只是沉溺一时的自我麻醉，而期盼以安身养性的方式回归内心的安适和平和。

《满歌行》一诗有言：

> 为乐未几时，遭世崄巇……遥望辰极，天晓月移。忧来填心，谁当我知！……祸福无形。唯念古人逊位躬耕；遂我所愿，以兹自宁。自鄙山栖，守此一荣。暮秋烈风起。西蹈沧海，心不能安。揽衣起瞻夜，北斗阑干。……穷达天所为，智者不愁，多为少忧。安贫乐正道，师彼庄周……饮酒歌舞，不乐何须！善哉！照观日月，日月驱驰。……命如凿石见火，居代几时？为当欢乐，心得所喜。安神养性，得保遐期。①

朱止谿曰："满歌行，乐道也。达者解其会，寄其当，进退存亡，不失其正焉。"②诗中以"遥望辰极，天晓月移"喻"祸福无形"，以"揽衣起瞻夜，北斗阑干"喻"穷达天所为"，虽然"为乐未几时"，时光短促如凿石见火；"暮秋烈风"，时世艰危，诗人以"逊位躬耕"、蹈海隐归、"去自无他"的隐逸为他的期羡理想，以许由、善卷等一类隐逸之士

---

① 此诗见《乐府诗选》，余冠英选注，北京：人民文学出版社，1954年，第47页。另有《满歌行》一篇"自鄙山楼，守此一荣。……照观日月，日月驰驱。……命如凿石见火，居世竟能几时？但当欢乐自娱，尽心极所嬉怡。安善养君德性，百年保此期颐"，与此同义。（见《乐府诗选》，余冠英选注，北京：人民文学出版社，1954年，第49页。）

② 《汉魏乐府风笺》，黄节笺释，陈伯君校订，北京：人民文学出版社，1958年，第60页。

为追念和欣赏的对象，然而终因"二亲安在"的现实，让他怡然以"安神养性"、安贫乐道的生命状态达生处世。

> 天德悠且长，人命一何促！百年未几时，奄若风吹烛。嘉宾难再遇，人命不可续，齐度游四方，各令太山录，人间乐未央，忽然归东岳。①当须荡中情，游心恣所欲。（《怨诗行》②）

因生时人命短促，嘉宾难遇，死时齐归东岳，而豁然自警，认为人生应纵然地荡情志，游心欲。朱秬堂言："情岂可荡？欲岂可恣？因有所怨而讬焉，与泛常忧生者不同。"③

> 生年不满百，常怀千岁忧。昼短苦夜长，何不秉烛游。为乐当及时，何能待来兹？愚者爱惜费，但为后世嗤。仙人王子乔，难可与等期。（《生年不满百》）

极言生寄死归，时移世易，人生短促，"爱惜费"和"怀千岁忧"都是愚者的自苦行为，王子乔般乘鹤以逝、化鸟而鸣的成仙之事又难为凡人所企慕，所以诗人劝勉世人应及时为乐。

3.4.3 注重"现前一刻"

这种达生方式的产生，不仅在于时事背景的紧迫逼人，也在于诗人们对"现前一刻"的时势特别重视，《古诗十九首》有多处诗句都凸显了这一特点。

---

① 《尔雅》云："泰山为东岳"；《博物志》云："泰山主召人魂。"
② 《汉魏乐府风笺》，黄节笺释，陈伯君校订，北京：人民文学出版社，1958年，第53页。
③ 《汉魏乐府风笺》，黄节笺释，陈伯君校订，北京：人民文学出版社，1958年，第53页。

如《冉冉孤生竹》一诗，它的主题历来有争议，或认为是叙新婚后久别之怨的思妇诗，或认为是贤者致身而不用的怨迟暮之诗，这里，对此问题存而不论。仅注意到"兔丝生有时，夫妇会有宜。……伤彼蕙兰花，含英扬光辉；过时而不采，将随秋草萎"六句，诗人"兔丝生有时""过时而不采"均从"时"字着眼，强调了"及时""时机"在生命体验中的重要性。"兔丝"为蔓生植物，花开艳丽而有定时；蕙兰花"含英扬光辉"，正是盛颜之时，采之正其时，若过时而不采，其会随秋草同落而腐萎，而终无所用。所以，无论对怨妇还是贤臣，夫妇及时而会，抚壮以及时行道，都关注到了对生命体验极其重要的"时机""时势"。

反之，"时势"亦通过物之变得到标明进而呈现，所谓"一时不备，则岁功不可成矣"[1]。《庭中有奇树》[2]以"绿叶发华滋""攀条折其荣""馨香盈怀袖"写树之三物——叶、条、花，"物未极其盛，则时亦未极其变"，然而三物历时而渐积，在庭花得气而繁滋之时，就其折之时命而论，正是从前累积之蕴，撮聚于"其荣"之一顷，而"时之变徵于物，故由荣而遡之条，时亦屡变"。所以诗末"此物何足贵，但感别经时"之"经时"，一方面点出了物是在时间中经历变化的，另一方面，"时"亦因徵于物，而通过事件得到标明。时间在此可被看作与存在的事物并行的实存物，它与树之二物紧密相连，同时向前发展，时间的每一个时刻和转捩点都由物之变的当下情态所充盈，时间因而"被标明或指明，具有了个体性，脱离了它的不名状态，从而成为那一事件所具有的时间"[3]，进而获得了绵延性。

《青青河畔草》一诗虽然表达的是"居人远念"的主题，但其中"昔为倡家女，今为荡子妇；荡子行不归，空床难独守"四句，却可以看作

---

① 吴淇：《古诗十九首定论》，见隋树森：《古诗十九首集释》，北京：中华书局，1955年，第17页。

② 原诗如下："庭中有奇树，绿叶发华滋。攀条折其荣，将以遗所思。馨香盈怀袖，路远莫致之。此物何足贵，但感别经时。"

③ ［法］路易·加迪：《文化与时间》，杭州：浙江人民出版社，1988年，第119页。

对"今""昔"两个不同时刻的讨论。"昔为倡家女"是诗中女子的前半世，"今为荡子妇"是其后半世，前半世已过，后半世尚未来。吴淇认为"令此女昔不为倡女，则独守已惯；或今不作荡妇，则行有归期"，唯有诗中强调了女子"昔为"的前半世，才使得临窗窥青园，空床独难守的"现前一刻"显得更真实和寂寥。"昔""今"的对比呈现，正是为了对当下的情境作铺垫，所以说"凡现前一刻，古诗最重"。

又如"今日良宴会，欢乐难具陈"一句，吴淇认为"劈首'今日'二字，是一篇大主脑。以下无限妙文，皆回照此二字。盖往者不可追，来者不可邀，所可据以行乐者，惟今日耳"①。下接诗文"人生寄一世，奄忽若飙尘"也正有呼应强调"今日"之当下"现前一刻"的难长保全。所以，对"今日"之"现前一刻"的重视，是诗人对时间的敏感感知和对时间"易逝"的特质有了清醒认知之后，而从内心喷涌而出的，酌然地将时间挽留的态度，而这种态度化为具体的生活态度，即是诗中所表现出的"饮酒被纨素"与"安神养性"以"荡情志"的达生态度。

3.5　小结

以《古诗十九首》为代表的汉乐府，蕴含着深刻的以"此世性"为着眼点的时间意识，这种时间意识高度关注生命的此世存在，不仅对身处的自然时序投以关切，而且对反映时代主题的政治、宗教环境抱以敏感，由此抒发各异的生命情感，表达迥然的生命态度。主要表现为：

其一，对自然时序的入微比兴，以或萧瑟或盎然的时序兴起哀乐的生命情感，以晨风、促织、月夜、朝露等显明的时间意象来比拟多样的生命体验。

其二，在两汉动荡不居，养士制度和科举政策下感发了"生命无常"

---

① 吴淇：《古诗十九首定论》，见隋树森：《古诗十九首集释》，北京：中华书局，1955年，第13页。

的时代主题，"惟忧用老"和"物常人促"是诗人最常发出的哀怨自白，亦是东汉文人两种典型的生命感悟。

其三，诗人在求仙的普遍信仰和儒家"三不朽"思想的影响下，形成"求仙立名"的眷生方式，亦在注重生命之"现前一刻"的哲学思想下，形成"奉身自养"的达生方式，两者都同在生命的当下流动中去贯以实现生命的"此世性"。

以上三者，不论是对自然时间的关注，还是对"生命如何展开"这一问题的思考和反馈，都同时投射了汉代人对生命之"此世存在"的回答，是这一时期时间意识的独特之处。

第4章

汉乐府的时间观之二：彼世性

《诗经》时期，诗人在颂歌和祭祀诗中通过祈福长寿，眷念生之永存，间接表达了对死亡的厌倦和恐惧。《楚辞》中屈骚诗人因生不逢时的慨叹，时命不济的幽怨，希冀通过死亡飞升的方式，回返帝丘，所以死亡于他们是摆脱无奈之人生的通途，是浪漫而充满希望的。发展到汉乐府的阶段，思想界儒而圣贤，道而神仙，道家亦发展起来，加之乐府诗的作者纷繁，既有采自民间的风谣，也有文人的雅作①，故而在此背景之下，诗人对生命的体悟、对死亡的看法更加立体和丰富，既有"生者无不死，死者不复生"的理性生死观，又在"魂魄二分"思想的影响下，对"泰山""梁甫""黄泉""蒿里"等死后之彼岸世界投射了关注。由此我们可以展开汉乐府中时间意识的另一层面，即对"死"或"彼世性"的考察。

4.1 理性的生死观

理性的生死观既能意识到生的有限性，也能直面死的必然性。《驱车上东门》一诗有言："驱车上东门，遥望郭北墓。白杨何萧萧！松柏夹广路。下有陈死人，杳杳即长暮。潜寐黄泉下，千载永不寤。浩浩阴阳移，

---

① 《古诗十九首》虽然已无从考究作者为谁，但并不是民间的作品，而是文人效仿乐府而作的诗。

年命如朝露。人生忽如寄，寿无金石固。万岁更相送，贤圣莫能度。服食求神仙，多为药所误。不如饮美酒，被服纨与素。"诗人驱车东门，遥望北郭，于萧萧白杨、松柏间感叹生死，"阴阳"乃气，浩浩然之无穷尽，而人命逝速，自古生生死死，更迭相送，皆在一"移"字。

"浩浩阴阳移，年命如朝露。人生忽如寄，寿无金石固"言人之生者无不死，此时思想界儒而圣贤，道而神仙，然"贤圣莫能度""服食求神仙"亦不能度越[①]；"下有陈死人，杳杳即长暮。潜寐黄泉下，千载永不寤"，言人死后不见光明，不可复生。故正如旌德所言，自古及今"前我而死者，其死不复生；后我而生者，其生无不死；若兹之淹淹于其中，死犹未死，生不长生"。就个体生命看，"年命如朝露"，死亡是人无法超越的自然规律，故人无有能免死者；就人类生命总体看，天地之化无所停息，年命即是"生者送死，生者复为后生所送"，亦无非是去者来者两物，所谓"去者日以疏，来者日以亲"[②]（《去者日以疏》）。

在此理性生死观的影响下，就会很自然地产生人生如寄，神仙皆妄，"不如饮美酒，被服纨与素"的乐余生以自遣的生活态度。如徐衣言云："秦皇汉武，欲求长生，死且不免；曷如美酒纨素，反能不死乎？是故求仙似高于入世，误则殆有甚焉。纵欲反觉较胜，胜心复焉用为？"[③]

事实上，在求仙的信仰盛行之前，这种理性的生死观被大多数中国人所接受，亦多为思想界所认同，儒道两家的思想家虽然表述死亡的方式不同，但都同时承认死的必然性。

以儒家为例，鲁昭公二年（前540年），著名政治家子产曾说："人

---

① 崔豹《古今注》有言："淮南服食求仙，遍礼方士。"
② 《古诗十九首说》有言："茫茫宇宙，'去''来'二字概之……去者自去，来者自来；今之来者，得与未去者相亲；后之来者，又与今之来者相亲；昔之去者，已与未去者相疏；今之去者，又与将去者相疏；日复一日，真如逝波。"（朱筠：《古诗十九首说》，徐昆笔述，见隋树森：《古诗十九首集释》，北京：中华书局，1955年，第58页。）
③ 姜任修：《古诗十九首绎》，见隋树森：《古诗十九首集释》，北京：中华书局，1955年，第43页。

谁不死？" ①《吕氏春秋》中亦提到 "凡生于天地之间，其必有死" ②。
孔子也从来不避讳谈死亡问题。据统计，《论语》二十章，除两章外，没
有不谈论死亡问题的，全篇直面死亡问题的语录就多达58条，比如 "自古
皆有死，民无信不立"（《论语·颜渊》），"死生有命，富贵在天"
（《论语·颜渊》），认为死亡是自然生命的结束，无人能幸免，也毋
庸回避。学界却常常因为《论语·先进》中 "未知生，焉知死" 一句而误
以为孔子是对 "死亡" 采取存而不论的回避态度，根本不重视死亡问题
的。让我们回到季路和孔子谈话的语境，"季路问事鬼神。子曰：'未
能事人，焉能事鬼？'曰：'敢问死。'曰：'未知生，焉知死？'"
（《论语·先进》），孔子之所以断然拒绝正面回应季路对 "死" 的问题
的追问，是因为孔子认为像季路这样的人，应该先去理解生的道路，在
"生" 中去体悟人生的终极关怀和意义，尔后才能通达死的道理。学者段
德智认为，"无论如何，这只是孔子生死致思理路的一个层面……强调
由生参究死" ③。除此之外，孔子也 "提出了一条由死反观生的生死体认
路线" ④，例如《论语·泰伯》一则："曾子有疾，孟敬子问之。曾子言
曰：'鸟之将死，其鸣也哀。人之将死，其言也善。'"孔子似乎在暗示
人在自然生命将消散的那一刻，才能真正摆脱尘世中世俗得失的束教，而
达到本心善性的初心，这是由死而达于更本真的 "生"。

在道家学派中，庄周对生死问题给予了最多的关注。⑤ "死生始终将为
昼夜"，最早将生死与始终相比较；"死生为一条"（《德充符》），"死生
存亡之一体"（《大宗师》），"死生无变于己"（《齐物论》），认为生死

① 洪亮吉：《春秋左传诂》卷四，上海：上海古籍出版社，1994年，第15页。
② 许维遹：《吕氏春秋集释》全二册，北京：中华书局，文学古籍刊行社本，2009年，第220页。
③ 段德智：《试论孔子死亡思想的哲学品格及其当代意义——与苏格拉底死亡哲学思想的一个比较研究》，中州学刊，1997年第6期，第68页。
④ 段德智：《试论孔子死亡思想的哲学品格及其当代意义——与苏格拉底死亡哲学思想的一个比较研究》，中州学刊，1997年第6期，第68页。
⑤ 据王先谦说法，《庄子》中所有像 "得失" 与 "来去" 之类的概念都被用来隐喻生死。见［清］王先谦：《庄子集解》，北京：中华书局，1954年，第29页。

是一如的，强调生死同为性命之常情。"……'适来，夫子时也；适去，夫子顺也。安时而处顺，哀乐不能入也，古者谓是帝之县解。'指穷于为薪，火传也，不知其尽也。"从齐万物的角度看，生死不过是人生的一来一去，不论是对生，还是对死，人都应该顺应自然，安时而处顺。

在此儒道思想的影响下，将"死"作为生命遭遇自然的终点，作为不可避免之事实的理性死亡观成为汉代思想界较为普遍赞同的观念。一则是以"有始必有终"的普遍规律来看待死亡，如扬雄有言"有生者必有死，有始者必有终，自然之道也"①，王充也在对求仙的抨击过程中持同样的立场，如"有血脉之类，无有不生；生无不死。以其生，故知其死也。天地不生，故不死；阴阳不生，故不死。死者，生之效；生者，死之验也。夫有始者必有终，有终者必有死。唯无始终者，乃长生不死"。一则以"气"作为生死与否的决定因素，虽然"气"具有多层面和不断发展的含义，可以远溯至先秦时期，但是以"气"解释生死，是在东汉王充的思想中才得到了进一步的完善。王充有言："人之所以生者，精气也，死而精气灭。能为精气者，血脉也。人死血脉竭，竭而精气灭，灭而形体朽，朽而成灰土，何用为鬼？……气之生人，犹水之为冰也。水凝为冰，气凝为人；冰释为水，人死复神。"②他认为人之所以有生，是因为精气血脉的聚合，之所以有死，是因为精气的散灭，若精气血脉枯竭，则人的形体会随之腐朽成灰。此外，"人之生，其犹水也。水凝而为冰，气积而为人。冰极一冬而释，人竟百岁而死。人可令不死，冰可令不释乎？"③

可见，在儒道思想的影响下，"死"的必然性成为汉人的共识，他们以"有始必有终"的朴素规律来看待生死，又进而以"气"的聚散来解释生死的由来，以"死乃气散"进一步为死的必然性提供了完善的理解，成为《古诗十九首》中理性生死观的理论支撑。

---

① 　［西汉］扬雄：《法言义疏》卷十二，汪荣宝注疏，北京：中华书局，1987年，第521页。
② 　《论死》篇，见刘盼遂：《论衡集解》，北京：古籍出版社，1957年，第414页。
③ 　《道虚》篇，见刘盼遂：《论衡集解》，北京：古籍出版社，1957年，第157页。

4.2 魂魄二分：汉人死后世界的哲学基础

除开以"气"的聚散来讨论生死外，汉人也从魂魄二分的角度来区分人的躯体和精神，以此为生死划界，也为人死后的归属世界划界，认为"死"就是从此世的人转换为死后世界的鬼，"鬼"和"神"亦是人死之时分散的魂和魄。

魂与魄是人的生命的两大组成部分，在历史上，"魄"最早被用来与人的生死相联系，之后，魂作为灵魂的概念亦开始流行。发展至汉代，魂与魄成为人的灵魂的两大组成要素，两者随着人的生死而产生的变动不居的关系，构成了汉代人来世信仰的重要组成部分。《古诗十九首》和乐府诗中的时间意识亦多提及魂魄问题，为了准确地把握对汉代人生死观至关重要的魂魄观点，下文有必要简要地厘清魂与魄的概念自古至汉的发展流变。

大约在公元前6世纪早期，古代中国人已经开始将人的生死和他的"魄"的存亡联系起来。《左传》记载两例史实，时人在评价某官员的命运时说道，"不及十年，原叔必有大咎。天夺其魄"，"天又除之，夺伯有魄"。从中可以看出，魄在当时被认为是人的灵魂，并且其予夺权把握在上帝的手中，是人的体外的单独存在物。

到了公元前6世纪末，魂作为灵魂的概念开始流行，《左传·昭公七年》有云："人生始化曰魄，既生魄，阳曰魂。用物精多，则魂魄强，是以有精爽至于神明。匹夫匹妇强死，其魂魄犹能冯依于人，以为淫厉……（伯有）其用物也弘矣，其取精也多矣，其族又大，所冯厚矣，而强死，能为鬼，不亦宜乎！"这一段论述，有几个重点值得注意：第一，对于人而言魄较之魂是更基本的，魂是由魄引申出来的，魂被解释为阳，但魄并未被解释为阴；第二，身体的营养多寡、强健与否是决定魂魄强或弱的基础，以此将人的肉身和灵魂联系起来；第三，如果人是被强力致死，那么魂魄能在死后变为厉鬼。上述《左传》中的伯有就是一个明例，他是被郑国驱逐并遭到政敌杀害的一个贵族，因而公元前534年左右，郑国所遭受到的一系列事件被解读为是伯有的鬼魂回来复仇所致。以上所引《左传》关于魂魄的这段论述，亦是后来儒家哲学传统里有关"魂"与"魄"的经典论述。

　　《楚辞》中也有两篇与魂的论述密切相关的诗文。一为《招魂》，记有："帝告巫阳曰：'有人在下，我欲辅之。魂魄离散，汝筮予之！'巫阳对曰：'掌梦。上帝其难从。''若必筮予之，恐后之谢，不能复用巫阳焉。'乃下招曰：魂兮归来！去君之恒干……魂兮归来！东方不可以托些。……魂兮归来！南方不可以止些。……魂兮归来！西方之害，流沙千里些。……魂兮归来！北方不可以止些。……魂兮归来！君无上天些。……魂兮归来！入修门些。……魂兮归来！反故居些。天地四方，多贼奸些。像设君室，静闲安些。"一为《大招》，记有："青春受谢，白日昭只。春气奋发，万物遽只。冥凌浃行，魂无逃只。魂魄归来！无远遥只。魂乎归来！无东无西，无南无北只。"这里表明：其一，人们相信人活着的时候，魂魄统一于人体内，而当人死的时候，两者就分离开来，并且脱离身体，所谓"魂魄离散"；其二，魂较之于魄更为活跃，更能作为人的灵魂的代表。

　　到汉代，魂魄关系发展为灵魂二元论，《礼记·郊特牲》有言"魂气归于天，形魄归于地。故祭，求诸阴阳之义也"[1]，即"古人普遍相信个体生命由身体部分和精神部分组成。肉体依赖于地上的食物和饮水而生存，精神依赖于称作'气'的无形生命力，它自天而入人体。换句话说，呼吸和饮食是维持生命的两种基本活动，而身体和精神又被称为'魄'和'魂'的灵魂所支配"[2]。

---

[1]　孔颖达所谓"附形之灵为魄，附气之神为魂。附形之灵者，谓初生之时，耳目心识，手足运动，啼呼为声，此则魄之灵也。附气之神者，谓精神性识，渐有所知，此则附气之神也"。（《楚辞补注》，［宋］洪兴祖撰，白化文等点校，北京：中华书局，1981年，第83页。）

[2]　余英时：《东汉生死观》，侯旭东等译，上海：上海古籍出版社，2005年，第137页。

依源于灵魂二元论，汉代的魂魄观念主要包含以下内容：其一，就二者关系言，魂属于阳类，是属天的；魄属于阴类，是属地的；人活着的时候，魂魄相依不离；人死的时候，魂魄离散，并脱离身体。其二，就源流而言，"气"作为"生命之源"，同样也是魂与魄的来源，虽然从广义上看来，魂气与形魄各有依凭，但就狭义论，"重浊之气沉而为地，轻清之气浊上升为天。人作为二气合和之产物，居于两者之间"①。其三，就功用而论，魂是人的精神和智力的基础，主宰人的精神；而魄的作用在于使人"耳聪目明"，主宰着人的身体（包括感官）。所以在汉代，不论是以郑玄为代表的经学家，还是以《老子河上公注》为代表的道家著作，在魂魄二分、功用各异这一问题上，认知是相似的。

以此魂魄二分的理论为基础，汉人"普遍视死为精神离开躯体或生命由世间转到来世。……相信死后存在鬼似乎根深蒂固且流传极广。……'死'被定义为从此世的人转换为死后世界的鬼。……'鬼'最为流行的意思是死人的魂"②。

王充曾严厉批评世人对"死"的这一迷信思想，《论衡·订鬼》篇有云：

凡天地之间有鬼，非人死精神为之也，皆人思念存想之所致也。

他认为天地间的鬼，并不是人的骨肉消散以后的精神存留，而是仍然存活的生人对死者的一番思念存想，是死者的精神在生人对其思念中的复活。正如钱穆所言"惟既言思念存想，则思念存想之着重点，决非思念存想于所祭者生前之形体，而更当着重在思念存想于所祭者生前之精神"③。

---

① 见刘殿爵为《孟子》英译本（Mencius）所作的导言，*Mencius / translated with an introduction by D.C. Lau.* Harmondsworth : Penguin, 1970, P.24，正文中所引文字为笔者自译。
② 余英时：《东汉生死观》，侯旭东等译，上海：上海古籍出版社，2005年，第85页。
③ 钱穆：《灵魂与心》，桂林：广西师范大学出版社，2004年，第57页。

王充此等说法，"认为人生乃属纯形气者，非在形气之外另有一种灵魂之加入"①，其无神论或无鬼论的立场，也恰好说明了"世谓人死为鬼，有知，能害人"，"人死世谓鬼，鬼象生人之形，见之与人无异"的观念是如何为世人所普遍接受，并成为汉代关于死后世界的一般想法。

另外，王充《论衡·论死》篇中从阴阳二气角度对"鬼"和"神"做出的区分，为我们进一步了解汉代人对来世看法的二元观提供了理论依据，《论衡·论死》篇有云：

> 人死精神升天，骸骨归土，故谓之鬼（神）。鬼者，归也；神者，荒忽无形者也。

又云：

> 或说：鬼神，阴阳之名也。阴气逆物而归，故谓之鬼；阳气导物而生，故谓之神。神者，伸也，申复无已，终而复始。人用神气生，其死复归神气。阴阳称鬼神，人死亦称鬼神。气之生人，犹水之为冰也。水凝为冰，气凝为人；冰释为水，人死复神。其名为神也，犹冰释更名水也。

即王充从大地阴阳二气的角度来解释鬼神，认为阳气导物而生成为人的精神，人死后复归于气而成神，阴气凝结为人的形体，因此人死后骸骨归于尘土，所以称之为鬼。也就是说"将'鬼'和'神'分别用来指人死之时分散的魂和魄。将鬼和死后的魄视为一体"②，因而当人们将死亡视为此世生命的终结，但相信生命甚至在死后会继续留存延续，而关注死后世界时，依据"神"和"鬼"的二分，将死后世界划分为了"泰山"（或

---

① 钱穆：《灵魂与心》，桂林：广西师范大学出版社，2004年，第58页。
② 余英时：《东汉生死观》，侯旭东等译，上海：上海古籍出版社，2005年，第152页。

"梁甫")与"黄泉"（或"蒿里"）两类，分别是人死后魂与魄的归属地。

上述思想史的资料，是汉代思想家关于魂魄和鬼神的认知的抽象概括，亦可以认为是汉人所普遍认知并认可的观念。所以我们可以看到，《古诗十九首》与乐府诗中有大量诗句论及"魂魄""泰山"和"黄泉"，涉及死后世界的问题，与思想史的资料互为呼应和印证，且从某种程度上反映了当世人对魂魄二分与鬼神二分的看法，并进而关注死后世界的这一现世精神。

4.3　魂之所归："泰山"与"梁甫"

"泰山"在思想史上的意义经历了从"仙人居所"到"具有神秘的宗教意义"到死者鬼魂之地的变更。自古以来，泰山因为被视为神人自天而降之地，而常成为统治者们进行祭祀活动的场所。西汉时期，汉武帝为了寻求不死以成仙，在方士的辅助下于泰山进行了封禅仪式，泰山因此被赋予了更多神秘的宗教意义。发展至后来，正统的儒家或者谶纬之书都不约而同地将泰山与人的死生相勾连。《白虎通义》云"所以必于泰山何？万物之始，交代之处也"，将泰山视为万物产生之地，《风俗通义》云"封泰山，禅梁甫。俗说，岱宗上有金箧、玉策，能知人年寿修短"[1]，相信泰山上的金箧、玉策，能够知晓人的年寿长短；而在谶纬之书中，人们相信泰山与人的死亡有关，《遁甲开山图》所云，"泰山在左，亢父在右，亢父知生，梁父主死"[2]，《援神契》曰"太山，天帝孙也，主召人魂"[3]。

至于"泰山"是何时发展至被普遍确信为人死后魂之所归之地的，目

---

①　应劭：《风俗通义》卷二，上海：上海古籍出版社，1990年，第15页。

②　《泰山治鬼》，见顾炎武：《日知录》卷三十，兰州：甘肃民族出版社，1997年，第1313页。

③　［晋］张华：《博物志校证》，范宁校证，北京：中华书局，1980年，第12页。

前所能用以证明的史料和文献甚少①，但依据零稀的出土文物和史料按图索
骥，至少可以确信，在本章所考察的汉代诗歌时限范围内，泰山作为"死
后世界"的观念已经产生了。一个例证来自出土于西安附近的墓葬中的一
个公元175年的陶瓶，上面刻载有如下文字，"死人归阴，生人归阳，生人
（有）里，死人有乡，生人属西长安，死人属东太山"②。这里，死人、生
人分属于阴阳，太山相对于长安，成为人死后魂灵的归依处。

另一方面，本来浊重之气下沉为地，清醇之气上升为天。依附于阳气
的魂（或者"神"）应该上升入天堂，然而由于仙人不死与世俗求仙崇拜
在汉代的日益盛行，改变了人们的来世观念。据《太平经》记载，只有得
道的仙人才被允许进入天堂，因此人死后分解出的魂（与不死的仙人分属
于不同类别的存在），便不能与仙人一道处于天上，而只能另谋住所，于
是泰山和梁甫成为魂据以依归的阴间。

乐府诗中有几处都将人的魂神与泰山和梁甫相联系，如《怨诗行》
一诗：

> 天德悠且长，人命一何促！百年未几时，奄若风吹烛。嘉宾难再
> 遇，人命不可续，齐度游四方，各分太山③录，人间乐未央，忽然归
> 东岳。当须荡中情，游心恣所欲。④

《尔雅》释"泰山为东岳"，诗中认为世事难测，人命短促，孱弱若

---

① 清代赵翼认为这一观念在后汉已经产生了，"《老学庵笔记》谓杨文公'游岱之魂'
一句出《河东记》韦齐休事，然骆宾王《代父老请禅文》云：'就木残魂，游岱宗
而载跃'，又在河东前矣。是放翁以骆文为最先也。其实后汉时已有此语……是泰山
治鬼知说，汉、魏见已流行"。（见［清］赵翼：《陔馀丛考》卷三十五，栾保群点
校，石家庄：河北人民出版社，1990年，第617–618页。）
② 酒井忠夫：《太山信仰の研究》，《史潮》，第7卷第2期，1937年6月，第74页。转
引自余英时：《东汉生死观》，侯旭东等译，上海：上海古籍出版社，2005年，第90
页，脚注2。
③ 《尔雅》"九夷、八狄、七戎、六蛮，谓之四海"。又曰"太山为东岳，华山为西
岳，霍山为南岳，恒山为北岳，嵩山为中岳"。
④ 《乐府诗集》，［宋］郭茂倩辑，上海：上海古籍出版社，1993年，第375页。

风烛，并且不可续，终归会魂归泰山，正如《后汉书》所言，"死者魂神归岱山"。

又如《梁甫吟》：

步出齐城门，遥望荡阴里。里中有三墓，累累正相似。问是谁家墓？田疆古冶子。力能排南山，文能绝地纪，一朝被谗言，二桃杀三士。谁能为此谋？国相齐晏子。①

梁甫是泰山附近的一座山（王先谦补注"梁甫在今泰安府南六十里"），也是皇帝向最高的地祇献祭的地方，也就是诗中所说的"荡阴里"，又名"阴阳里"。在齐城（临淄）东南，有三壮士冢，被认为是泰山的都府，是人死后魂灵所归之处。正如余英时所言，"对于汉人而言，泰山是想象中最高的地方，仅次于天。严格地讲，魂甚至也不能上升到圣山的顶峰，因为它变成了皇帝与仙人会面的地方。魂只能到梁父去，那里是泰山府君管理中央行政的地府"②。

4.4 魄之所归："黄泉"与"蒿里"

"魂"与"魄"二分，同归于阴间，"魂"依于泰山和梁甫，而"魄"归于黄泉与蒿里。"黄泉"的概念非常古老，可追溯至公元前8世纪末，且常出现于历史和文学著作中，被描绘为处于地下，阴暗可怖，是死者葬身之地。③在汉代，"黄泉"一词亦被广泛使用，被认为是死后世

---

① 《乐府诗集》，〔宋〕郭茂倩辑，上海：上海古籍出版社，1993年，第372页。
② 余英时：《东汉生死观》，侯旭东等译，上海：上海古籍出版社，2005年，第150页。
③ 例如《左传·隐公元年》："遂寘姜氏于城颍，而誓之曰：'不及黄泉，无相见也！'"又云："对曰：'君何患焉？若阙地及泉，隧而相见，其谁曰不然？'"

界。①

乐府诗中对"黄泉"之所多有提及，如《孤儿行》篇：

　　孤儿生。孤子遇生，命独当苦！父母在时，乘坚车，驾驷马；父母已去，兄嫂令我行贾。南到九江东到齐与鲁，腊月来归，不敢自言苦。……上高堂，行取殿下堂，孤儿泪下如雨。……怆怆履霜，中多蒺藜，拔断蒺藜，肠肿怆欲悲，泪下渫渫，清涕累累。冬无复襦，夏无单衣。居生不乐，不如早去，下从地下黄泉。……独且急归，当兴校计。乱曰：里中一何譊譊！愿欲寄尺书，将与地下父母，兄嫂难与久居。②

诗中一个孤儿自述身世之凄苦，慨叹自己无休无止地遭受兄嫂的种种虐待，行贾、行汲，终无暇日，难与兄嫂久居，宁愿早去，以下从黄泉，与父母欢聚。这里，"黄泉"就是人们认为的死后世界，《左传》云"不及黄泉，无相见也"，服虔注："天玄地黄，泉在地下，故言黄泉。"③

又如：

　　念与君离别，气结不能言："各各重白爱，远道归还难。妾当守空房，闭门下重关；若生当相见，亡者会黄泉。"（《艳歌何尝行》）

　　……结发同枕席，黄泉共为友……卿当日胜贵，吾独向黄泉！

　　新妇谓府吏："何意出此言！同是被逼迫，君尔妾亦然。黄泉下相

---

① 《论衡·薄葬篇》有言："亲之生也，坐之高堂之上；其死也，葬之黄泉之下。黄泉之下，非人所居，然而葬之不疑者，以死绝异处，不可同也。"（见刘盼遂：《论衡集解》，北京：古籍出版社，1957年，第463页。）又如《太平经》有言："善者上行，命属天，犹生人属天也；恶者下行，命属地，犹死者恶，古下归黄泉，此之谓也。"（见于王明：《太平经合校》卷七十，北京：中华书局，1997年再印版，第279页。）

② 《乐府诗集》，［宋］郭茂倩辑，上海：上海古籍出版社，1993年，第348页。

③ 《汉魏乐府风笺》，黄节笺释，陈伯君校订，北京：人民文学出版社，1958年，第171页。

见！勿违今日言！"……"今日大风寒……儿今日冥冥，令母在后
单。……勿复怨鬼神。命如南山石，四体康且直！"……我命绝今
日，魂去尸长留……（《焦仲卿妻》）①

　　欲久生兮无终，长不乐兮安穷。奉天期兮不得须史，千里马兮驻
待路。黄泉下兮幽深，人生要死，何为苦心。何用为乐心所喜，出入
无惊为乐巫。蒿里召兮郭门阊，死不得取代庸，身自逝。（《广陵王
歌》）②

　　驱车上东门，遥望郭北墓。白杨何萧萧！松柏夹广路。下有陈死
人，杳杳即长暮。潜寐黄泉下，千载永不寤。（《驱车上东门》）

都认为"黄泉"是亡者相会之处，是死者的永久居所。而"蒿里"又
名"蒺里"，"蒿"就是"蒺"，也就是"槁"，因人死则枯槁而得名，
是"泰山脚下另一处很有宗教意义的地方，公元前104年武帝在此举行祭
祀'地主'的仪式"③，它是"死者住所"的观念于公元前1世纪中期开始
流行，并在汉代，与下里、黄泉一起被视为死者的永久居住地。乐府诗中
的记载如下：

　　蒿里谁家地！聚敛魂魄无贤愚。鬼伯一何相催促！人命不得少踟
蹰。④（《蒿里》）
　　薤上露，何易晞！露晞明朝更复落，人死一去何时归！⑤（《薤
露》）

晋崔豹《古今注》卷中评说："《薤露》、《蒿里》，并丧歌也。

---

① 《乐府诗集》，[宋]郭茂倩辑，上海：上海古籍出版社，1993年，第624–628页。
② 《乐府诗集》，[宋]郭茂倩辑，上海：上海古籍出版社，1993年，第722页。
③ 余英时：《东汉生死观》，侯旭东等译，上海：上海古籍出版社，2005年，第151页。
④ 《乐府诗选》，余冠英选注，北京：人民文学出版社，1959年，第10页。
⑤ 《汉魏乐府风笺》，黄节笺释，陈伯君校订，北京：人民文学出版社，1958年，第5页。

出田横门人，横自杀，门人伤之，为之悲歌，言人命如薤上之露，易晞灭也，亦谓人死，魂魄归乎蒿里……《薤露》送王公贵人，《蒿里》送士大夫庶人，使挽柩者歌之，世呼为挽歌。"[①]认为人死后不分贤愚，魂魄都被"鬼伯"（就像《庄子》里的冥伯一样）拘摄，聚居于"蒿里"。

4.5　小结

以上通过对乐府诗集与汉代儒道思想史的互参互证，展现了汉代人对生命历程之重要一环——"死亡"的认知。较之《诗经》《楚辞》时期诗歌中所展现的对死亡的关注，汉乐府的"死亡"认知更加全面和通透，既在慨叹生之短暂与无奈中体味死的必然性，认为死亡是人不可避免的结局；又在此世生命的终结之外，另辟彼岸世界以将人的生命在死后延续，展开了时间意识的另一侧面，即对"彼世性"的关注。

这种"彼世性"的论述以汉代"魂魄二分"的哲学思想为基础，魂气归于天，形魄归于地，因而身体和精神分别被称为"魄"和"魂"的灵魂所支配，继而人在死后魂魄分散，分别成为"神"和"鬼"，而分属于不同的死后居所。"魂"归于"泰山"与"梁甫"，"魄"归于"黄泉"与"蒿里"，两处均是不同于仙人所居之"上天"的"阴间"，人于是在生命消散后的彼岸世界各得其所。

通过第3、4章的陈述可以看到，两汉人的时间观不仅关注人的此世存在，更将这种关切展延至人的死后世界，在人的自然生命终结之后，为人的两种灵魂——魂与魄找寻了各自的安顿之处，表达了对"彼世性"的时间形态的关注。这种两分的时间观虽然与先秦时间观有些许相同之处，如延续了对自然时序的敏感，也共同具有享乐、眷生的生命态度，但相较而言，两者的迥然相异之处更为鲜明。

---

① 转引自《汉魏乐府风笺》，黄节笺释，陈伯君校订，北京：人民文学出版社，1958年，第5页。

其一，不同的循环时间观：循环时间观认为，时间像一个圆圈，世界上万事万物在经历了一个时间周期之后又回复到原来的状态。《楚辞》的循环观是以太阳循环为中心的宇宙时间的循环，是一种较为单薄的循环时间观。而汉乐府中的循环时间观是经由对生命循环的看法而展现出来的，也就是说生命的循环观必定会导致时间的循环观，这种生命循环观较为强烈，源于对死的抗拒与对永恒和不朽的追求。

其二，时空关系：汉乐府中对死后世界的描述，即灵魂追求不朽的道路，不仅是时间性的，而且是空间性的。

其三，未来与彼岸：《楚辞》中对未来时间的关注是借由死后归返故里的精神寄托为依归的，是一种对未来有所期待的时间，精神的安顿依托于未来。而汉乐府中对死后世界的追念，看似是一种对未来时间的构筑和期待，其实是在彼岸的空间性中实现的不朽。

第5章
建安诗歌的时间意识

　　向来讲建安文学的，都注重叙述所谓"建安七子"。七子之名，源于曹丕的《典论·论文》，他说："今之文人，鲁国孔融文举，广陵陈琳孔璋，山阳王粲仲宣，北海徐干伟长，陈留阮瑀元瑜，汝南应场德琏，东平刘桢公干，斯七子者，于学无所遗，于辞无所假，咸以自骋骥骤于千里，仰齐足而并驰。以此相服，亦良难矣。"[①] 然而建安七子的代表性也是有限的，当时的著名文士并不以此七人为限，另有诸如杨修、邯郸淳、路粹等，如《魏志·王粲传》云"自颍川邯郸淳、繁钦、陈留路粹、沛国丁仪、丁廙、弘农杨修、河内荀纬等，亦有文采，而不在此七子之列"。所以"建安七子"这一词的用处就在于它可以表示出当时邺下文风的盛况来。

　　但其实这一时期更为重要的是，曹氏父子是尽了对于建安文学的提倡和领导作用，不仅因为他们的诗歌成就颇高，而且在他们的作品中最容易看出一般的共同时代特征，可以被认为是这一时期最好的代表人物。而其中尤以曹植的文学成就最为值得关注，正如黄节言："陈王本国风之变、发乐府之奇、驱屈宋之辞、析杨马之赋而为诗、六代以前莫大乎陈王矣。至其闵风俗之薄、哀民生之艰、树人伦之式、极情于神仙而义深于朋友、则又见乎辞之表者、虽百世可思也。钟记室品其诗、譬以人伦之有周孔、

---

① 曹丕：《曹丕集校注》，魏宏灿校注，合肥：安徽大学出版社，2009年，第313页。

至矣哉。"①故本章论建安诗歌的时间意识，便主要取曹植诗论之，兼以曹操、曹丕诗中相关内容加以旁佐。

东汉末年，政治朽败，阶级矛盾异常尖锐。在朝廷内部，不仅外戚、宦官把握朝政，而且常有政权斗争，如董卓专权、何进与宦官十常侍的争斗等；在朝廷以外，农民起义如火如荼。曹氏父子目睹并亲历了割据战争、政权斗争给社会带来的动荡；同时，他们有机会于变化的政治形势中施展抱负，这些现实境遇都反映到了他们的作品里，使得他们的作品内容丰富且极具现实主义精神。

大概说来，他们的诗歌内容有：其一，记述纷乱的时局，后人称之为"汉末实录"；其二，抒己之渴望建功立业的抱负与理想，以平定天下为己任的积极精神，如曹植《赠白马王彪》、《杂诗》六首、《泰山梁甫行》《野田黄雀行》《七哀诗》等杰出篇章；其三，因志竟未成或苦闷于时命短促，而几欲于游仙、谈玄之间追求自由，曹植为此有《苦思行》《升天行》《仙人篇》《远游篇》《五游咏》《平陵东》《桂之树行》《飞龙篇》《游仙诗》等篇章，但他们的求仙思想，已经与汉代乐府中大量祈仙诗有了一些不同，因为曹氏父子内心对求仙一事还是抱持谨慎态度，诗文中有反对方士，认为神仙不可信的一面。本章研究曹氏父子诗文中的时间意识，亦与以上几点关系密切。

5.1 人命逝速，死为必然

古代诗歌中时间意识的一个重要部分，就是对人的生命的认识，而"生"与"死"是人的自然生命的两种重要状态。"生"是生命的感知过程，"死"是这种感知过程的终结，虽然生而不知其"死"之感，"死"时更是身心灵的终结，而无法对"死"有任何感知，做出任何思考，但生命流逝本身、"死"本身却一直给人们带来无尽的压迫和无助感。

---

① 曹植：《曹子建诗注》，黄节注，北京：人民文学出版社，1957年，序第1页。

《诗经》中先民几乎不言"死"，但因为无休止的徭役、居处无定的窘困生活而苦哀宿命，产生了不乐其生的厌世思想；《楚辞》中诗人因为现实的志竟未成和深切的现实困顿而哀叹天时已过，人年易老。从《古诗十九首》开始，不仅"生命无常"的时间主题被反复吟咏，而且诗人也将对生命的敏感延伸到了对"死"的感念。"三曹"诗歌亦延续了这一对时命感叹，并直面死亡之必然性的传统。

5.1.1　人命逝速，嘉会难常

"三曹"诗歌中对人的自然生命的感知所共有的特点，其一是对人命的速逝迁迭的感念。[①]曹植《送应氏》诗有言："步登北芒阪、遥望洛阳山。洛阳何寂寞、宫室尽烧焚。垣墙皆顿擗、荆棘上参天。不见旧耆老、但睹新少年。侧足无行径、荒畴不复田。游子久不归、不识陌与阡。中野何萧条、千里无人烟。念我平常亲、气结不能言。"[②]应氏指汝南应场、应璩兄弟，同为建安诗人。据黄节说法，此诗为建安十六年，曹植随曹操西征马超，路过洛阳，与应氏兄弟见面，分别时作此诗送别。诗人感叹于董卓之乱后洛阳城的一片残破和人世沧桑，加之离别赠送的时机，更增添"不见旧耆老，但睹新少年"的世事迁易，所谓"清时难屡得，嘉会不可常。天地无终极，人命若朝霜"，战乱和离别都促发诗人对人命逝速、嘉会难常的感慨。又有《王仲宣诔》：

---

① 曹丕亦有众多叹人老，劝及时行乐的诗篇，如曹丕以《短歌行》追思曹操，其中有言："人亦有言，'忧令人老'。嗟我白发，生一何早"，感叹维忧用老，年华易逝。《善哉行》中"忧来无方，人莫之知。人生如寄，多忧何为。今我不乐，岁月其驰"、"人生居天壤间，忽如飞鸟栖枯枝。我今隐约欲何为？……今日乐，不可忘。乐未央。为乐常苦迟，岁月逝，忽若飞。为何自苦，使我心悲？"（《大墙上蒿行》）、"男儿居世，各当努力。蹙迫日暮，殊不久留"（《艳歌何尝行》），等等。本章中曹丕的诗文均引自《曹丕集校注》，魏宏灿校注，合肥：安徽大学出版社，2009年。另参考曹操、曹丕著：《魏武帝魏文帝诗注》，黄节注，北京：人民文学出版社，1958年。
② 本章所引曹植诗文均出自曹植：《曹植集校注》，赵幼文校注，北京：人民文学出版社，1984年；并参考曹植：《曹子建诗注》，黄节注，北京：人民文学出版社，1957年。

……早世即冥；谁谓不伤！华繁中零。存亡分流，天地同期。……人命靡常，吉凶异制。……又论死生，存亡数度。……傥独有灵，游魂泰素。我将假翼，飘摇高举。超登景云，要子天路。……虚廓无见，藏景蔽形。……永安幽冥。人谁不殁，达士徇名。生荣死哀，亦孔之荣。呜呼哀哉！

曹植作诔文悼念王粲，忆其出身贵族，品行高洁，叙述其一生智慧忠勇，其中涉及一些有关生死的观点。诗人认为"存亡分流，夭遂同期"，这里，"存亡"指生死，意即生与死虽分路而行，但在同归于寿命终结的那一刻，金石不易被毁，但人命无常。曹植曾与王粲讨论过死生存亡的法则，并表示他们对此法则尚存怀疑，并正在寻求明确的证据。最后，曹植说人人都将归于寿终，而不会长生不老，通达之人为名节而献身，生前荣宠、死后有人致哀，也是最大的光荣。

《九愁赋》篇中有"民生期于必死，何自苦以终身！宁作清水之沉泥，不为浊路之飞尘"，此赋写于曹植因遭谗受诬，以致放逐离京赴藩国之时，直陈社会风气的乖变。诗人以清高之节难存于世，但是面对人生终有期限而必死的结局，诗人自警哪怕身处泥淖，仍不用终身自苦而生存，他选择宁愿做清水之下的沉泥，也不做浊水路上的飞尘，这种生命态度也是由人命终逝的客观事实逼促而出。另有《赠白马王彪》第六首，谓"心悲动我神，弃置莫复陈。丈夫志四海，万里犹比邻，恩爱苟不亏，在远分日亲，何必同衾帱，然后展殷勤。……仓猝骨肉情，能不怀苦辛"。大藩激成祸乱者众的社会现实，让诗人在悟到人生朝露的无奈时，自勉以安分过日，终身余年。另有《赠白马王彪》其五：

太息将何为，天命与我违。奈何念同生，一往形不归，孤魂翔故域，灵柩寄京师。存者忽复过，亡殁身自衰，人生处一世，去若朝露晞。年在桑榆间，景响不能追。自顾非金石，咄喈令心悲。

　　黄初四年，白马王与任城王、白马王彪同赴京师参加"迎气"之礼，途中曹彰暴薨，诸王怀友于痛，当时魏已规定藩国不得互相来往，所以等到曹植及白马王彪还国之时，希望两人能同路东归，以互叙隔阔之思，但是监国使者不从，强行命二者辞别，曹植于是发愤作此诗。

　　曹彰暴薨带来的死别，与白马王彪暂别带来的生离，让曹植深感生死与离别之悲，直言人命呼吸之间或至夭丧，人寿将暮，身之渐衰，至死时孤魂须臾飞散的残酷，让诗人反复感叹人生无金石之固，却譬若朝露，光影和声响都无法追回。[①]

5.1.2　羽化成仙反衬如寄居之人生

　　曹植于黄初中作《仙人篇》，其诗有言："仙人揽六著，对博太山隅。湘娥拊琴瑟，秦女吹笙竽。玉樽盈桂酒，何伯献神鱼。四海一何局！九州安所如？韩终与王乔，要我于天衢。万里不足步，轻举陵太虚。飞腾踰景云，高风吹我躯。回驾观紫薇，与帝合灵符。阊阖正嵯峨，双阙万丈余。玉树扶道生，白虎夹门枢。驱风游四海，东过王母庐。俯观五岳间，人生如寄居，潜光养羽翼，进趋且徐徐。不见轩辕氏，乘龙出鼎湖。徘徊九天上，与尔长相须。"

　　当时曹丕为护佑自己的君王地位，制定严苛的法律，派遣监国官吏，以管控诸王的行动，而且颁布禁令，严格规定诸侯游猎的活动范围不得超过三十里。这样的现实境遇，不仅是自试无门，而且几无人身自由，于是在思想形态中仙游于神仙传说是非常自然的。诗人在诗中幻想自己获王乔

---

①　另有多处感叹年命不偌，如"……去父母之怀抱，灭微骸于粪土。天长地久，人生几何？先后无觉，从而有期"（《金瓠哀辞》）；"……日月不恒处，人生忽若遇。……"（《浮萍篇》）；"……生若浮寄，惟德可论。朝闻夕逝，孔志所存。皇虽殪没，天禄永延"（《文帝诔》）；"……主称千金寿，宾奉万年酬。久要不可忘，薄终义所尤。谦谦君子德，磬折何所求。惊风飘白日，光景驰西流，盛时不再来，百年忽我遒。生存华屋处，零落归山丘。先民谁不死？知命复何忧"（《箜篌引》）；"日苦短，乐有余，乃置玉樽办东厨。广情故，心相于。阖门置酒，和乐欣欣。游马后来，辕车解轮。今日同堂，出门异乡。别易会难，各尽杯觞"（《当来日大难》），等等。

之邀，飞升太虚以寻求出路，翱翔云表，逍遥八荒，沉浸于彩云、紫薇、天神、天门的仙境中，毫无拘束，种种羽化而成仙的自由，更反衬出现实人生的寄居之感。朱乾曰："讬意仙人，志在养晦待时，意必有圣人如轩辕者，然后出而应之，所谓达可行于天下而后行之者也。较《五游》，《远游》，意更远矣。"[1]朱嘉徵也言，诗末"潜光养羽翼，进趣且徐徐"，暗示诗人功业不久，盖将立言的决心。

5.1.3 "死"乃反真

《髑髅说》是曹植谈论生死问题的主题诗歌中最有哲学意味的一首，此诗写就于曹植晚年，在自表屡败，立功难成的现实面前，曹植在诗中虚构曹子（曹植自指）与髑髅的对话，表达了晚年转向道家之太虚寻求生命的安顿，与天地物化的生死观。

诗中人与髑髅对话，表示对生与死的两种不同立场。当曹子看到路边的骸骨时，疑惑并猜测其魂飞而残骸的原因，所能言及，如："子将结缨首剑，殉国君乎？将被坚执锐，毙三军乎？"等，都是生人之累，并哀叹"骨之无灵"，没有了精神。此时髑髅形藏而影显，与曹子进行对话，他认为：

> 子则辩于辞矣！然未达幽冥之情，识死生之说也。夫死之为言归也。归也者，归于道也。道也者，身以无形为主，故能与化推移。阴阳不能更，四节不能亏。是故洞于纤微之域，通于恍惚之庭，望之不见其象，听之不闻其声；抱之不充，注之不盈，吹之不凋，嘘之不荣，激之不流，凝之不停，寥落冥漠，与道相拘，偃然长寝，乐莫是踰。

曹子尚不通晓幽冥之情，不了解死生的观念。髑髅认为"死"是精神回归于自然之道，所以能随自然之造化而变化，四时、寒暑都不能改变和减损它，并且藏于精微，与恍惚之地通，视而无形，听而无声，虚静幽深

---

① 曹植：《曹子建诗注》，黄节注，北京：人民文学出版社，1957年，第65页。

而为道所限制，是最为快乐的事情。

然而曹子还是执念于生，希望能够使神返其形。"神"叹然于曹子的冥顽不化，认为"生"之形骸是一种负累，而"死"能让其回返于自然状态中，"是反吾真也"，逍遥而自在。最后，曹子悟到，死生并没有区别，只是所处的环境不同而已，所谓"夫存亡之异势，乃宣尼之所陈。何神凭之虚对，云死生之必均"。

5.2　立功、立言以不朽

既然生年是如此短促，就连英勇骁战的"超世之杰"曹操都不免在年有大限的生命面前喟然感叹而神伤，那么如何超越有限的生，而能做到"死而不朽"，是古代诗人心心念之的生命课题。《左传·襄公二十四年》中"立德立功立业"之三不朽的观点，对后世影响深远，曹氏父子对于何以"死而不朽"问题的回答，多少都不离"三不朽"理论之窠臼。曹操在诗文中没有直接讨论何以不朽的问题，但是通过《龟虽寿》《短歌行》等篇，可以析出曹操本人建功立业的志向是非常强烈的，他叹惋生命的无常与短暂，正是基于立功而无时的忧患，在下一节中可以更清楚地看到。不同于曹操的是，曹丕、曹植兄弟在"死而不朽"这个问题上是做过专文来讨论的。

5.2.1　曹植——立功难成，退而立言

曹植是希冀自己能够立功建业，垂名于世的，所谓"凡夫爱命，达者徇名"（《任城王诔》），在《与杨德祖书》中，曹植言："……吾虽薄德，位为藩侯，犹庶几勠力上国，流惠下民，建永世之业，流金石之功，岂徒以翰墨为勋绩，辞赋为君子哉！若吾志未果，吾道不行，则将采庶官之实录，辩时俗之得失，定仁义之衷，成一家之言，虽未能藏之于名山，将以传之于同好；非要之皓首，岂今日之论乎！"在他看来，"勠力上国，流惠下民"的建功立业是永世之业，可以如金石之固而流传，在"立功"难成的情况下，才会退而求"辩时俗之得失，定仁义之衷，成一家之言"的

"立言",以实现人生价值。所以他常以诗文中激昂慷慨发而有捐躯卫国之愿,如:

> 明主敬细微,三季蔚天经。二皇称至化,盛哉唐虞庭。禹汤继厥
> 德,周亦致太平。在昔怀帝京,日昃不敢宁。济济在公朝,万载驰其
> 名。(《惟汉行》)
> 仆夫早严驾,吾行将远游。远游欲何之?吴国为我仇。将骋万里
> 涂,东路安足由!江介多悲风,淮泗驰急流。愿欲一轻济,惜哉无方
> 舟!闲居非吾志,甘心赴国忧。(《杂诗》)
> ……圣者知命,殉道宝名;义之攸在,亦弃厥生。……(《卞太
> 后诔》有表)
> ……父母且不顾,何言子与妻!名在壮士籍,不得中顾私。捐躯
> 赴国难,视死忽如归。[《白马篇》(一)]

并且他还屡次上疏求自试,如魏明帝太和二年上《求自试表》,于表中阐述己之军事才能,以求为国立功,而偿夙愿,生怕"坟土未干,而声名并灭"。太和末,他又上《自试表》,其中谈到士之生存价值有云:"臣闻士之羡永生者,非徒以甘食丽服,宰割万物而已。将有补益群生,尊主惠民,使功存于竹帛,名光于后嗣。"可见,在曹植的生命中,他将立功之业看得很重。

自认具备治理国家的才能,怀着输力明君的热烈愿望,但碍于政治上争权夺名之故,"立功"不朽于曹植而言,实在是无施展之地,无实现的可能。[①]可是受着立名于世之思想的支配,曹植正如他在《与杨德祖书》

---

① 正如他在《三良》篇中所感叹的那样:"功名不可为,忠义我所安。秦穆先下世,三臣皆自残。生时等荣乐,既没同忧患。谁言捐躯易?杀身诚独难!揽涕登君墓,临穴仰天叹。长夜何冥冥!一往不复还。黄鸟为悲鸣,哀哉伤肺肝。"曹植哀叹三良不得其死,认为捐躯报国本不为难事,但杀身之因必须合乎忠义,然而穆公生不用三良,生不与其共功名,而死则要同患难,故三良之死是屈从于君意而不合乎忠义之礼,所以曹植认为功立不由己而不可为。

中所陈述的那样，立功不成，就退而求其次以"立言"来实现求得垂名的
凤愿，《魏略》曾有"陈思王精意著作，食饮损减，得反胃疾"的记载，
而且可以从明帝诏令中得到证实，并且他的诗文中也屡次流露出了这一转
变，如《薤露行》：

> 天地无穷极，阴阳转相因。人居一世间，忽若风吹尘。愿得展功
> 勤，输力于明君。怀此王佐才，慷慨独不群。鳞介尊神龙，走兽宗麒
> 麟。虫兽岂知德，何况于士人。孔氏删诗书，王业粲已分。骋我迳寸
> 翰，流藻垂华芬（指文章）。

自言从孔子删诗书以来，帝王之业已粲然分寄于文章，所以在他不
能展功勤以佐治于王的现实面前，曹植选择驰骋寸翰，以垂芬于后世。朱
嘉徵曰，"思乘时立业也。夫人进不能立功，退无以立言，可谓无业之人
矣。删诗书所以明王道，古人出处一致"，正是此意。

5.2.2　曹丕——文章为不朽之盛事

曹丕的《典论·论文》在文学史和美学史上的地位很重要，因为他在
文中肯定了文章的价值，也被认为是魏晋文的自觉的标志之一。但若从时
间意识之"死而不朽"的追求来看，《典论·论文》表达了曹丕在这一问
题上与曹操、曹植不同的立场。

曹丕在《典论·论文》中说："盖文章经国之大业，不朽之盛事。
年寿有时而尽，荣乐止乎其身，二者必至之常期，未若文章之无穷。是以
古之作者，寄身于翰墨，见意于篇籍，不假良史之辞，不托飞驰之势，而
声名自传于后。故西伯幽而演《易》，周旦显而制《礼》，不以隐约而弗
务，不以康乐而加思。夫然则古人贱尺璧而重寸阴，惧乎时之过已。而人
多不强力，贫贱则慑于饥寒，富贵则流于逸乐，遂营目前之务，而遗千载
之功。日月逝于上，体貌衰于下，忽然与万物迁化，斯亦志大痛也！融等
已逝，唯干著《论》，成一家言。"诗人感叹日月运行于天，人命渐老于

地，年寿和荣乐二事都是有一定期限的，很快就会随万物而生生化化，但名声能够"不假良史之辞，不托飞驰之势"而自传于世，于是借助文章的价值，就可以实现"立言"以不朽。

5.3 游仙的生命意义

除了于"立德立名立言"之间，择其一以实现"死而不朽"，"三曹"诗文中的时间意识都与《游仙诗》相关，三者都写有《游仙诗》，于诗中极写幻想的仙境，但是三者所表达的生命意义却略有差异。

5.3.1 曹操——建功立业与生命短促之内在冲突

曹操的《游仙诗》[①]集中表现在《气出唱》《陌上桑》《精列》《秋胡行》等几首诗中，从表面看来一般有两种情怀，一则企羡长寿，二则纯为描写于仙境游乐之场景。

游仙以求长寿诗有如下几首，如《气出唱》三首之其一：

> 驾六龙，乘风而行。行四海外，路下之八邦。历登高山临溪谷，乘云而行。行四海外，东到泰山。仙人玉女，下来翱游。骖驾六龙饮玉浆。河水尽，不东流。解愁腹，饮玉浆。奉持行，东到蓬莱山，上至天之门。玉阙下，引见得入，赤松相对，四面顾望，视正焜煌。开玉心正兴，其气百道至。传告无穷闭其口，但当爱气寿万年。东到海，与天连。神仙之道，出窈入冥，常当专之。心恬澹，无所愒欲。闭门坐自守，天与期气。愿得神之人，乘驾云车，骖驾白鹿，上到天之门，来赐神之药。跪受之，敬神齐。当如此，道自来。

---

① 文中曹操诗均引自《曹操集》（全二册），北京：中华书局，1974年，部分解释并参考曹操、曹丕：《魏武帝魏文帝诗注》，黄节注，北京：人民文学出版社，1958年。

此诗描写了一个幻想的世界，前半首描写诗人历游海外诸邦，东到泰山，与仙人玉女同遨游的仙游之境；"河水尽"句以下，诗人转喜为忧愁，诗人以"河水尽，不东流"感叹河水有时而竭，年寿亦有时而尽。所以幻想上到天之门，与众仙齐聚，一则学习仙人传授的长生之术，掩口吞气以保持元气，认为人的元气与自然之气相适应，只要爱惜元气，"天与期气"，寿命就可保以万年，仙道自然就会来临。二则跪求长生之药，以解寿命有限之忧。可以看到，曹操虽然被誉为"超世之杰"，但面对寿命终有限期而统一天下大业尚未完成的现实境遇，不免也常在晚年时慨叹暮年冉冉来临，于是幻想寻仙山，觅不死之药，以期益寿延年。又有《气出唱》三首之其三：

> 游君山，甚为真。磪碨砟硌，尔自为神。乃到王母台，金阶玉为堂，芝草生殿旁。东西厢，客满堂。主人当行觞，坐者长寿遽何央。长乐甫始宜孙子。常愿主人增年，与天相守。

描写游君山，至瑶台，参加西王母的宴会，宾主共祝长寿，与《华阴山》篇一道，同言求仙功得之后，遨游八极，人神共饮的场景，君山上的美酒，亦能让人饮而长生不死。

另有《陌上桑》是曹操晚年的作品，"驾虹蜺，乘赤云，登彼九疑历玉门。济天汉，至昆仑。见西王母谒东君。交赤松，及羡门，受要秘道爱精神。食芝英，饮醴泉，拄杖枝，佩秋兰。绝人事，游浑元。若疾风游欻翩翩。景未移，行数千，寿如南山不忘愆"，反映了诗人想通过游仙来延长寿命的意念，表现了较为浓厚的悲叹人生无常、追慕神仙幻境的情绪，反映出诗人思想的矛盾。

《精列》一首描写仙境，实为慨叹时不待我的无奈：

> 厥初生，造化之陶物，莫不有终期。莫不有终期。圣贤不能免，何为怀此忧？愿螭龙之驾，思想昆仑居。思想昆仑居。见期于迂怪，

意气在蓬莱。意气在蓬莱。周礼圣徂落，会稽以坟丘。会稽以坟丘。陶陶谁能度？君子以弗忧。年之暮奈何，时过时来微。

"精"，指人体内的精微之气，即《气出唱》篇中"开玉心正兴，其气百道至"，"闭门坐自守，天与期气"之元气，古人认为此"气"乃人生命之所系，列与"裂"同，指分解。诗人在晚年强烈地意识到死亡是人力不可抗之自然规律，虽然在《气出唱》篇中幻想长生，以"气术"和灵药为长生之术，但此刻却深感"神气无时而亡，精血有时而壤"的长生无方，故感叹人之衰老和死亡，如精气之分解，正如刘向《楚辞·九叹》所言"精越裂而衰耄"，年之垂暮，来日无多的苦闷，全化为时不我待的哀叹。陈祚明说："仙人不可得学，讬之于不忧。当年暮之感，徘徊于心。时过时来微，玩景之悲，造语不近。"[1]

而《气出唱》三首之其二[2]则是承袭第一首而来，首篇言长生，此篇言游乐。描述在登天门，获长寿之术后，又游至昆仑山，与西王母、赤松、王乔等群仙"乐共饮食到黄昏"，纯为描写幻想中的游乐仙境。

不论是游乐仙境，还是叹年命有终极，且无论仙境的自由与年寿如何令人企羡，曹操内心其实都是不信神仙的，《善哉行》残篇中"痛哉世人，见欺神仙"一句将曹操的态度表露无遗，其《游仙诗》总不能全然洒脱，而有求仙与现实生活的矛盾，功业未成的焦灼是曹操《游仙诗》所要

---

[1] 陈祚明：《采菽堂诗集》卷五，见曹操、曹丕：《魏武帝魏文帝诗注》，黄节注，北京：人民文学出版社，1958年，第6页。

[2] 全诗原文如下："华阴山，自以为大。高百丈，浮云为之盖。仙人欲来，出随风，列之雨。吹我洞箫，鼓瑟琴，何闾闾！酒与歌戏，今日相乐诚为乐。玉女起，起舞移数时。鼓吹一何嘈嘈。从西北来时，仙道多驾烟，乘云驾龙，郁何务务！遨游八极，乃到昆仑之山，西王母侧，神仙金止玉亭。来者为谁？赤松王乔，乃德旋之门。乐共饮食到黄昏。多驾合坐，万岁长，宜子孙。"关于诗中"德旋之门"，朱嘉徵言曰："歌华阴山，言王国多士，为德本也。夫西岳能全其高大，浮云覆之，神仙能自致其风雨，故至德归之，至德无亏，是谓德旋之门。"（见曹操、曹丕：《魏武帝魏文帝诗注》，黄节注，北京：人民文学出版社，1958年，第5页。）

表达的生命态度，正像《秋胡行》所表达的：①

> 愿登泰华山，神人共远游。愿登泰华山，神人共远游。经历昆仑，到蓬莱。飘飖八极，与神人俱。思得神药，万岁为期。歌以言志，愿登泰华山。天地何长久！人道居之短。天地何长久！人道居之短。世言伯阳，殊不知老；赤松王乔，亦云得道。得之未闻，庶以寿考。歌以言志，天地何长久。……四时更逝去，昼夜以成岁。四时更逝去，昼夜以成岁。大人先天而天弗违。不戚年往，忧世不治。存亡有命，虑之为蚩。歌以言志，四时更逝去。

以《秋胡行》二首，叙述现实生活的烦忧与求仙幻想的矛盾，第一篇假借仙人"三老公"劝慰自己，割舍世间功名，但曹操自答内心还是渴望得到贤才辅佐以完成统一大业，故因俗务的牵绊让求仙之路难追寻。陈祚明说："《秋胡行》一首，戚然兴感，生此彷徨，意亦自叹沉吟之累，升天难期，盖决绝始能蹈遐，沉吟不免羁绊。遂上之云，情知近诬，故定爱勋名，归于霸业，齐桓自拟，已矣终焉。"②第二篇先陈升仙之事，然后感叹天地之寿久长而人命之路实在短，四时更迭，年往不复，诗人不忧虑暮年将至，却唯恐国之不治，都是"慕名戚山，年往勿顾，竟以树建为期，而永念后来"（陈祚明《采菽堂诗集》卷五语）之辞，面对人寿无常而采取的积极进取态度。

5.3.2　曹丕——疾求仙与现世行乐之内在张力

曹丕诗歌中鲜少有《游仙诗》，并且他对游仙以及求仙长生之说抱持

---

① 此诗作于赤壁之战以后，曹操进一步荡平袁氏势力，北方大体已经稳定，但三国鼎峙的局面也基本形成，面对孙权、刘备，曹操似乎没有更多的办法。建安十九年（公元214年），曹操征孙权，无功而返；建安二十五年（公元215年）三月，曹操西征张鲁，途经天险散关山，未免有些意乱心烦，而作此诗。

② 陈祚明《采菽堂诗集》卷五言，见曹操、曹丕：《魏武帝魏文帝诗注》，黄节注，北京：人民文学出版社，1958年，第23页。

驳斥的态度，《折杨柳行》如下：

> 西山一何高，高高殊无极。上有两仙童，不饮亦不食。与我一九药，光耀有五色。服药四五日，身体生羽翼。轻举乘浮云，倏忽行万亿。流览观四海，茫茫非所识。彭祖称七百，悠悠安可原？老聃去西戎，于今竟不还。王乔假虚辞，赤松垂空言。达人识真伪，愚夫好妄传。追念往古事，愦愦千万端。百家多迂怪，圣道我所观。

本诗是疾虚妄之作，驳斥求仙长生之说。陈祚明曰："子桓言神仙则妄言也。疑神仙则但疑也。不似孟德实有沉吟之心。"[3]诗人追念往事，认为彭祖、王乔等飞升成仙都是虚妄空言，俱属迂怪，"惟有观我圣道，顺命而行。[4]

另有《芙蓉池作》中言，"……寿命非松乔，谁能得神仙。遨游快心意，保己终百年"，认为神仙不易求，长生遇仙不是可为之事，遨游于园中，舒快心意，保己得寿终才是理中之事。

虽然曹丕诗文中也常感于人寿，抒发人在自然面前无能为力之情，表达及时行乐之意，但是他甚少谈及游仙，并对求仙长生持驳斥态度，全在于他的思想立场是儒家的。《秋胡行》三首、《服色如奏诏》等诗文都屡次提出遵古制，倡导先王之遗风、承尧舜之旧事等立场。《敕豫州禁吏民往老子亭祷祝》一诗以儒为尊[5]：

> 告豫州刺史：老聃贤人，未宜先孔子，不知鲁郡为孔子立庙

---

③ 陈祚明《采菽堂诗集》卷五言，见曹操、曹丕：《魏武帝魏文帝诗注》，黄节注，北京：人民文学出版社，1958年，第47页。
④ 朱乾言，见曹操、曹丕：《魏武帝魏文帝诗注》，黄节注，北京：人民文学出版社，1958年，第47页。
⑤ 另有《以郑称授太子经学令》："……学亦人之砥砺也。称笃学大儒，勉以经学辅侯，宜旦夕入授，曜明其志"，认为郑称是博学大儒，勉励他以经学来辅助武德侯，他应该早晚入官来授学，显明其志。

成未？汉桓帝不师圣法，正以嬖臣而事老子，欲以求福，良足笑也。此祠之兴由桓帝。武皇帝以老子贤人，不毁其屋。朕亦以此亭当路，行来者辄往瞻视，而楼屋倾颓，傥能压人，故令修整。昨过视之，殊整顿。恐小人谓此为神，妄往祷祝，违犯常禁，宜宣告吏民，咸使知闻。

这是曹丕为维护当时的礼法之序而发布的诏书。文中明确规定，对于老子的宣扬不能超过孔子，要维护以儒为尊的正统地位，以便统一舆论，稳定社会局面，使自己的地位进一步得到巩固。可见，在儒家为尊的思想和巩固统治的政治立场下，曹丕对求仙长生之说是持反驳态度的。

5.3.3　曹植——游仙为现世之寄托

曹植是曹氏父子中最喜言鬼神、道教、长生、求仙之事的，大量的诗文可载，但统观其意，他对游仙长生之说的态度是经历了一个变化的，即早期他是反对方士，否定长生之说的，其后由于固守藩国，不得归京，自表陈请屡遭漠视的原因，其思想遁入了追踪仙人，继而由仙而隐的立场之中。

首先，曹植有大量不信鬼神、信嘉瑞的诗篇，在他眼里，人死后是没有灵魂的，鬼神一类的说法都是迷信，如《说疫气》一篇：

建安二十二年，疠气流行。家家有僵尸之痛，室室有号泣之哀。或阖门而殪，或覆族而丧。或以为疫者，鬼神所作。夫罹此者，悉被褐茹藿之子，荆室蓬户之人耳！若夫殿处鼎食之家，重貂累蓐之门，若是者鲜焉！此乃阴阳失位，寒暑错时，是故生疫。而愚民悬符厌之，亦可笑也。

曹植从时疫流行的环境中，发现贫穷人家死亡率高而富贵者少的矛盾现象，根据自己的探索分析，判断疫气不是鬼神所散布，而是气候失常，贫民物质生活条件不能与之相适应而导致的。另有《毁鄄城故殿令》一篇，曹植以自身生活的体验，严肃地批判神致病的迷信传说，从而否定灵魂之存在，明确指出死者之无知。显然这是在《说疫气》的认识基础之上，进一步发展了无鬼这一理论，提出事实根据。而《诰咎文》的序言有曰："五行致灾，先史咸以为应政而作。天地之气，自有变动，未必政治之所兴致也。于时大风，发屋拔木，意有感焉！聊假天帝之命，以诰咎祈福"，曹植以为天灾有其自具之规律，决非政治治乱所能影响者，与《荀子》"天行有常，不为尧存，不为桀亡"持同样的立场。

以上这些诗文所表达的主旨虽然与求仙无关，但可以看到，曹植此时思想的内核还是极为理性的。他认为天行有常，福瑞或者灾异都以自然之理智不变的规律为依据，而不能陷入鬼神、天帝之命等妄思之中。

另外，在《赠白马王彪》和《神龟赋》等篇中，曹植是明言列仙之不可信的：

> 苦辛何虑思？天命信可疑！虚无求列仙，松子久吾欺。变故在斯须，百年谁能持。……（《赠白马王彪》）
> 嘉四灵之建德，各潜位乎一方……顺仁风以消息，应圣时而后翔。嗟神龟之奇物，体乾坤之自然。下夷方以则地，上规隆而法天。顺阴阳以呼吸，藏景曜于重泉。餐飞尘以实气，饮不竭于朝露。步容趾以俯仰，时鸾回而鹤顾。忽万载而不恤，周无疆于太素……黄氏没于空泽，松乔化于扶木。蛇折鳞于平皋，龙脱骨于深谷。亮物类之迁化，疑斯灵之解壳。（《神龟赋》）

《赠白马王彪》中，曹植因先有任城王暴薨，后与白马王彪分别，内心有不能解除之痛苦，而叹于死生之戚，人生变故之速，又将之归于天命信可疑而与我违。《神龟赋》中诗人有感于龟死而作赋，诗中感叹龟本是灵性之物，法地像天，自调阴阳，可活万年，其寿无穷可与天地通，然后却常会受到世俗之害而丧命仅剩躯壳。如此，从龟之死，进而认为龟之千岁可疑，从而推断黄帝、赤松、王乔的成仙也似龟之解壳一样，从而否定了人能通过升仙而摆脱死亡，获得长生的思想。这种否定求仙长生的思想在曹操封魏王时所作《辨道论》①里也有比较全面的阐述。

其次，除以上列举之外，曹植的大量《游仙诗》都是转变了立场的。这些诗都出现于太和年间，对求仙长生之说持相信的态度，不仅极力描绘仙境的美好，而且企盼能游于仙境，最后理性地思考本身，让他意识到求仙不易与不能，于是由仙而隐，转而企望通过归隐的生活来安顿生命。之所以有如此立场的转变，朱乾的总结正切中了转换之因："读曹植五游，远游篇，悲植以才高见忌，遭遇艰危，灌均之谗，仪廙受诛，安乡之贬，幸耳。时诸侯王皆寄地空名，国有老兵百余人，以为守卫，隔绝千里之外，不听朝聘，设防辅监国之官以伺察知。法既峻切，过恶日闻，惴惴然朝不知夕。所谓九州不足步，中州非吾家，皆其忧患之辞也。"也就是说，曹植对于求仙长生之说的态度由诘难而接纳，其根源在于自身政治处境的灾变。

《释疑论》为曹植晚年所作，由于自身的感受和客观情况的变化，他对于方术出现了企慕的思想情感，故在《释疑论》中，他否定了在《辨道论》中所作的结论，认为自己"初谓道术，直呼愚民诈伪空言定矣"的思想是因为天下之事不可尽知的孤陋而产生的臆断。《释疑论》中他是"恨不能绝声色，专心以学长生之道"的，这种专学长生之道的诗文在曹植晚年的著作中到处可见，《上仙录》《与神游》《五游》《龙欲升天》等篇，皆伤人世不永，俗情险艰，当求神仙，翱翔六合之外，与《飞龙篇》《仙人篇》《远游篇》同旨趣，兹列举如下：

---

① 曹操召集方术之士，其意图在《魏志·武帝纪》裴注引张华《博物志》和《全三国文》所录《与皇甫隆书》，叙述非常清楚。但这一措施，所谓上有好者，下必甚焉，它鼓励了群众对方士虔诚的崇奉（曹丕《典论》论郗俭等事）。曹操在镇压黄巾农民起义之后，深惧由此导致不测事变之发生，而有所戒惧。为了巩固曹魏政权统治地位，对此不能不作深切的考虑。曹植《辨道论》是代表统治阶层的愿望而创作的，所以论中着重申明曹操聚方士于邺下，是具有严肃政治目的性的，从而给信仰者提出警告。其次揭露方士之虚伪性，嘲笑秦皇汉武之受骗，为曹操招致方士做了进一步的辩解，借以消除他们在群众中的影响。所以论中否定神仙之存在，指出长寿的基本原则，是有其政治目的的。

人生不满百，岁岁少欢娱。意欲奋六翮，排雾陵紫虚。蝉蜕同松乔，翻迹登鼎湖。翱翔九天上，骋辔远行游。东观扶桑曜，西临弱水流，北极玄天渚，南翔陟丹丘。（《游仙》）

乘蹻追术士，远之蓬莱山。灵液飞素波，兰桂上参天。玄豹游其下，翔鹍戏其巅。乘风忽登举，彷佛见众仙。（《升天行》其一）

吁嗟此转蓬，居世何独然！长去本根逝，宿夜无休闲。东西经七陌，南北越九阡。卒遇回风起，吹我入云间。自谓终天路，忽然下沈泉。惊飙接我出，故归彼中田。当南而更北，谓东而反西。宕若当何依？忽亡而复存。飘飘周八泽，连翩历五山，流转无恒处，谁知吾苦艰！愿为中林草，秋随野火燔，糜灭岂不痛？愿与株荄连。（《吁嗟篇》）

晨游太山，云雾窈窕。忽逢二童，颜色鲜好。乘彼白鹿，手翳芝草。我知真人，长跪问道。西登玉堂，金楼复道。授我仙药，神皇所造。教我服食，还精补脑。寿同金石，永世难老。芝盖翩翩，南经丹穴，积阳所生；煎石流砾，品物无形。（《飞龙篇》）

阊阖开，天衢通，被我羽衣乘飞龙。乘飞龙，与仙期，东上蓬莱采灵芝。灵芝采之可服食，年若王父无终极。（《平陵东》）

以上所列举《游仙诗》都不外乎诗人极力描写幻想中的缥缈绮丽的天宫仙境，又渲染自己在天宫中所受到的隆重的接待，最后在服食长生不死的仙药而享遐龄的意象中，寄托自己对生命永存的憧憬。

最后，曹植仍清醒地意识到人寿短促，求仙难为，如《秋思赋》所感叹："四节更王兮秋气悲，遥思惝恍兮若有遗。原野萧条兮烟无依，云高气静兮露凝玑。野草变色兮茎叶稀，鸣蜩抱木雁南飞。西风悽惊兮朝夕臻，扇箑屏弃兮绤绤捐。归室解裳兮步庭前，月光照怀兮星依天。居一世兮芳景迁，松乔难慕兮谁能仙？长短命也兮独何怨！"所以，转仙而隐或许是更好的安顿生命的方式，正如他在《三鼎赞》中所赞赏的那样，"世衰则隐，世和则出"。相较于《游仙诗》中的嗟叹之思，曹植在《苦思行》《释愁文》等篇中表达的道家式守默以全其身的生命态度是他更为赞赏的。另有《苦思行》有言：

> 绿萝缘玉树，光耀灿相辉。下有两真人，举翅翻高飞。我心何踊跃！思欲攀云追。郁郁西岳巅，石室青青与天连。中有耆年一隐士，须发皆皓然，策杖从我游，教我要忘言。

曹植自黄初以来，多厉忧患，无日不在忧谗畏讥之中，因之苦苦追寻藏身之固，欲追踪仙人而不可得，故托言隐士，认为安生之道，全身远害之方，唯守默为要。

另有《释愁文》，子建与玄灵先生（玄灵先生是曹植假托道家之士，疑作玄虚）对谈，子建愁烦，"吾所病者，愁也"，并陈述愁苦之状，"去来无方，乱我精爽"。先生作色而言曰："予徒辩子之愁形，未知子愁何由为生，我独为子言其发矣。方今大道既隐，子生末季，沈溺流俗，眩惑名位，濯缨弹冠，谄谀荣贵。坐不安席，食不终味，遑遑汲汲，或憔或悴。所鹜者名，所拘者利，良由华薄，凋损正气。吾将赠子以无为之药，给子以澹薄之汤，刺子以玄虚之针，灸子以淳朴之方，安子以恢廓之宇，坐子以寂寞之床。使王乔与子遨游而逝，黄公与子咏歌而行，庄子与子具养神之馔，老聃与子致爱性之方。趣遐路以棲迹，乘青云以翱翔。"玄灵先生认为子建只知愁闷之形，而不知愁闷之因，并进一步解释如今大道小时，追名逐利，虚浮浅薄的流俗损伤了人天生的纯真之气，所以子建会形容枯槁，愁闷不已。于是玄灵先生赠子建以无为之药，告诫其用玄虚、淳朴之方来养性、养神。曹植正是借玄灵先生之言，表达自己在政治上追求"戮力上国，流惠下民"的凤愿未成之时，选择倾向于取道清静无为的长生观，企图借以排除忧患，安顿生命。

另有《桂之树行》言：

> 桂之树，桂之树，桂生一何丽佳！扬朱华而翠叶，流芳布天涯。

上有栖鸾，下有蟠螭。桂之树，得道之真人咸来会讲，仙教尔服食日精。要道（至道，求长生之方）甚省不烦，淡泊、无为、自然。乘蹻万里之外，去留随意所欲存。高高上际于众外，下下乃穷极地天。

曹植于诗中描绘想象中的神仙讲道的情状，内容存着浓厚的道家清静无为的思想。[1]

《玄畅赋》之"……匪逞迈之短修，长全贞而保素。弘道德以为宇，筑无怨以作藩。播慈惠以为圃，耕柔顺以为田。不愧景而惭魄，信乐天之何欲。……"亦表明了自己乐天委命、全贞保素的生命态度。此赋内容可谓对曹植思想变迁的历程作出了总结。当曹魏王朝缔造之初，曹植屡次自表陈请，争取做王朝政权中的重要助手，实现平素的政治抱负。但因过去争夺继承魏王地位，与曹丕发生不可调解的嫌怨，成了曹丕最疑忌的对象。这不仅令其平生愿望缺乏实现的可能性，反而使其遭遇着严酷的打击，以致在黄初前期彷徨于死亡的边缘。在这样的境遇里，进取信念固然消沉，所以全贞保素之人生准则，与乐天委命的隐士态度，便占据了主导地位。

5.4　小结

"三曹"是建安文学的领袖人物和杰出代表，沈约《宋书·谢灵运传论》曰："至于建安，曹氏基命，三祖陈王，咸蓄盛藻，甫乃以情纬文，以文被质。"学术界言及曹氏父子的文学成就，多从其大胆运用新体乐府，奠定了五言诗的基础，即从其对文学形式革新的贡献说起。本章从"三曹"诗歌

---

[1] 另外还有其他诗篇，如"尧禅许由，巢父是耻；秽其溷听，临河洗耳。池主是让，以水为浊。嗟此三士，清足厉俗"（《许由巢父池主赞》）；"嗟尔四皓，避秦隐形。刘项之争，养志弗营。不应朝聘，保节全贞。应命太子，汉嗣以宁"（《商山四皓赞》）；"汤将伐桀，谋于卞子。既闻让位，随以为耻。薄于殷世，着自汙己。自投颍水，清风邈矣"（《卞随赞》）；"……君子隐居以养真也……"（《辨问》）等，陈示自己隐而养真，保持纯清之操，不污于乱世的生命态度。

的内容分析入手，剖陈其中包蕴的时间意识，认为"三曹"对时间的关注，即是对生命本身的关注。在认识到死之必然性后，他们以"立德、立功、立言"的方式追求"死而不朽"，并共同于《游仙诗》中凸显自己安顿生命的方式，三者的时间意识都围绕人的个体生命展开，本章称之为主体时间意识，具体表现如下：

第一，对自然生命的感知，主要表现为曹植诗文中对人命逝速、嘉会难会的感念；羽化成仙反衬如寄居之人生；"死"乃反真的生死观。

第二，既然生年是如此短促，那么如何超越有限的生，而能做到"死而不朽"，是"三曹"所共同关注的生命课题。曹操对生命的无常与短暂的叹惋，基于其立功而无时的忧患；曹植希冀自己能建功立业以垂名，但在政局变革的现实面前，退而求其次选择以"立言"的方式实现人生价值；曹丕以《典论·论文》表达自己"立言"以不朽的立场。

第三，除了于"立德、立名、立言"之间，择其一以实现"死而不朽"，"三曹"诗文中的时间意识都共同与《游仙诗》相关。曹操的《游仙诗》处处流露着他建功立业的本心；而曹丕从儒家思想和政治利益的考量出发，认为求仙长生为虚妄之辞；曹植是曹氏父子中最喜言鬼神、道教、长生、求仙之事的，但统观其意，其对游仙长生之说的态度是经历了一个变化的，即早期他是反对方士，否定长生之说的，其后由于固守藩国，不得归京，自表陈请屡遭漠视的原因，其思想遁入了追踪仙人，继而由仙而隐的立场之中。

第6章
阮籍诗文的时间意识

阮籍，字嗣宗，陈留尉氏（今属河南省）人，其父为"建安七子"之一阮瑀。生于东汉献帝建安十五年（210年），长于魏文帝、魏明帝时期，于魏陈留王景元四年（263年）去世，主要活动于齐王曹芳即帝位后的正始时期，一生大体处于三国鼎立阶段，恰与曹魏王朝兴亡同步，乃魏晋时期玄学家、文学家，为"竹林七贤"之一，与嵇康齐名，一生著述丰厚。[①]然而，随着朝代的更迭，其著作陆续散佚，到唐宋时期仅有五卷。在明刻本《阮籍集》中，嘉靖年间陈德文、范钦（均生卒不详）的两卷本《阮嗣宗集》是最早的，明末张溥辑有《汉魏六朝百三名家集》本《阮步兵集》。近人编注的阮籍著作有：1957年出版的黄节《阮步兵咏怀诗注》（人民出版社），1978年出版的李志钧等校点的《阮籍集》（上海古籍出版社），1987年出版的陈伯君《阮籍集校注》（中华书局）。这些新版本较全面地收录了流行于世的阮籍之赋、诗、书、笺、诔、奏记等。从目前所能辑刊于世的阮籍著作看，能代表其思想的大致有：《乐论》《通易论》《通老论》《达庄论》《大人先生传》等，此外数量不多的辞赋、散文及大量《咏怀》诗，不仅寓含了他的政治抱负、人格理想、心理寄托，

[①] 阮籍以五言《咏怀》诗著称于世，诗文曾得到鲁迅的极力推崇，在《魏晋风度及文章与药及酒之关系》一文中，鲁迅评价，"阮籍作文章和诗都很好"。（详见《魏晋风度及文章与药及酒之关系》，载《而已集》，北京：人民文学出版社，1980年，第92页。）叶嘉莹评价，阮籍作品的风格是"寓意遥深，志气旷逸"。（叶嘉莹：《叶嘉莹说阮籍咏怀诗》，北京：中华书局，2020年，第3页。）

也标识着他的文学天才和造诣。

　　本章以陈伯君校注版《阮籍集校注》和黄节著《阮步兵咏怀诗注》为蓝本，通过对阮籍作品中赋、论、传、赞、诗，尤其是咏怀四言三首和咏怀五言八十二首进行文本分析，析出其诗文中"嗟叹社会现实——吟叹自我生命——期叹求仙游时"的时间意识演进逻辑，从"生命迁逝""吊古忧时""求仙放游"三个侧面展现阮籍时间意识在生存论层面的深度悖论和张力。

6.1　忧时：生命迁逝的体悟

　　魏晋时期在中国文学艺术史上具有标志性的价值和意义，鲁迅、李泽厚、徐复观等先生均认为这一时期是"文学的自觉"①"文的自觉"②"艺术的真正自觉"③时代。这里的"文"不限于文学，而是包含着绘画、雕塑、书法、音乐等诸多艺术表现形式。这里的"自觉"，从艺术发展趋势讲，是指魏晋时期雕塑、绘画、音乐、书法等艺术门类的发展出现了前所未有的繁盛境况；从创作动因讲，是指人们的艺术表达从外在现实的生存需要转变为了内在思想情感抒发的需要④，自然事物由是从外在之物转变为了纯粹的审美对象；从艺术风格特征讲，是指"初发芙蓉"

---

① 鲁迅先生认为："用近代的文学眼光看来，曹丕的一个时代可说是'文学的自觉时代'，或如近代所说是为艺术而艺术（Art for Art's Sake）'的一派。"（鲁迅：《魏晋风度及文章与药及酒之关系》，载《而已集》。）

② 李泽厚先生认为："所谓'文的自觉'，是一个美学概念，非单指文学而已。其他艺术，特别是绘画与书法，同样从魏晋起，表现着这个自觉。它们同样展现为讲究、研讨、注意自身创作规律和审美形式。谢赫总结的'六法'、'气韵生动'之后便是'骨法用笔'，这可说是自觉地总结了中国造型艺术的线的功能和传统，第一次把中国特有的线的艺术，在理论上明确建立起来。"（李泽厚：《美的历程》，合肥：安徽文艺出版社，1994年，第101–102页。）

③ 徐复观先生认为，中国艺术"到了魏晋时代，因玄学之力，而比西方早一千多年，引起了艺术的真正自觉"。（徐复观：《中国艺术精神》，上海：华东师范大学出版社，2001年，自叙第3页。）

④ 宗白华先生认为，这一时期人们"在艺术中，要着重表现自己的思想，自己的人格，而不是追求文字的雕琢。……诗、书、画开始成为活泼泼的生活的表现，独立的自我表现"。（宗白华：《美学散步》，上海：上海人民出版社，1981年，第29页。）

的自然清丽取代了"错彩镂金"的华美浓烈，表征着中国人审美趣味的转变和提升；从文艺理论形态看，是指这一时期人们开始通过深化审美范畴研究、深入探讨文学艺术自身规律来实现对审美实践和美感经验的理论升华。那么，为什么中国艺术在魏晋时期出现了"自觉"呢？换句话说，是什么因素造成了中国艺术的"自觉"呢？历来学者从政治、经济、哲学①、艺术自身、民族交流等角度和要素给出了多种解释，为我们理解和把握这一问题打开了不同向度。日本学者松浦友久在《中国诗歌原理》中有一个观点，对于解释这一问题可能也有一定说服力和新意。他指出，构成人们思想情感主干的是那将自身置于过去—现在—未来之流的时间意识，若从历史眼光来评判的话，宗教、哲学、艺术等今天称之为属"人"之文化的学科和事物，都是在人们的时间意识逐渐得以明晰后才渐次形成和建立起来的。也就是说，在时间意识逐渐明确以后，人才真正形成为人。从这个意义上讲，虽然相比于时间意识，人们在自身发展的更早阶段就率先获得了对空间的感知，但时间意识却更加适合作为评价人之生命意义的外在尺度。从本章将展开考察的魏晋时期丰富的时间观，包蕴着这一时期人们对生命时间有限性的喟叹，对人的"自然生活"如何可能和超拔的思索，对时间在"实存山水"中如何绵延的体验等，将从时间意识拓展和升华的角度，延展出解释魏晋时期人性觉醒，继而"文的自觉"的新路径。

魏晋时期对时间的感悟颇多，对自然和人性问题做出深刻思索的首推阮籍。阮籍身处乱世，志气宏放、傲然独得，既放浪豪迈不受礼法拘束，又内心节制以求乱世全身，一生都处在多重矛盾的痛苦和悲哀之中——无限光阴与有限生命的矛盾、渴望成就事业与人生愿望未竟的矛盾、耿介性

① 学者章启群先生在《论魏晋自然观——"中国艺术自觉"的哲学考察》一书中，为魏晋艺术自觉给出了一个哲学理由，即："在魏晋哲学-玄学中，中国哲学自然观发生了一种深刻的转换。在这种转化中，魏晋哲学完成了一个丰富的审美主体的哲学建构，并由此展现了一个无限广阔的审美世界的可能性。"（章启群：《论魏晋自然观——"中国艺术自觉"的哲学考察》，合肥：安徽教育出版社，2013年，第7页。）

格与求生苦心的矛盾、庄老旷达与良知悲苦的矛盾、灵魂安顿与乱世残时的矛盾，等等，不断激发着他敏感的诗人情感和诗性智慧，并最终将诗作（赋、诗、书、笺、诔等）作为自身情感、心灵最重要的宣泄出口。尽管阮籍诗文"旨在讥讽文多隐讳，百代之下，难以情测"（颜延年《咏怀诗注》)，尤其是其《咏怀》诗，历来评价其主要特点是幽深、隐晦。如：刘勰《文心雕龙·明诗》说"阮旨遥深"，钟嵘《诗品》评阮诗"言在耳目之内，情寄八荒之表"，"厥旨渊放，归趣难求"[1]（转引自《阮籍集校注》集评）。今人叶嘉莹先生将阮籍诗与嵇康诗作比，认为阮籍的诗"尤其富于蕴藉、沉挚的意趣"，"幽微、深隐，蕴藉深厚，不是明白地写出来的"，"婉曲缠绵，真是'怨诽而不乱'"[2]，但略加爬梳就能发现和读出，阮籍心灵多重悲苦、幻灭、意气难成的人生矛盾交叉聚集于一点——时间。

对时间的多维体验和深切反思是阮籍诗作的重要维度，尤其是在八十二首五言《咏怀》诗中，生命与时间的主题一直贯穿其中，成为诗歌结构的重要形式要素。这种生命和时间感悟主要体现为生命迁逝伤时、怀远吊古忧时、求仙达观游时等三种类型。围绕这两大要素和三种类型，以及上文提到的缠绕阮籍一生的内心多重矛盾纠葛，他诗中的诸多时间意象、时间体悟凝合成为一个生动、有机的观时结构，其内在逻辑和情感机理为：深感人生有限—屡次出仕自保（乱世委曲求全）—辞官功业难成—穷途恸哭吊古—求请老庄旷达—远游达观自遣，成为其矛盾生命情态和复杂情感形态的形式化表现。

阮籍诗文观时结构的第一种类型主要体现在他对时光飞逝的焦虑与忧思上，既有忧生无常之嗟，又有易世衰代之叹，更有修名不立之憾。一是因朝阳不再、人道之促而感时兴悲。如：

---

① 转引自《阮籍集校注》集评。（［三国魏］阮籍：《阮籍集校注》，陈伯君校注，北京：中华书局，2012年。）本书以下所引阮籍诗文相关评注均来自此书。
② 以上几处均引自叶嘉莹：《叶嘉莹说阮籍咏怀诗》，北京：中华书局，2018年，第3页。

皋兰被径路，青骊逝骎骎。远望令人悲，春气感我心。（其十一）①

开秋肇凉气，蟋蟀鸣床帷。感物怀殷忧，悄悄令心悲。（其十四）

夏后乘灵舆，夸父为邓林。存亡从变化，日月有浮沉。（其二十二）

飞泉流玉山，悬车栖扶桑。日月径千里，素风发微霜。（其二十五）

朝阳不再盛，白日忽西幽。去此若俯仰，如何似九秋。（其三十二）

胸中怀汤火，变化故相招。……但恐须臾间，魂气随风飘。（其三十三）

晷度有昭回，哀哉人命微！飘若风尘逝，忽若庆云晞。……安期步天路，松子与世违。（其四十）

另有"娱乐未终极，白日忽蹉跎"、"炎暑惟兹夏，三旬将欲移"、"悬车在西南，羲和将欲倾"、"於心怀寸阴，羲阳将欲冥"、"逍遥未终晏，朱阳忽西倾"、"愿为三春游，朝阳忽蹉跎"、"愿揽羲和辔，白日不移光"等诗句，使得《咏怀》诗中对光景西驰、盛年流水、一去不再的忧时之嗟随处可见。这类时间的吟咏常常是"感物怀殷忧"，所感之物多为日月、朝阳、飞泉、春色等，因为道无有存，无有亡，所谓存亡，是形迹之变化；至人若存若亡，与时变化，而迹不自留，于是所感、所听的外物，便触发了诗人内心深沉的忧思，诚如黄节所言："哀老相催，由于忧患之众。而知谋有限，变化难虞，虽须臾之间，犹难自保。履冰之喻，心焦之谈，洵非过虑也。"阮籍《咏怀》诗中充盈着的"生命无期度，朝

---

① ［三国魏］阮籍：《阮籍集校注》，陈伯君校注，北京：中华书局，2012年，第251页。本书以下所引阮籍诗文及相关解释均来自此书。

夕有不虞"的人生苦闷，所抒发的悲哀之情，往往超越了所谓的忧虑祸患、愤慨世事的一己私情，升华为普遍永恒之感情，千百年后，时移世易，却仍具深刻之感发力量，代表了《咏怀》诗的永恒价值。

二是因时乱易世而生衰代之叹。阮籍生活于魏晋易代之际，较之汉末农民起义、军阀混战的动乱而言，社会阶级矛盾有所缓和，但封建阶级内部政治斗争并未终止——从东汉虽亡到天下分裂，从三国割据称帝、争夺天下，到三国各自巩固内部，上层统治集团争夺政权渐趋激烈，从曹魏统一天下条件愈发成熟，到新兴士族集团和司马氏代表的世家士族集团政治斗争愈演愈烈……曹魏之篡汉、司马氏之篡魏，种种战乱、篡夺，致使政情混乱、社会不安、时代黑暗。身处乱世，阮籍将人生倏忽的挽歌与曹魏国运式微的感叹交融在了一起，认为掩映于"悠悠"天道和永恒宇宙之中，曹魏政权去若俯仰，何况区区一介寒士，不过如尘似露，顷刻消亡罢了。诗中感叹：

繁华有憔悴①，堂上生荆杞②。……凝霜被野草，岁暮亦云已。（其三）

天马出西北，由来从东道。春秋非有托，富贵焉常保。……朝为媚少年，夕暮成丑老。（其四）

四时更代谢，日月递差驰。徘徊空堂上，忉怛莫我知。（其七）

寒风振山冈，玄云起重阴。鸣雁飞南征，鹎鸠发哀音。（其九）

人生若尘露，天道邈悠悠。齐景升丘山，涕泗纷交流。（其三十二）

阴阳有舛错，日月不常融。天时有否泰，人事多盈冲。（其四十二）

---

① 班固《答宾戏》有言，"朝为荣华，夕为憔悴"，诗人以此句寓意人世无常。

② 诗人以"荆杞"比喻时乱，岁暮已尽，比喻时乱之极，有急去之意。

诗人以天马当出西北，忽由东南为喻，感叹万事不定；由春露秋霜互以相代，表达世人逐时兴衰，非有长生者的忧生之词；以繁华被草、岁暮云已的阴凝之气，表达世运垂穷、朝廷终将变革的无复可延之理；以"人生—天道"的强烈对比，极写人生与国运的短促；以"朝阳""白日"之喟叹，既象征时光袂忽、人生有限，又代喻曹魏政权由显赫繁盛趋于衰亡而终归寂灭的结局……尤其是在《二妃游江滨》一诗中，阮籍借用《列仙传》和《韩诗外传》所载"二妃"①的典故，感叹"猗靡情欢爱，千载不相忘"的感情最后以"如何金石交，一旦更离伤"收场，表面上感叹美好的感情如此短暂，转瞬就消散了、失散了，实则谴责正义、信义这些美好品格和信念在魏晋之交已完全丧失了，尤其是魏明帝在临终时忍死托孤于司马懿，却仍然不能改变齐王芳被司马懿之子司马师所弃、司马炎（司马师弟弟司马昭之子）篡魏的命运。面对着易代迁迭夹杂美好品节、情操沦丧的世情，诗人情促辞绝、哀叹至深，展现了对生死畏惧、对时代忧思之双重情感的互相交叠与生发。

三是因己处乱世、委命全身而悲生命之不辰。史书记载阮籍好读书乐山水，常随性驾车出游，"不由径路，车迹所穷，辄恸哭而反"②。阮籍出游既不设定目标，又不循道而行，还常常途穷哭返，这种行为看似有违常理常情，实则深切反映了诗人身处魏晋黑暗、衰败乱世而深感人生日暮穷途、无路可走的悲绝与幻灭。于乱世中，阮籍屡次出仕又屡次辞官，历经尚书郎、参军、从事中郎、关内侯、散骑常侍、东平相，等等，既有放浪的志气，又有委曲保身的无奈，推说身体抱恙而辞官、佯装沉醉于酒而避事，都是阮籍委屈保全自身的方法。正如《晋书·阮籍传》记载，"籍本有济世志，属魏晋之际，天下多故，名士少有全者，籍由是不与世事，

---

① 《列仙传》记载："江妃二女者，不知何所人也。出游于江汉之湄，逢郑交甫，见而悦之，不知其神人也。谓其仆曰：'我欲下请其佩。'……遂手解佩与交甫，交甫悦，受而怀之，中当心，趋去数十步，视佩，空怀无佩。顾二女，忽然不见。"（《列仙传校笺》卷上《江妃二女》，王叔岷校笺，北京：中华书局，2007年，第52页。）

② 房玄龄等：《晋书》卷四九《阮籍传》，北京：中华书局，1974年，第1361页。

遂酣饮为常"[1]。尤其是司马氏为篡魏自代，大肆杀戮异己，朝野人人自危，诗人也屡遭迫害。为了避遭祸患，阮籍以曲折隐晦的方式、清冷怪诞的语调表达内心的愤懑与忧思。如：

> 良辰在何许？凝霜沾衣衿。……鸣雁飞南征，鹍鸡发哀音[2]。（其九）
>
> 愁苦在一时，高行伤微身。曲直何所为？龙蛇[3]为我邻。（其三十四）
>
> 鸒鸠[4]飞桑榆，海鸟运天池。岂不识宏大，羽翼不相宜。（其四十六）
>
> 高鸟翔山冈，燕雀栖下林。青云蔽前庭，素琴凄我心。（其四十七）
>
> 蟋蟀吟户牖，蟪蛄鸣荆棘。蜉蝣玩三朝，采采修羽翼。（其七十一）

此类诗文用隐晦的行文和丰富的时间意象（高鸟、燕雀、青云、素琴、秋云、夕阳）表达诗人难以情测之逐世自修、自屈存身的穷途之痛、酸辛之怀——故人皆已殂谢，此身愧然独存，忧生之思，何以排遣呢？终日愁苦，不救于死亡；高行自修，徒苦其形体。在是非得失之间，诗人讽喻亡国之臣将与国俱亡，却仍如蟋蟀之吟、蟪蛄之鸣、蜉蝣之修般不知生命之短而孜孜为利；以鸒鸠自比，以明不慕高位、不贪远图之意；以龙蛇屈伸自遣，表明不俯仰从人、反蛰以存身的选择。尤其是以上引用《咏怀》诗第四十七首，诗人用高鸟、燕雀等时间意象表达生命何依的悲

---

① 阮籍：《阮籍集校注》，陈伯君校注，北京：中华书局，2012年，第416页。
② 诗人认为草木凋素，由商声（《月令》有言，"孟秋之月……其音商"）用事；国家衰弱，由奸佞执政。这里用"凝霜沾衣襟"比喻衰代，极言和平不在，衰代及人。
③ 《扬雄传》云："君子得时则大行，不得时则龙蛇。"
④ 黄侃曰："鸒鸠虽小，既无大鹏之翼，不羡天地之游；然生生之理，未尝不足。用子追随，阮公所以自安于退屈也。"

苦，用青云、素琴等时间意象营造欷落凄清的情态，直言同时代的茫茫众生如高鸟、燕雀一般，不能从鹤而归，只能如鸟雀栖山冈高树般劳碌、困顿，在俯仰中麻木了灵魂，忘却了生命本真的自由。诗文中对时间、对命运无法把握的细腻表达，让人感受到阮籍生命意识中对时间之不可逆性的清醒认知，也展露了阮籍渴望于一夕复一朝的流年中建功立业的本心只能在险恶的权力斗争漩涡中挣扎的无奈。如《晋书·阮籍传》记载，阮籍曾登上广武山和武牢山，在广武山目睹旧时楚汉相争的遗迹时，禁不住唏嘘道："时无英雄，使竖子成名！"[1]这里令人颇为疑惑的是史书上记载阮籍"口不臧否人物"[2]，但登上广武山，他感叹时无英雄，令楚汉之争的刘邦和项羽两个小人物成名垂史了；后又登上武牢山，作《豪杰》诗，同样也发出了此类感叹。看似有违阮籍本性和行事风格的表达，实际都含蓄地蕴藉着诗人登高怀古、感时伤怀的深意，表达了衰世无豪杰、时代危亡在旦夕间的感慨和叹息，于是"踌躇""垂涕""欷""泪下""长叹""酸辛""怆恨"等字眼屡屡出现在《咏怀》诗中也是必然。

6.2　刺时：吊古讽今的意气

在中国人的思维中，时间不是一个抽象的"什么"，不是二元心物关系当中的某一个独立项。换言之，时间既不是"心"的直观形式，也不是"物"的某种性质。不是事物处于时间的流程之中，而是事物与人心的关系的变化构成了真实的时间体验。王弼认为变化起于人之情伪，禅宗也认为人的心念是不断变化的，念念无住，"无住者，为人本性，念念不住，前念、今念、后念，念念相续，无有断绝"。从以上对阮籍观时结构之第

---

① 房玄龄等：《晋书》卷四九《阮籍传》，北京：中华书局，1974年，第1361页。
② 房玄龄等：《晋书》卷四九《阮籍传》，北京：中华书局，1974年，第1361页。身处乱世，口不臧否人物，不轻易评价政事，不轻易评价时人之善恶，成为阮籍委屈全身以自保的一种方式。例如谮害嵇康的钟会，因嫉恨阮籍，"数以时事问之"，故意与之对话，希望从阮籍口中听到他对时政和人事的一些批评性评价，以便作为把柄加罪于阮籍，但阮籍绝不臧否人物，"皆以酣醉获免"。

一类型，即生命迁逝感的分析可以发现，他对生命和时间的焦虑并不是源自一般的行乐思想和功业意识（这与本书中第3至5章所分析的汉魏文人时间观是很不一样的），而是表现为对时间流逝、朝代迭迁本身的焦虑与恐惧，这种焦虑与恐惧令阮籍在生存论层面遭遇到了不可调和的悖论，即既否定现实的一切价值皈依，又找不到心灵栖居之所。主体的"我"于是便游弋于现实与理想之间，使得时间之忧思肆无忌惮地向意识发动侵袭，由此展开了阮籍诗文观时结构的第二种类型，即在生命迁逝的恐惧下，希冀回到时间发生之前的原始混沌，以诗性的浪漫想象超越现实时间之网的缧绁，重建理想的时间秩序，以借此释解生命的焦虑与困惑。

一是在往昔对比中表达对现实的不满。《咏怀》诗所表达忧思悲愁的源泉之一就是阮籍渴望盛世太平、英雄辈出、建功立业的理想与乱世篡逆的世情产生了强烈的反差。时代浑浊污乱，才情无法施展、壮志无法实现，如此这般的沉默、苦闷、愤慨之情凝结在《咏怀》诗中，便体现为对往昔美好事物一往情深的追忆，而对现实环境不可言说的不满。诚如史书记载："籍本有济世志，属魏晋之际，天下多故，名士少有全者，籍由是不与世事，遂酣饮为常。"[①]根据现存的著作来看，阮籍早年大有一展儒家理想的济世抱负。比如，在《通易论》中阐明"易"理，实际是阐明了他的世界观、宇宙观、社会观和人生观，他说《易》乃"昔之玄真，往古之变经也"，《易》的起源是在"天地一终，值人物憔悴，利用不存，法制夷昧，神明之德不通，万古之情不类"的时候。庖牺氏始作八卦，于是"南面听断，向明而治"。黄帝、尧、舜这些先王"以建万国，亲诸侯"，"是以上下和恰，裁成天地之道，辅相天地之宜以左右民"。待"先王既殁"，唯有依靠"君子"来"一类求同，遏恶扬善"，"于是万物服从"，"子遵其父，臣承其君，临驭统一，大观天下"。到了"季叶既衰"，那就只好"应运顺天，不妄其作"。然而"道至而反，事极而改"。怎么改呢？那就是"改以成器，尊卑有分，长幼有序"。贤人君子

---

① 　房玄龄等：《晋书》卷四九《阮籍传》，北京：中华书局，1974年，第1361页。

到了"穷侈丧大夫之位"的时候，就"群而靡容，容而无所，卑身下意，利见大人……入而说之，说而教之，顺而应人，涣然成章"。在《通易论》中，阮籍说道："天之道者不欲，审乎人之德者不忧。在上而不凌乎下，处卑而不犯乎贵，故道不可逆，德不可拂也。"这一套维持统治秩序的理论，正是儒家一脉相承的一贯主张。又如，二十多岁写就的《乐论》，亦表明阮籍虽尚未出仕，但意气风发，对时政极为关心。《乐论》是一篇关于礼乐与政治之关系的文章，中心是在阐述解释儒家"移风易俗，莫善于乐"之说，他认为政治的四大项是刑、教、礼、乐，刑、教是外（从外制之），礼、乐是内（自内发之），乐（歌与舞）更重于礼，能使"日迁善成化而不自知"，"刑赏不用而民自安"。一切歌辞、舞容，乃至乐器的制度、器材和音调，全国都是统一的，乐声是平和的，人民习惯了，不知不觉间成为自然的性情，就能够"定万物之情，一天下之意"，"使去风俗之偏习，归圣王之大化"……这样一套政治主张，在当时动荡的局势下是无法施展的，但就其内容来看，这一主题牵扯了很多儒家典籍、学说，其鲜明的礼教思想与政治主张所包含的儒家色彩是很浓厚的。从《咏怀》诗中也能看出阮籍早年的意气与抱负，他既想做个才高德配的贤者，"被褐怀珠玉，颜闵相与期"（其十五），成为"八凯""八元"式的良辅；又想做个武艺高超的战士，"英风截云霓，超世发奇声。挥剑临沙漠，饮马九野垌"（其六十一）；更想成为胸怀济世的爱国志士，"壮士何忼慨，志欲威八荒"（其三十九），对"临难不顾生，身死魂飞扬"（其三十九）和"忠为百世荣，义使令名彰"（其三十九）的英雄人物敬仰备至。然而，接触现实政治后，尤其是何晏、邓飏、夏侯玄等人被杀，致"天下多故，名士少有全者"，阮籍终于放弃了其强烈的"济世志"情怀。他对人生价值的实现产生了深深怀疑，屡屡发出"布衣可终身，宠禄岂足赖"（其六），"千秋万岁后，荣名安所之"（其十五），"终身履薄冰，谁知我心焦"（其三十三），"修龄适余愿，光宠非己威"（其四十）的嗟叹，生存危机感逼迫下的自全之计已经完全代替了诗人的建功立业之志。

　　阮籍的这一转变亦在《咏怀》诗中得到了充分体现，虽然侧重于对个人情感进行隐曲的抒发，但诗人在多首诗文中借历史人物表达内心的生命忧思，使得《咏怀》诗外表不乏具有"史"，内里却体现了"以史托情"的创作意向。王钟陵先生曾说，阮籍《咏怀》诗蕴含着深厚内涵的苦闷，散发着一股炽热的感情力量，正是这股炽热的感情力量，使得《咏怀》诗往往在迷离恍惚之中展示出一种高浑的意味，给人一种带有悲剧意味的崇高感。黄节亦有评价："籍发言玄远，口不臧否人物，斯则《咏怀》之作所由来也。而臧否之情托之于诗，一寓刺几，故东陵吹台之咏，李公、苏子之悲，绮园、伯阳之思，高子、三闾之怨，诗中递见。此李崇贤所谓'文多隐避'也。"

　　阮籍在进行怀古诗创作时，无心再如建安文人那般对建功立业者，如周文王、齐桓公、晋文公等，或历史上的知名人物，如"三良""周公""东方朔""楚文子""老莱妻""原宪"等人物进行赞美与描述了，而是将自己的注意力转移到了能完全代表自己内心情感的人和事之上。如：《登高临四野》（其十三）一诗中，诗人感叹"李公悲东门，苏子狭三河"①，表达出祸福相依、人皆有死，若世人不知止，趋富贵而不暇，则必然要承受"求仁自得仁"的代价。《寒门不可出》（其六十六）一诗中，诗人通过对各种历史人物的描写，说明身处乱世之中，只有远离政治祸患的中心，才可以保命全身，贪图富贵必遭灾难的道理。除此之外，阮籍"尤好老庄"，由"儒"入"道"之后，历史上隐居避祸的隐士也成为诗人艳羡和企慕的对象。如《步出上东门》（其九）一诗中的"采薇士"，《王业须良辅》（其四十二）一诗中的园、绮、伯阳等"上世士"，等等。另有"朝为媚少年，夕暮成丑老。自非王子晋，谁能常美好"，"阴阳有变化，谁云沉不浮"，"临觞多哀楚，思我故时人"等诗句，通过对故人、故时的追缅表达了前代与今朝的对比，表达了对时光不可逆的感慨。

---

①　楚人李斯背井离乡到秦国，追求功名富贵做了丞相，最后被腰斩咸阳、夷灭三族。纵横家苏秦，自认出生地洛阳"其地狭小，不足逞其志"，于是周游六国追求富贵名禄，后争宠于齐，在功名显达之时被刺客杀害。

　　二是咏古讽今以刺时政。关于阮籍的《咏怀》诗，历来释诗、评诗之人都认为，诗中比兴、寄托极有深意，"厥旨渊放，归趣难求"（钟嵘《诗品》），颜延之、沈约、李善等人认为，阮籍身仕乱朝常恐罹谤遭祸，故发吟咏，每有"忧生之嗟"。唐朝在李善之后注《文选》的五臣[①]，在多首关于《咏怀》诗的注里都提到阮籍是在"刺司马文王（司马昭）"，他们认为阮籍是必然忠心于魏的，对"司马昭之心"是必然恨得"牙痒痒的"。清代陈沆所写《诗比兴笺》选录了一些阮籍的《咏怀》诗并加以解说笺注，他笺注的角度立场和五臣相似，和以上"忧生之嗟"的说法也是不大一样的。他认为阮籍的诗文愤怀禅代，凭古吊今，是仁人志士之发愤，怎么可能仅是忧生之嗟呢？所以《诗比兴笺》中对阮籍《咏怀》诗的解释，每每必拘狭地、穿凿地去深求、比附于时人与时事。比如，陈沆笺注《二妃游江滨》一诗，认为此诗指的是司马懿和司马师父子两人，此两人"阴谲险诈，奸而不雄"，无英雄豪杰之气魄，所以"咏怀多妾妇之况"[②]；笺注《嘉树下成蹊》一诗时，认为"嘉树零落，繁华憔悴"是在比喻当时曹魏的一些宗室都受到司马懿的铲除与戕害，整首诗写的就是曹魏宗室受到司马氏剪除的历史事实。陈伯君所作《阮籍集校注》认为，五臣的说法是没有依据的，因为阮籍曾不肯应魏太尉蒋济的辟命，又托病辞去大将军曹爽的参军而"屏于田里"；然而，他却一连做了司马懿、司马师、司马昭父子三人的从事中郎，和司马昭更是相处得最久。在垂死之年，离开司马昭的大将军府去做步兵校尉后，还是"恒游府内，朝宴必与"（《晋书·阮籍传》）。如此看，阮籍在形迹上与司马氏亲密，在心意上与司马昭投合，是断不会在骨子里"心存魏阙"的。据此，陈伯君认为，阮籍的"《咏怀》诗里如果有所谓'刺'，那是以他自己的是非、善恶的标准来作衡量，决不是站在忠于曹家的立场而痛心于司马氏的篡逆"[③]。

---

① 唐开元年间，吕延济认为李善所注萧统的《昭明文选》太过繁冗，故与刘良、张铣、吕向、李周翰等人一起，另做了《文选》的合注本，即《五臣文选注》。
② 陈沆：《诗比兴笺》卷二《阮籍诗笺》，上海：上海古籍出版社，1981年，第45页。
③ ［三国魏］阮籍：《阮籍集校注》，陈伯君校注，北京：中华书局，2012年，第9页。

以上种种说法对阮籍《咏怀》诗之比兴、寄托的深意是理解各异的，结合阮籍仕隐沉浮的人生经历，本章也赞同陈伯君的观点，理解阮籍诗文，不能凡悲切必比附，并认为每一首都是在刺司马而怀曹魏。虽然如此，但纵观《咏怀》诗咏史、怀古类型的诗篇，确会发现讽喻劝诫是诗歌的重要主题之一。关于诗歌具有讽喻劝诫作用，古人早有论述。子曰，"诗可以兴，可以观，可以群，可以怨"（《论语·阳货》）；郑玄《诗谱序》云，"论功颂德，所以将顺其美；刺过讥失，所以匡救其恶"，他们都指出诗歌具有讽喻劝诫的作用。在汉魏六朝的咏史、怀古诗中，有不少诗篇是讽喻劝诫之作，阮籍诗作以玄远的意境将这一主题变得更加深刻化与成熟化。如：《驾言发魏都》（其三十一）一诗中，诗人长叹"箫管有遗音，梁王安在哉"，回顾《战国策》梁王魏罃往事，梁王筑台自乐而轻战士，今高台未倾、箫音犹在，而梁王却身已死、国已亡，表达了对曹魏集团荒淫无度行为的批判。《昔闻东陵瓜》（其六）一诗中，诗人通过对"东陵侯"的描述，表达出"布衣可终身，宠禄岂足赖"之忧生惧祸的心情和渴望超脱政治纷争的愿望。

6.3　游时：自我救赎的达观

"世事变化，难以豫观"，既不能因吊古忆旧而改变时间的不可逆性，也清楚死亡对于每个人都是公平的，阮籍对于时间的前进、朝代的迁化充满无奈，内心由是产生了一种超越有限生命而达于永恒的游时渴望。如此，对永恒的向往[①]成为《咏怀》诗中观时结构的第三种重要类型。如《殷忧令志结》中"愿为云间鸟，千里一哀鸣。三芝延瀛洲，远游可长生"般希望时间停止，《世务何缤纷》中"壮年以时逝，朝露待太阳。愿揽羲和辔，白日不移光"般希望生命延长；更偶有"忠为百世荣，义使

---

① 刘勰《文心雕龙·明诗》云："正始明道，诗杂仙心。何晏之徒，率多浮浅；惟嵇志清峻，阮旨遥深，故能标焉。"

令名彰"，"岂若遗世物，登明遂飘飖"般希望人生价值不朽而名垂青史……表达了阮籍希冀摆脱年寿限制、超越人生有限性、求得心灵安宁、达到与天地并生之理想人格的生命向往。

一是游仙主题转向生命之忧的变调。阮籍《咏怀》诗多怀"仙心"，涉及游仙主题的诗有很多，如《北里多奇舞》《悬车在西南》《殷忧令志结》《朝登洪坡颠》《若木燿西海》《世务何缤纷》《混元生两仪》《天网弥四野》《鸿鹄相随飞》《侨物终始殊》《幽兰不可佩》《鸳鸯飞桑榆》《清露为凝霜》《人言愿延年》《惊风振四野》《危冠切浮云》《王子十五年》《寒门不可出》《横术有奇士》《昔有神仙士》《林中有奇鸟》《出门望佳人》《昔有神仙者》等，诗歌意境的铺陈多取材于《山海经》《楚辞》《庄子》等诗赋中的超现实形象，构成《咏怀》诗"忧时""刺时"主题之外的另一个重要旋律。学界普遍认为，在正始腥风血雨的特殊时代背景下，实现自我人生价值已被"终身履薄冰，谁知我心焦"的生命焦虑所取代。在这种心理意识之下，阮籍的《游仙诗》将神仙世界视为超越人生、超越命运、超越社会的重要象征力量，呈现了与汉乐府和建安诗歌中部分《游仙诗》完全不同的立意，是在对生命担忧的基础上进行的创作，显得较为现实与清醒。钟嵘对郭璞《游仙诗》作评论时曾说："《游仙》之作，词多慷慨，乖远玄宗。……乃是坎壈咏怀，非列仙之趣。"①若将钟嵘这段话拿来评价阮籍《咏怀》诗中的游仙诗，也是极为合适的。阮籍《咏怀》诗中的游仙诗虽也是受到玄学思想影响的产物，但矛盾苦闷的现实人生和压抑无常的客观环境是其创作的主要动因所在。从这种角度来说，也可将阮籍《咏怀》诗中的游仙诗视为诗人的"穷途之叹"，因此，诗歌风格自会充满悲凉与无助之感。如：

　　　　殷忧令志结，怵惕常若惊。逍遥未终晏，朱晖忽西倾。蟋蟀在户

---

① ［南朝］钟嵘：《诗品集注》，曹旭校注，上海：上海古籍出版社，2011年，第38页。

牖，蟏蛸号中庭。心肠未相好，谁云亮我情。愿为云间鸟，千里一哀
鸣。三芝延瀛洲，远游可长生。（其二十四）

　　王夫之曾指出阮诗"或标物外之旨，或寄疾邪之思"①，该诗开篇直
诉诗人内心强烈恐惧之情，虽未提及引起恐惧感的具体原因，但诗句铺陈
的氛围很容易让人联想到魏晋危亡、衰乱之世的险恶环境，所谓"身事
乱朝，常恐遭祸"。"博览群籍，尤好庄、老"的阮籍，面对魏晋之交
"名士少有全者"的动荡局面，一生都在致力远离政治，躲避纷争，但
曹氏政权、司马氏集团都不曾放过他，屡屡"迫以政事"。虽然通过"酣
饮""酣醉""称病"等方式，阮籍得以避免进入政治权力中心，但也始
终没能远离危险的漩涡，诗人难免产生如"终身履薄冰，谁知我心焦"般
相同的情绪。接下来的"逍遥"四句，诗人以朱晖西倾，比喻国运将终；
以蟋蟀、蟏蛸等自然景象为比兴，表达时命不永的惊忧之情。"心肠"两
句，黄侃注曰，"年岁易晏，好会易难，所以令人殷忧莫解，怵惕若惊；
惟有长生可无此患也"，认为诗人是因时光迁逝而生殷忧之虑；而黄节引
陈祚明之意，认为此两句是表达"非亲近之臣，抱忧国之心，情深而主未
知，忠切而上不谅"的悲凉之感。最后"愿为"四句，引云间鸟、三芝、
瀛洲等时间意象表达不同深意，《咏怀》诗其二十一有"云间有玄鹤，抗
志扬哀声"一句，阐明了诗人欲与玄鹤为俦，远举云中，不欲与凡禽同居
局趣之地的意趣；"三芝"就是《楚辞》中采于山间的"三秀"，也与孙
兴公《天台山赋》中含秀而晨敷的"五芝"相同，都是服之能延年寿的芝
草；瀛洲为《史记》中所言海中三神山（蓬莱、方丈、瀛洲）之一，此三
神山相传在渤海中，诸仙人及不死之药均在此地，是"不死之旧乡"。诗
人想象同云间鸟一般远走高飞，服食三芝虽不是为了成仙，但也希冀凭此
在阴谲险诈的环境中保全生命，争得长寿。云间鸟、三芝、瀛洲等意象均

---

① ［明］王夫之：《古诗评选》，李中华、李利民校点，上海：上海古籍出版社，2011
年，第189页。

衬托了"远游"之意，衬托出了环境的险恶已非同寻常。

又如：

> 朝阳不再盛，白日忽西幽。去此若俯仰，如何似九秋。人生若尘露，天道邈悠悠。齐景升丘山，涕泗纷交流。孔圣临长川，惜逝忽若浮。去者余不及，来者吾不留。愿登太华山，上与松子游。渔父知世患，乘流泛轻舟。（其三十二）

对时光易逝、人生短促的无限感慨从《诗经》时期就早已有之，从生存哲学的角度看，这一生命感慨大概是人类心理世界最基本的本能意识。西方现代心理学将人类心灵世界分为意识、个体无意识、集体无意识三个层次，其中个体无意识既来源于集体无意识，也来源于个体自我经验。心理学家认为，个体自我经验因种种原因被压抑而得不到意识自我的承认，但"它们并未从心灵之中销声匿迹，因为没有任何曾经被人感受过的经历会终止其存在的，只不过它们被贮藏在荣格称之为个体无意识的存在之中"①，而人类个体自我经验中蕴含着人们最深沉的忧虑，即对自身生命存在的关照。也就是说，生存忧虑始终潜藏于人类灵魂深处，所不同的仅是身处不同时代和境遇、秉持不同世界观和生命观的个人，其对生命存在价值和实现生命价值的方式有不同的看待。通过本书前5章的梳理，我们大致看到，儒家理性主义生存哲学主张在有限的人生中实现无限的社会价值，以弥合生命短促的无奈与个体有限性的缺憾；老庄道家哲学同样有感于肉体存在的短促与有限，但是却通过探索精神生命获得逍遥与自由的方式来实现对生命之有限性存在的超越。虽然儒道思想对人之生命价值及其实现方法的理解是完全不同的，但两者对生命有限性的认识及执着追求超越有限性方面则完全没有两样。阮籍《咏怀》诗之"忧生之嗟"，对接了儒道两家思想，既以"忧时""刺时"的方式表达了儒家精进的"济世

---

① 转引自高晨阳：《阮籍评传》，南京：南京人民出版社，1994年，第203页。

之志"，试图从社会价值的应然层面实现从有限向无限的转化，又在《游仙诗》乃至《达庄论》《大人先生传》里，以浓重的道家哲学精神去寻求生命超越的方式，尝试从主观精神层面的实然层面实现从有限向无限的转化。

在《朝阳不再盛》一诗中，诗人因深感时光易逝而生发出人生短促的无限感慨，从而产生了避世登仙的愿望。"人生"八句，诗人即景言情，申言朝阳不再、人道之促，将人生短暂的生命无奈放在了宇宙和社会的大背景下去思虑：人生是如此短暂，但宇宙却是浩渺不息，真是一个自古所嗟、千古难化的情结；然而，现实生活的苦愁与世间生活的忧患让短暂人生显得无比漫长，在如此强烈的对比反衬中，诗中弥散着世人难以排解的苦痛与矛盾。于是，"愿登"四句，诗人借《楚辞》中渔夫的故事，表达唯有从赤松、随渔夫，方可永脱世患，超脱而求仙，避乱而隐逸的愿景。无论是求仙还是隐居，诚如上文所言，均是从主观精神层面追求生命超越和个体自由的方式，展现出道家之超世或超然的一面，但其思想根源仍逃脱不了济济入世的"现世操劳"。牟宗三先生认为："中国哲学之重道德性是根源于忧患的意识。中国人的忧患意识特别强烈，由此忧患意识可以产生道德意识。"[①]徐复观先生也认为，忧患是人类精神开始直接对事物发生责任感的表现，换言之，忧患意识与人格主体的道德意识及其支配下的社会参与感密切相关，由此，忧患意识成为"济世之志"的一种外在表现。如此看来，阮籍在诗歌中所表达出来的伤时忧乱、悯时伤事、悲天悯人的情怀以及由此引发的出尘之思，实在与他入世而忧患，希冀在社会参与中得道乃至弘道而不成密切相关。

从以上所引游仙主题诗文可以看出，阮籍几欲脱离政事残酷，汲汲于自修以保命全身，然而曹氏政权、司马氏集团屡屡对其"迫以政事"，加之"名士少有全者"的黑暗动荡局势，令诗人"萧条百感""低徊胸臆"，且清醒地认知到，现实世界是他永远无法摆脱的沉重包袱。在思想

---

① 牟宗三、罗义俊：《中国哲学的特质》，上海：上海古籍出版社，2008年，第16页。

和肉体被残酷的世情所限之时，诗人希冀徜徉于神仙世界，以使灵魂冲破躯体束缚而暂得自由。于是，《咏怀》诗部分游仙诗文出现了将现实之此岸世界与游仙之彼岸世界的时空相交织的意象表达。如：

> 混元生两仪，四象运衡玑。暾日布炎精，素月垂景辉。晷度有昭回，哀哉人命微！飘若风尘逝，忽若庆云晞。修龄适余愿，光宠非己威。安期步天路，松子与世违。焉得凌霄翼，飘飘登云湄。嗟哉尼父志，何为居九夷！（其四十）
>
> 北临乾昧溪，西行游少任。遥顾望天津，骀荡乐我心。绮靡存亡门，一游不再寻。傥遇晨风鸟，飞驾出南林。漭漾瑶光中，忽忽肆荒淫。休息晏清都，超世又谁禁。（其六十八）

黄侃评价《混元生两仪》一诗言："天道有常，人命危浅，富贵非己所愿，唯有长生可用慰心。安期、松子，惜乎从之未由耳。尼父居夷，何足慕哉。"诗人于诗末引《论语·子罕》典故，即孔子因中原各国无圣贤之君而感叹，"道不行，乘桴浮于海"，决定乘桴筏适东夷以推行自己的政治理想，表明自己不慕尼父之志，唯愿延龄于世外，以长生慰己心的人生理想。对于《北临干昧溪》一诗，黄侃认为是"远游肆志之语"。"北临"两句写遨游所至，既实指路途遥远，也暗含仙境之意。"遥顾"四句，"望天津"若以《尔雅·释天》"析木之津，箕斗之间，汉津也"解，则有笔触直诉天上、畅情欢愉的游仙之意；然黄节认为，"此诗用'天津'，盖指秦墟言之，以喻魏都也"，由"绮靡"两句看来，确有笔锋急转，喻指一时游兴，出入于存亡之间，恍然秦已衰飒，真是"时代存而迭处，故先得而后亡"矣。"傥遇"两句表达诗人不与从晋诸臣同途的意气，"漭漾"以下，以脱离尘世、无拘无束的游仙形式结尾，黄节认为"盖仿屈原《远游》"。以上述两诗为例，大致可以窥见阮籍在入世与超世间游离撕裂的矛盾心境——既有出尘超世的高蹈情怀，又时刻深陷于现实社会的愁苦悲情。

二是视仙人形象为理想化人格。阮籍《咏怀》诗写仙境亦写仙人，约有二十余篇直接描写"王子乔""赤松子""安期""浮丘公""西王母"等神仙人物，诗中直接表达了对神仙们的倾慕之情，如："自非王子晋，谁能常美好"（其四）；"焉见王子乔，乘云翔邓林。独有延年术，可以慰我心"（其十）；"王子好箫管，世世相追寻"（其二十二）；"愿登太华山，上与松子游"（其三十二）；"安期步天路，松子与世违"（其四十），等等。这些憧憬神仙世界和仙人生活的诗文，大体描写的情境和抒发的意气是相同的，如《咏怀》诗第八十一首：

> 昔有神仙者，羡门及松乔。嗡习九阳间，升遐叽云霄。人生乐长久，百年自言辽。白日陨隅谷，一夕不再朝。岂若遗世物，登明遂飘飘。

在如此仙境中，神仙们超越了自然生命的年寿限制，与天地同寿，与日月齐光，毫无人生忽促、生命迭迁的忧烦；他们超越了肉体的羁绊，乘龙御气、恣意而行，自由来去于天地之间；他们摆脱了世俗的苦愁，脱离了人间的丑恶，从社会阴暗凶险的压迫中解脱，心神均沐浴着自由的空气与阳光。总之，阮籍笔下的仙人们过着令人艳羡的逍遥自得、自由闲适的欢悦生活，难怪阮籍总是申辩自己绝不与世俗庸人同俦为伍，也不理解"居九夷"的尼父之志，而反复提及"时路乌足争，太极可翱翔"，并一再发誓，"愿登太华山，上与松子游"，誓要远绝尘世去做神仙。

除了对神仙们的凝笔神往，《咏怀》诗中还有大量笔触，直述对"渔父""伯夷""伯阳""叔齐"等隐逸之士的赞赏与倾慕，表达了阮籍的隐遁之志，如：

> 猗欤上世士，恬淡志安贫。季叶道陵迟，驰骛纷垢尘。宵子岂不类？杨歌谁肯殉？栖栖非我偶，徨徨非己伦。咄嗟荣辱事，去来味道真。道真信可娱，清洁存精神。巢由抗高节，从此适河滨。（其

七十四）

诗人感叹世俗之人驰骛于尘垢凡俗之域，汲汲于功名荣辱之事，使大道陵迟、礼仪毁坏、"道"散无根、后世衰微，世间再难找到与己同道之人了；然贵贱、荣辱、死生之事不过须臾之间，自己还是追随巢父、许由这些隐者的步伐而去，到隐逸世界里做一个抗高节、适河滨的隐君子吧！

以上所引诗文，无论是饱含"仙心"的游仙诗还是远离尘世的隐逸诗，表面看来描写的神仙世界和隐逸世界是如此轻松、明快，但诗歌却始终凝聚着一股深沉至极的忧苦气氛，既有对生命短暂的无奈，又有对世俗生活的烦厌，令读诗之人不得不生疑，阮籍真的信服成仙之事吗？真的渴望成为隐士吗？其实，在《咏怀》诗中，我们可以发现，阮籍常常对成仙之事持怀疑态度，在游仙问题上常陷入两难的矛盾——他想做个神仙，却感到"天阶路殊绝，云汉邈无梁"（其三十五），人神隔远、天阶殊绝，真是势所不能；他希冀有往昔神仙士处射山阿般的神仙世界，却又理性地知道神仙"可闻不可见"；他想如神仙般享"延年术"而长生久视，却又对"性命有自然"之理无比清醒；他想远游采"三芝"，却目睹"采药无旋返"，深知服食住寿无先例的现实……在隐逸问题上也是一样，"一飞冲青天，旷世不再鸣"的抗志青云，与"宁与燕雀翔，不随黄鹄飞"的俯就现实是相矛盾的。另外，在《大人先生传》里，阮籍对"隐士"是持严厉批评态度的，认为隐士隐匿于山林，与木石为邻，从避世的态度和弃绝现实生活的行为来看，似乎与"大人先生"是没有区别的；然而，正是这种必须到超现实之彼岸世界去生活的行为，恰恰表明隐士是有是非心、分别心的，他以处山林隐居为是，以处现实社会中为非，"恶彼而好我，自是而非人"。这种是非心、分别心的存在，必然会使隐士"忿激以争求，贵志而贱身"，"薄安利以忘生，要求名以丧体"，因而无法从是非漩涡中抽离并获得精神的自足和生命的安乐。相比于"大人先生""不避物而处""不以物而累"，对任何凡俗之事都能做到"无宅""无主""无事"的人格境界，隐士真是取形而离质，离真正的身心灵自由差了太远。

由此看出，阮籍在玄学哲学的理性层面是不赞成隐逸思想和行为的。

　　既然感叹"神仙志不符"，感叹隐士没有找到真正安息灵魂的乐地，阮籍为什么还要在《咏怀》诗中频频表达对仙人隐士的倾慕与艳羡之情呢？这里的原因可能是多重的。第一，从社会层面看，仍是前文反复提及的时代背景、政治处境的触发。魏晋之交，无论官与吏、权贵与凡俗，均汲汲于权势、名利、富贵，这些得失是非机心，正如《庄子·列御寇》所言"千金之珠，必在九重之渊而骊龙颔下"，是在九重之渊、恶龙颔下取珠，潜藏巨大生命风险。因此，阮籍选择"归太清""适河滨""步天路""去高翔"，希冀远离现实，既用"称病""酣醉"使肉身存在脱离官场黑暗，又用对悠然自得之游仙或者隐逸生活的神往来安顿忧苦灵魂。第二，从个人心理层面看，更深层次的还是源于诗人对自然生命终要消亡的畏惧。阮籍虽然是一个放达[①]之士，但对人间的生死问题却无比清醒，他在多个诗篇中反复表达"性命固有自然"之理，如：

　　　　岂知穷达士，一死不再生。视彼桃李花，谁能久荧荧。（其十八）

　　　　荆棘被原野，群鸟飞翩翩。鸢鹗时栖宿，性命有自然。（其二十六）

　　　　侍物终始殊，修短各异方。琅玕生高山，芝英耀朱堂。（其四十四）

　　　　焉见孤翔鸟，翩翩无匹群。死生自然理，消散何缤纷。（其四十八）

　　　　自然有成理，生死道无常。智巧万端出，大要不易方。（其五十三）

---

① 汤用彤认为，"放达之士，其精神近庄子，嵇阮开其端，至西晋而达极盛"。（汤用彤：《魏晋玄学论稿》，上海：上海古籍出版社，2005年，第135页。）

在这些诗文中，诗人无不表达出对生死存亡的畏惧。于是在《咏怀》诗中，诗人既忧虑生命短暂，又常对神仙之事持怀疑态度，和曹氏父子《游仙诗》的意气与情貌有很大不同——曹氏父子根底里也不信神仙，但他们为求长生而求仙，目的是为了纾解因人生短暂而功业未成的遗憾心理，所以诗中有浓厚的寄托意味；但反观阮籍《游仙诗》，正因为有心理根底处对"性命自然"的理智和清醒，并且其仙人思想与嵇康来源于道家的服食长生之术并不一样，所以阮籍不求长生，虽希冀肉体永恒，但在《游仙诗》中更多寄托和构建的是玄学式的理想精神家园。也就是说，阮籍并不相信长生不死、变化神通的神仙真正存在，正如黄侃评价道，"人道之促，自古所嗟，唯有从赤松，随渔父，庶几永脱世患也"，诗人更多的是通过仙人、隐士寄托对看破尘世之理想人格的追求。第三，从理论层面看，上述社会层面的"忧时""刺时"和个人心理层面死亡焦虑与存亡清醒之间的矛盾，既凸显了诗人对现实本能式的社会忧患，又体现了诗人动物性求生本能式的自然忧患，如此自然与社会的双重忧患与压抑令诗人的生命意识和时间意识更加沉重。于是，从现实世界中求得解脱与解放便是当时具有自我意识的知识分子所共有的强烈生命愿望。学者高晨阳认为："如果说，《达庄论》《大人先生传》重在精神的解脱，那么，《咏怀》诗则着眼于肉体的解脱。然而殊途而同归，这就是对自由的追求。"[①]本章认为，对于阮籍来说，这种求得解脱的路径在《咏怀》诗中得到了双重实现，既有在以神仙世界与隐逸世界为代表的彼岸，为肉身得以解放求得的"虚幻自由"，又有在对"渔父""松子""王乔"等隐士、仙人的赞美中，寄托理想人格的精神自由，而在《咏怀》诗中，这种理想人格的表达与寄托与《达庄论》《大人先生传》中所描述的"真人""至人"等是一致的。

三是宇宙与我合一的生命境界。除了在《游仙诗》中表达对生命之忧的嗟叹，在对仙人与隐士的倾慕中寄托理想人格，阮籍通过"游时"而展

---

① 高晨阳：《阮籍评传》，南京：南京人民出版社，1994年，第198页。

开对永恒的向往还尤其体现在《咏怀》诗、《达庄论》《大人先生传》等诗、论、传中对宇宙与我合一之生命境界的构筑，这种生命境界的构筑与阮籍哲学思想的转变不无关系。学界普遍认为，从思想倾向看，阮籍早年服膺儒学，崇尚名教，致力于以"天"证"人"，他的儒家式理想和思维模式通过《乐论》《通易论》等著作在理论层面得以充分体现。正始中后期之后，司马氏集团以名教为旗号铲除异己，名教成为争权夺利的工具，阮籍等名士心中设想的名教在权力斗争的漩涡中被异化为丑恶、虚伪、崩坏之物，致使现实的名教与理想的名教相分裂、名教与自然相分裂。正如阮籍所言，"竞逐趋利，舛倚横驰，父子不合，君臣乖离"（《达庄论》）。在强大的专制力量和社会现实面前，阮籍早年的"济世志"已支离破碎，竹林时期转入名教与自然对立的理论形态，并在晚年作品《咏怀》诗与《达庄论》《大人先生传》中表达了较为一致的思想和情感旨趣。

第一，由"天人合一"向"以人合天"的转变。在《乐论》和《通易论》中，阮籍设想宇宙包含"天""人"两部分，但自然界与人类社会相对应，人类社会内部也有君臣上下之差等，如此，宇宙在对立和差别中维持动态平衡；而在竹林时期，阮籍视宇宙整体为无差别的原始混沌，所谓"至道之极，混一不分，同为一体，得失无闻"（《达庄论》），不仅"天"（或自然界）"人"（或人类社会）之间无差别无对立，"天""人"各自内部也无善恶、是非之分，一切皆顺应自然而存亡，所谓"善恶莫之分，是非无所争，故万物反其所而得其情也"（《达庄论》）。如此秩序下的理想社会，已和儒家所规定的上下贵贱各有分别的等级式和谐整体形成了鲜明的差异，是"一种无差别、无对立、无矛盾而超越了名教礼法的整体"[①]，人在其中能"自觉地取消人与他物或社会与自然的'内外'区别，自觉地回归到大自然中去，与大自然维持一种直接

---

① 高晨阳：《阮籍评传》，南京：南京人民出版社，1994年，第135页。

性的统一"①，即阮籍所谓"至德之要，无外而已"。如此，阮籍以玄学思想之"齐物"的理论方式，使人能忘天、忘己、忘物，达到"道"的最高境界。这种境界，阮籍在《咏怀》诗中将之进行了具体化，如"谁言万事艰，逍遥可终生"（其三十六），"飘飖恍忽，则洞幽贯冥"（《清思赋》）。

第二，由客观世界向主观世界的退隐。在名教与自然对立的理论形态统摄下，阮籍精神世界的理想和目标以何寄托呢？与早期在儒家思想影响下，希冀以向外的方式在等级社会中实现人性的完满，寻得安身立命之地不同，在魏晋之交"良机未协，神机无准"的严酷现实面前，阮籍既不能"樽樽以入网"，又不能"毁质以适检"，不愿与世合污，便只能由追求群体的外部和谐转入达于个体的内在和谐了，即不得不由客观世界退却到主观世界之中。如同《庄子》神话寓言中的神人、仙人一样，《咏怀》诗中的仙人、隐士意象，《大人先生传》中所描述的"真人"（"乃与造物同体，天地并生，逍遥浮世，与道俱成，变化散聚，不常其形"，"乃飘飖于天地之外，与造化为友，朝食汤谷，夕饮西海，将变化迁易，与道周始"），《达庄论》中所描述的"至人"（"恬于生而静于死。生恬则情不惑，死静则神不离，故能与阴阳化而不易，从天地变而不移。生究其寿，死循其宜，心气平治，消息不亏"），也成为诗人崇尚自然、超越个体、超越有限、超越世俗的象征力量，表征着诗人对庄学情趣的直接继承，是用对主观精神自由与逍遥的求索来代替对现实世界的求索，是在自我意识的领域求得虚静与淡泊，是在无差别的自然混沌中求得安身立命并最终获得宇宙与自我合一的精神超越。

第三，由生存矛盾向肉身、精神双解脱之自由境地的向往。《咏怀》诗第四十五首有言："幽兰不可佩，朱草为谁荣？修竹隐山阴，射干临增城。葛藟延幽谷，绵绵瓜瓞生。乐极消灵神，哀深伤人情。竟知忧无益，岂若归太清！""幽兰"四句，诗人用象征手法无奈展示现实社会

---

① 高晨阳：《阮籍评传》，南京：南京人民出版社，1994年，第135页。

黑白颠倒的昏暗，幽兰本应为贤人所佩，朱草本应为圣王而生并开放于盛世之时，然却落到"不可佩""为谁荣"的境地，确是很悲哀的。修竹、射干乃高洁之物却产于荒僻，葛藟、瓜瓞反得繁荣而绵绵不绝，真是是非难分、黑白颠倒的社会。由物及人，诗人感叹"哀乐所至，积而成忧，终忧无益。惟泯哀乐，始归太清"，与清新、宁静的世外桃源相比，现实有何价值呢？因尘世而生烦忧又有何用呢？徒然伤神还不如"归太清"，让身与心回归到大自然中吧。正如黄侃所言，"'归于太清'，齐物，逍遥之旨也"。这里的"太清"已不再是道教中崇尚神仙方术、渴望长生久世的仙境，而是寻求自然与我合一的玄学式理想精神家园，诗人希冀在其间获得肉身存在的解脱与自由。又如在《大人先生传》里所描绘的大人先生之逍遥自由，"含奇芝，爵甘华，嚼浮雾，飡霄霞，兴朝云，飔春风，奋乎太极之东，游乎昆仑之西……必超世而绝群，遗俗而独往，登乎太始之前，览乎汩漠之初，虑周流于无外，志浩荡而自舒，飘飖于四运，翻翱翔乎八隅"，更多的是超越肉体与生命局限，达于精神自由的"神游"。无论是仙境般的幻想、山林间的隐逸，还是哲学式的玄思，诗人最终想要通往的都是人的自由及其实现方式的可能性；尽管这些自由的获得都是凭借诗意般的想象或玄理般的逻辑推演去达到的，归根到底是凭借主观想象去构建的，达到的尽是"虚幻的自由"，但毕竟从生命根底和意识最深处表征出了诗人对生命存在及其价值实现方式的自我构想，在揭露社会与个体、自由与必然、名教与自然的矛盾中，为孤悬于世间的个体存在找到了一条得以解脱灵魂、安顿生命的途径和方式。

6.4　小结

如前文所述，处于易代之际的阮籍，在"天下多故，名士少有全者"的时代背景下，以诗、论、传等多种方式表达忧生嗟叹之情、悲天悯人之怀与超尘脱俗之想，建构自己的"生命哲学"，回答人究竟应该怎样活着的生存难题，尤其是在八十二首《咏怀》诗中，作者以"嗟叹社会现实—吟叹自我生命—期叹求仙游时"的时间意识演进逻辑,从"生命迁逝""吊古忧时""求仙放游"三个侧面深度展现了其在生存论层面所面临的深度悖论和张力。对身处困境如何实现超越的体悟,对生死迁迁性命自然之理的省思,对黑暗现实生活的否定,对肉体与精神之解脱的自由的向往,成为阮籍时间意识、生命意识的思想主体和情感主线。

第一,时间感悟是阮籍《咏怀》诗的重要组成部分,忧时、刺时、游时成为其生命重奏的三重时间变调。阮籍诗文中所表达的生命迁逝感并不是源于一般的行乐思想和功业意识,而是源自对时间流逝的内在焦虑和对性命自然之理的清醒,没有这种对现实时间之网的真实恐惧,诗人关于生命的多重矛盾与痛苦,如无限光阴与有限生命的矛盾、渴望成就事业与人生愿望未竟的矛盾、耿介性格与求生苦心的矛盾,等等,便不能成立。此外,魏晋之交政局跌宕的黑暗社会现实,成为当时代名士文人时间感悟异常敏锐的社会原因;加之老庄之学的盛行与影响,使得"与物同化"的时间观逐渐深入人心,为诗人找寻意识主体的灵魂自由,追寻超越有限的人生境界,实现从心灵上突破凡俗时间的束缚,从情感上打通自然时间的限制提供了理论依凭。

第二,阮籍诗文中的时间意识体现了对意识主体之自我的发现与肯定。与何晏、王弼等人以自然与名教相结合为意趣来改造对象世界的道路不同,阮籍的玄学思考和诗意抒发都无意于以重建社会秩序的方式来解救世人于危难,而是旨在从外在的社会意识或群体意识向内在的个体意识转化,重新将关切和思考的重心转移到个体生存本身。这种"向内"的转圜看似只能抵达"虚幻"的解脱与自由,但却是以文人特有的玄思、才志与情怀,深入到了生存问题的最深层结构,对人的现实生存境遇和实现自由的生命路径进行了最深切的理性思考和诗意想象,包蕴着这一时期人们对生命时间有限性的喟叹,对人的"自然生活"如何可能和超拔的思索。这种看似矛盾却充满思维辩证法张力的理论旨趣,与阮籍对待名教的态度是一样的——当他对现实的名教批判得越是激烈时,越发表明他对理想的名教充满着无比虔诚。在黑暗的魏晋时代,阮籍努力向内发现个体自我,努力探寻生存超越，努力展现内在精神自由超脱的可能，从时间意识拓展和升华的角度，延展出了解释魏晋时期人性觉醒，继而"文的自觉"的新路径。

第三，阮籍诗文中的时间意识深化了魏晋玄学思想。无论是"忧生之嗟"还是"意在刺时"，或是倾慕于"真人""至人"般理想人格，本质上诗人都在探讨基于生存论的哲学，他把何晏、王弼玄学中关于"名教"与"自然"关系的纯粹理性抽象安顿到了人的现实境遇和生命焦虑之中，使"生存"本身凸显出了"形而上"和"形而下"的和谐统一。从服膺儒学到延续庄学，功名利禄、荣华富贵、权势地位等传统的人生价值观在阮籍看来都是虚假和不可信的，在时间的长河中，诗人认为可信的、真实的、有价值的是人的生命存在本身，精神境界本身于是也理所应当地成为哲学的根本对象。《咏怀》诗、《达庄论》《大人先生传》等竹林时期的晚期作品，均表达了对这一人生主题和难题的高度理论兴趣，诗人在其中开拔出的哲学式玄思、仙境般幻想和山林间隐逸，由是成为中国古代失意、失志士人常常奉行的人生准则。

第7章

嵇康诗文的时间意识

　　嵇康生于公元 224 年，卒于公元263 年，字叔夜，谯郡铚县人，即现在的安徽省淮北市临涣集人。他本姓奚，为会稽上虞人士，为躲避仇家恩怨，后举家迁居至铚县嵇山（嵇山位于临涣西三十里）脚下，于是便更换原来的"奚"姓为"嵇"姓。嵇康是魏正始年间思想活跃的"竹林七贤"之一，也是这一群体中的领袖级人物，崇尚清静无为，道法自然，神往于道家逍遥自由、放荡不羁、超然世外的人生境界。他精通音律，善弹琴乐，又好舞文弄墨，诗词文章恣意华美。嵇康还是一位思想家，对儒家、道家思想均有研究。同时，他还精通养生之学，曾提出过一些新的养生见解和思想。他把养生哲学注入其养生思想之中，而将"越名教而任自然"的玄学理念贯彻到其隐居式的养生思想之中，具有一定的积极作用和意义。

　　前文多次提到，阮籍、嵇康所处的魏晋时代，政治动乱、宦官当权、战乱频仍，人民流离失所，社会政治极为混乱黑暗。当时正值曹氏家族与司马氏家族争权夺势之际，很多名士惨遭迫害与杀戮，比如何晏、丁谧、毕轨、桓范，等等。在如此个体生命难以保全的时代，很多文人名士为了躲避祸患，纷纷远离庙堂，或进驻名山大川，或隐居山林，谈玄论道，调弦弄诗，或是修身养性、炼丹服食，过着逍遥自在、超凡脱俗的自由生活，以期能够释放积压于内心的愤怒与强烈不满。以嵇康为首的"竹林七贤"以及当时的名士纷纷构筑起属于他们自己的精神领域和心灵信仰。在嵇康独特的养生思想、音乐思想与哲理小诗中，大致可以勾勒出其以"生存"为关键词，以生存本质、生存修养、生存境界为丰富维度的生存哲学智慧，充分展现了魏晋名士在政治乱局中所罹患的生存悖论与生命张力。

7.1　生存本质：以"元气说"为基础的整体自然观

罗宗强在《玄学与魏晋士人心态》中指出："如果比较一下汉、晋士人的心态，我们就会惊异地发现，他们之间的差距是何等巨大！他们的信念，他们的思维方法，他们的人生理想，他们的生活风貌和生活情趣，都有着天壤之别。"[①]为什么心态差异会如此巨大，归根到底是因为这牵连到了安身立命的生存问题，而生存问题是单个个体生命和人类全体都必须始终面临的永久性问题，它是关于人"何以"生存（即生存方式）的问题，不仅包含着人们各异的生存信念、生存意向，而且取决于人们的生存能力和生存体验，更包含着对于生命意义的本原性理解与追求，对于生存本身的阐释与批判，而这也是哲学始终思考和关注的中心问题。从这种生存论的角度来看，汉晋士人心态如此迥异，乃至嵇康提出"越名教而任自然"的思想，有其基于生存问题的深层次原因，即当社会动荡、战乱频仍，导致个体生命难以自保之时，名士们便转向了探寻安身立命之路，转向了探寻生命从社会和心理之双重苦难中解脱的路径，表现在学术思想和思维方式层面，就是由儒家追求社会和谐和个人精进的思维方式转向更加关注个体生命自由、追求生命根源和精神超越的旨趣，由此带来了这一时期社会思潮从"崇儒"到"尚道"的转变。

在这一社会整体思潮转变的过程中，以"自然"为基础的本体论哲学成为正始玄学的思想基础。何晏王弼"贵无说"，旨在建立一种纯粹的哲学本体论，但没有深入地探讨自然与名教的关系，阮籍、嵇康却从这一角度进一步发展了正始玄学的自然无为思想。阮籍在《达庄论》中借先生之口阐明自己的自然本体论思想，所谓："天地生于自然，万物生于天地。

---

① 罗宗强：《玄学与魏晋士人心态》，杭州：浙江人民出版社，1991年，第1页。

自然者无外，故天地名焉；天地者有内，故万物生焉。当其无外，谁谓异乎？当其有内，谁谓殊乎？"认为自然、天地、万物依次生成而浑然一体，而"气"是构成自然之本体最基本的元素，所谓"一气盛衰，变化而不伤"。嵇康同样将对生存问题的解答立基在了以"元气说"为基础的整体自然观之上，所谓：

> 浩浩太素，阳曜阴凝。二仪陶化，人伦肇兴。（《太师箴》）
>
> 元气陶铄，众生禀焉。（《明胆论》）
>
> 干坤有六子，支干有刚柔，统以阴阳，错以五行。（《答释难宅无吉凶摄生论》）
>
> 天地合德，万物贵生；寒暑代往，五行以成。章为五色，发为五音。（《声无哀乐论》）

这些大抵都是汉人的思想，"太素"即宇宙形成的基本元素，是万物的本原。嵇康将之看成混沌一体、阴阳未分，如同元气一样的物质，认为天地间的元气通过阴阳两个方面的交合而孕育众生，即万物禀元气而生，皆归于自然且有自然之理，而自然之理作用于人就产生了人的自然性情，即"似特受异气，禀之自然，非积学所能致也"，人于是或有"明（智）"或有"胆（勇）"及其他种种分别……如此，万物与人顺应自然之理与自然性情而变化发展，以"和"为最高价值旨趣，最终达于"自然之和"的理想境地，所谓"守之以一，养之以和，和理日济，同乎大顺"（《养生论》），"以大和为至乐，则荣华不足顾也"（《答难养生论》）。嵇康认为这种自然之"和"或者"大和"的宇宙结构，是以"自然"为基点，而包含了宇宙创生、天道人道、天人关系、政治理想等系列内容。

嵇康在此自然观基础上，提出"越名教而任自然"的人生哲学命题，提倡个体的绝对自由，为其洞悉生命意义的本原，展开对生存本质的阐释与批判，建立人性自然的人生哲学提供了理论基点，也成为其诗文构筑起的独特时间意识之重要基础。总体来看，这种自然观以汉代元气论为基础，汲取了老庄的宇宙生成论思想，剔除了汉儒天人学中天象、人事相附会的迷信色彩，所形成的"气一元论"思想，被抬升至了本体论[①]层次，目的是为了经由自然之道参悟人世间的真谛；而这里的"自然"，是嵇康生存哲学和思想体系的价值原点和追求，用汤用彤先生的观点来看，"自然"或有三义："自然为元气，盖就实体说，自然为'混沌'（玄冥）、为'法则'（'秩序'）、为'和谐'（'天和'），盖就其状态说。"[②]前文将嵇阮之学中"自然"之实体义大致进行了陈述，下文将沿着汤先生的分析路径，结合嵇康诗、赋、书、论中相关论述，详细剖析嵇康诗文中时间意识由以铺陈开来的基础——"自然"之状态义。

7.1.1　自然之"混沌""玄冥"义

一是"自然"为包含万物的无边无际之整体。所谓"玄冥"者，"玄"为同，"冥"为一。在嵇阮看来，"自然"是"至极之道，混一不分"，是包含天地万物的整体，在"自然"之先、之外不应再有何物了——从时间上看，"太初如何，无先无后"，没有比它更早、更长久的事物；从空间上看，"自然无外"，没有比它更统合、更具包容性的事物；从本体上看，"莫究其极"，"天地生于自然，万物生于天地"，它是天地万物赖以存在的根源。天地万物存在于混一不分的自然之整体之内，从单个物质实体属性看，他们是有差异的；但若从整体之"自然"看，则"元气陶铄，众生禀焉"，"天地日月，非特物也"，"别而言之，则须眉异名；合而说之，则体之一毛也"。这种自然万物一体的思想，与庄子的"齐物"思想十分相似，从本体上确立了"无分别、无生

---

① 汤用彤先生在《魏晋玄学论稿》中认为："嵇康、阮籍把汉人之思想与其浪漫之趣味混成一片，并无作形上学精密之思考，而只是把元气说给以浪漫之外装。他们所讲的宇宙偏重于物理的地方多，而尚未达到本体论之地步。"学者章启群先生认为："嵇康对于客观自然世界的独立存在的论述，以及主客世界二分的思想，则达到了哲学本体论的又一新的高度。"本章侧重于赞同后一种观点。
② 汤用彤：《魏晋玄学论稿》，上海：上海古籍出版社，2005年，第136页。

死、无动静、无利害"①的价值立场，为后来嵇阮从生存哲学的角度齐生死、动静、利害奠定了基础。二是"自然"为太朴、非人为之原初状态。玄冥如同老子之"恍惚"、庄子之"混沌"一样，表征着宇宙之原初状态。既然自然是不可分之整体，自然、天地、万物依序生成而浑然无外，没有"有"与"无"的差别，"一气盛衰，变化而不伤"，在嵇阮看来，那么"自然"就是自然的、未经雕刻的、非人为的、太朴的宇宙生成之初的状态。若进一步将这种状态投射到社会上、政治上，则"侯王能守之，万物将自化"或"默静无文，大朴未亏"的"无为而治"之朴真社会便是他们希冀的最理想的社会。三是"自然"为崇"道"蔑"器"之根本。嵇阮秉持自然万物一体的思想，绝非为自然而自然，其最终着眼点在于投射自身对社会、现世生活的关照。落实到"自然"之义上，嵇阮主要是通过道与器、名教与自然这两对范畴的差异性对比凸显出他们的自然本体论思想。关于道与器的关系，嵇阮与王弼的观点是略有差异的：一方面，他们都认为道无名是不可分的，而器有名是可分的；但王弼持"无""有"不二论，因此对道与器之关系并不会呈现出尊此失彼的差别，然而嵇阮之学，尤其是他们的自然观，主要还是承继汉人的思想，因此主张道与器是有时间上的先后之别的，故而太古是道，而源于太古的后天与万物则是器。这一套理论落到对社会的认知上，当然会认为朴素之太古时代是本、是自然的、是好的，而后天之器源于自然而回返自然，已经不是本来之自然了。所以无论是阮籍《答伏义书》中"且玄云无定体，应龙不常仪：或朝济夕卷，翕勿代兴；或泥潜天飞，晨降宵升。舒体则八维不足畅迹，促节则无间足以从容……"之遇则仕、不遇则畅隐山林的舒卷，《乐论》中"礼定其象，乐平其心；礼治其外，乐化其内"，肯定礼与乐的教化功能，还是嵇康《家诫》中"不须行小小束脩之意气，若见穷乏而有可以赈济者，便见义而作"的忠烈情怀，虽然他们并非全然绝对地反对礼教或者儒学的君臣纲常，但都共同认为虚伪的礼饰是极不好的，是与太

---

① 《庄子·缮性》篇曰，"古之人，在混芒之中……万物不伤，群生不夭"。

古之淳朴、混沌的自然状态相异的。更加延伸一步，关于自然与名教的关系，阮籍在《达庄论》中尖锐地指出，"善恶莫之分，是非无所争……儒墨之后，坚白并起，吉凶连物，得失在心，结徒聚党，辩说相侵"，认为社会离乱的根源就在于礼法名教违背了自然无为的大道。嵇康在《太师箴》中分析各社会阶段之情状，从朴真社会之"厥初冥昧，不虑不营……宗长归仁，自然之情……默静无文，大朴未亏"，到尧舜禹时期"体资易简，应天顺矩……物或失性，惧若在予"，再到所谓"下逮德衰"的社会，乃是"大道沉沦。智惠日用，渐私其亲。惧物乖离，擘仁。利巧愈竞，繁礼屡陈。刑教争施，夭性丧真……"嵇康痛陈"智惠日用"、刑教并施下的所谓"竭智谋国"，造成的是道德日下、名教虚伪、人相乖离、"宰割天下，以奉其私"，感叹"君道自然，必讬贤明"，认为腐败黑暗的社会实在与"默静无文，大朴未亏"的古代社会差了太远。在《难自然好学论》中，嵇康从名教与自然的角度驳斥张叔辽《自然好学论》。在《自然好学论》中，张叔辽认为"好学"是人的天性，"六经为太阳，不学为长夜"，而嵇康认为人的自然天性是"好安而恶危，好逸而恶劳"，好学并非出自自然，反是"困而后学"，目的是"学以致荣"。"大朴未亏"的"洪荒之世"是至德之世，反是后世名教、礼教类的"丙舍""鬼语""芜秽"等，为世人开了荣利之途，产生了诸多弊端。在《释私论》中，嵇康认为"心无措乎是非"，人的行为才能"不违乎道"，一再强调"越名任心""弃名以任实"，主张去除虚伪的名教而任其真实自然，等等……这些论断和思想都反复确证着嵇康"自然万物一体"思想之崇"道"蔑"器"、越名教任自然的引申意，表达着诗人对无礼法制约、精神上又极为自由的太朴之理想社会与政治的希冀。

7.1.2　自然之"法则""秩序"义

从实体角度看，嵇阮"自然万物一体"思想认为"自然"就是元气，而"气"贯穿于包含儒释道的整个思想史中。从纵向的时间轴看，自战国至汉代，"气"被看作组成人与物的能量之基础，自宋代至明代，"气"

在理气哲学中发挥着重要作用；从横向的表达主题看，无论是在涉及人的肉身化存在（比如道教长生方技），还是在精神历史范围（比如文学、艺术方面），"气"都被看作是形成事物的最原质的基础。从状态角度看，因嵇阮"自然万物一体"思想以汉代元气论为基础，所以汉代关于"气"之存在形式的分析更值得我们关注。在汉人看来，"元气"是有法则、有秩序的，所谓"天有三纲，地有六纪，故人亦有纲纪"，而"气"在万物生成论的系统中发挥着至关重要的作用。一则，"气"作为精、神、形、质的基础被纳入万物生成论系统；二则，这一系统的最高层概念是混沌的道，其次或者下一层次即是"元气"；三则，在天人感应等政治思想产生以后，"气"作为中介物，与阴阳、五行等相关联起来。承继汉人对元气、阴阳、五行、四时等皆有法则的规定，嵇阮亦十分推崇秩序与法则。阮籍《通老论》有言："圣人明于天人之理，达于自然之分"，"道者，法自然而为化，侯王能守之，万物将自化"，用"天人之理"讨论名教与自然的关系，认为宇宙之道是自然无为的，"天理"与"人理"相统一，故社会治理也应秉持顺应自然的原则，实施"君臣垂拱"的无为之治。在《通易论》中，阮籍将对象世界视为包含天地万物在内的宇宙整体，其内部单个事物独立存在，且依据特性的不同又被划分为层次不一的子系统。其中，"天"（自然界）和"人"（人类社会）是最大的子系统，所谓"'易'，顺天地，序万物，方圆有正体，四时有常位，事业有所丽，鸟兽有所萃，故万物莫不一也"，认为无论是天地之法则，还是人事之法则，皆为顺自然也。这里，从空间形式看，天地万物各有特定形态和固定位置关系；从时间形式看，自然界依循春夏秋冬四时节律变化而运行；从生存样态看，每一类事物都有其特殊的规定性和生存变化规律，人类社会也在君臣上下有分、男女尊卑有别的特定等级结构中运行发展，所谓"圣人以建天地之位，守尊卑之制"。嵇康《声无哀乐论》认为，"夫天地合德，万物贵生；寒暑代往，五行以成。章为五色，发为五音"，天地、万物、寒暑、五行，各有其融合、滋生、交替运行的秩序规律；又如，"律吕分四时之气耳，时至而气动，律应而灰移。皆自然相待，不假人以为用

也"，节气变动、音律相应，这些都是自然的、互相联系而发生的，有其
内在的自然本性和规律，不需借助人力起作用；再如《答难养生论》有
言："今不言松柏，不殊于榆柳也。然松柏之生，各以良殖遂性。若养松
于灰壤，则中年枯陨。树之重崖，则荣茂日新。此亦毓形之一观也。"松
柏、榆树、柳树各有不同的自然之性，而这种自然之性是先天给定的、自
然而然的，要实现良殖，必须尽其性、养其生。如此看来，松柏若在地下
很深的土壤中种植，到了中年就会枯死，而如果种在高高的山崖上，则荣
茂日新。可见，高崖间的艰险环境才是适合松柏的自然之所，养育形体需
要顺从物之自然天性，等等。嵇康之说与阮籍相比，虽然更富情调和感
性，但在"自然"乃"法则""秩序"的基本思想上是保持一致的。

7.1.3　自然之"和谐""天和"义

"自然"的"和谐""天和"义与前面剖析的两层含义密切相关。
汤用彤先生认为，"盖因其为混沌无分别状，故是'和'；又因其有法
有则，故是'谐'"①，嵇阮在对音乐及其教化功能的描述中尤其体现了
"'自然'是和谐整体"的思想，大体皆能区分出天地之"和"、音声
之"和"、物人之"和"等几个层次。一是天地之"和"，如阮籍《乐
论》有言，"乾坤易简，故雅乐不烦"，"自然之道，乐之所始也"，强
调顺应"自然之道"，认为乐是依据自然界的秩序法则而制定的，圣乐之
"和"一定体现了天地之"和"，体现了宇宙整体之和谐的结构；嵇康
《声无哀乐论》有言："天地合德，万物贵生；寒暑代往，五行以成。章
为五色，发为五音。音声之作，其犹臭味在于天地之间。"认为声音如同
气味一样，是源于元气的自然之物，有其作为客体的独特发展规律；更近
一步的，嵇康有言："音声有自然之和，而无系于人情。克谐之音，成
于金石；至和之声，得于管弦也。"学者章启群先生认为，这里声音的
"自然之和"是"一种来自自然界的客观自然的、独立存在的秩序与和

---

① 汤用彤：《魏晋玄学论稿》，上海：上海古籍出版社，2005年，第138页。

谐"①,是"一种自然事物自身的秩序与和谐,是一种客观的规律"②。
也就是说,声音有自然的和谐,协调之音由钟磬乐器完成,和谐之音从箫
管琴瑟获得,这一切与人的情感是无关的。二是音声之"和",包含"和
声""声和""音和"等三层意思,"和"字在《声无哀乐论》中单独出
现了三十一次,主要表明"和"是音乐要达成的一个目标,"和声"是音
乐的终极追求。"声"之和是与"气"密切相关的。《声无哀乐论》有
言,"使心与理相顺,气与声相应",《答释难宅无吉凶摄生论》有言,
"同声相应,同气相求,自然之分也",万物源于气,"气"与"声"相
应,无"气"便无"声","声"就是"气";另外,"琴瑟之体,辽而
音埤,变希而声清,以埤音御希变,不虚心静听,则不尽清和之极,是以
静而心闲也",表明"声"之和或不"和"是以清浊来区分的,"声和"
其实就是"声"的阴阳之气处于调和状态。"音和"相比于"声和"更为
具体,是指宫商角徵羽等五音调和,从而音乐和谐。三是物人之"和",
这里,人的自然情感与物之自然相合有两层含义:其一,音乐是人在掌握
了自然之"声"的规律后,制造出乐器,投入主体情感而创作出的和谐乐
曲,即音乐创作的过程体现了物人之和;其二,好的、平和的音乐有养生
的功用,能使听者达到平和境界、至和之域。尽管嵇康认为"声之与心,
殊涂异轨,不相经纬",强调自然之声无关乎人的情感,"表明嵇康对于
音乐本体论的鲜明观点,也在哲学上明确界定了主客二分的观念"③。但
《声无哀乐论》亦有言,"蛟弄之音,挹众声之美,会五音之和,其体赡
而用博,故心[役]于众理","然皆以单复、高埤、善恶为体,而人情
以躁静专散为应",美妙的小曲五音清和、本体充盈,所以人的心情也会
随之受到调理;音乐的本体有简繁、高低、好听与不好听的区别,人的情

---

① 章启群:《论魏晋自然观——"中国艺术自觉"的哲学考察》,合肥:安徽教育出版
   社,2013年,第73页。
② 章启群:《论魏晋自然观——"中国艺术自觉"的哲学考察》,合肥:安徽教育出版
   社,2013年,第76页。
③ 章启群:《论魏晋自然观——"中国艺术自觉"的哲学考察》,合肥:安徽教育出版
   社,2013年,第75页。

感也随之做出浮躁、安静、专一、轻松的各种应和，即音乐审美的过程也体现了物人之和。关于音乐体现物人之"和"的思想并非嵇康的首创，儒家推崇"乐而不淫，哀而不伤"的"中和"音乐，庄子认为"无声为中，独闻和焉"的无声之境为大美，都着重从主体性体验一侧强调音乐之"和"的重要性。而嵇康更为进步的一点是，他在强调遵循声音本体之自然规律的基础之上，体现人的自然情感与自然的相合。

7.2　生存修养：导养得理

嵇康的生存哲学或人生哲学以自然本体论为基础，在《答难养生论》《声无哀乐论》《难自然好学论》等篇章中，通过对自然之本体义与状态义的揭示，为其时间意识的具体铺陈展开奠定了基础——对于自然主体来说，既然自然即"混沌""玄冥"，生死、动静、利害便是齐一的，自然即"法则""秩序"，养育形体便应该顺从物之自然天性；自然即"和谐""天和"，人的自然情感便应该在遵从自然规律基础之上与自然相合。这既表达了对自然独立存在的觉知，也标识着对人自身能力的认识达到了一个新的高度。虽然嵇康强调自然天性、自然规律、自然法则，但他绝不是一个宿命论者。在《难宅无吉凶摄生论》中，嵇康对阮德如的卜相说和命定论进行了反驳：其一，盛世与乱世，人们的长寿命夭对比鲜明，"万物万事，凡所遭遇，无非相命也。然唐虞之世，命何同延？长平之卒，命何同短？此吾之所疑也"，如果命有定数，为何太平盛世人多长寿，战事频仍人多命短呢？其二，命有定数为何要使用外力防疾去夭、延年益寿呢，所谓"苟命自当生，多食何畏，而服良药"，明确反驳阮文"多食不消，必须黄丸"。

除了以上在同时人答难攻讦中表达个人关于生存修养的立场，嵇康诗文中还有大量养生思想，集中反映了其立足于特殊时代背景与自身生存活动对生命与生存问题的解答。魏晋时期，世道昏暗、朝廷腐败，"服食养生"之说广泛流行，嵇康亦深受其影响："性好服食，常采御上药，以为

'神仙禀之自然，非积学所致。至于导养得理，以尽性命，若安期、彭祖之伦，可以善求而得也。'著养生篇。"①这些思想集中体现在《嵇康集校注》卷第三、第四中《养生论》《答难养生论》等两篇文章中，以养生哲学的理论形态反映出嵇康诗文中时间意识较之前人独特的那一面，亦对古代养生思想的发展产生了一定的积极影响。

7.2.1 养生的要求：养神与全身

嵇康崇尚老庄，曾自称"老子、庄周，吾之师也"（《与山巨源绝交书》），《晋书·嵇康传》评价其："恬静寡欲，含垢匿瑕，宽简有大量。学不师受，博览无不该通，长好老庄。"而自秦汉以来，养生论就是道家生命观的主题。有学者从养生主体和养生目的角度出发，对秦汉不同时期的养生思想进行了对比，认为"秦汉黄老养生的目的不仅在于使个体延年益寿，而且更是为了治理国家，个体养生在一定意义上说只是手段，治理国家才是目的；而西汉末及东汉黄老养生的目的仅仅是为了个体延年益寿，其服务于社会的功能已不复存在。养生目的的不同决定了秦汉道家与西汉后期及东汉道家生命观主题的重大区别：前者讨论的主题是生命与社会的关系问题，而后者关注的则是个体养生问题"②。这种剖析古代养生论的视角对分析嵇康养生思想是很有启发意义的。总体来看，嵇康在反对神仙可学、养生不可延寿等两种关于养生的世俗说法基础之上，将养生分为养神与养形两个层面。但受其哲学自然观、人性论的影响，在具体展开过程中，其养生观又陷入了自然任情与情之控制、自然切直与身体保全的双重悖论。第一重悖论体现了养生与个体神身修为的问题，第二重悖论实际上体现了养生与政治、社会的关系问题。关于养生之双重悖论的凸显，既展现了嵇康养生观的自相矛盾之处，又从个体养生的视角再次印证了其独特的哲学自然观与自然人性论，从而构成嵇康诗文时间意识和生存哲学之重要一环。

---

① ［三国魏］嵇康：《嵇康集校注》，戴明扬校注，北京：中华书局，2015年，第228页。（以下所引嵇康诗文皆引自该书，不复加注。）
② 李霞：《生死智慧——道家生命观研究》，北京：人民出版社，2004年，第50页。

　　首先，稽康在《养生论》开篇，对两种常见的关于养生的世俗观点进行了反驳，即"世或有谓：神仙可以学得，不死可以力致者；或云：上寿百二十，古今所同，过此以往，莫非妖妄者"，认为"此皆两失其情"，不合实情。一是关于"神仙可学"的说法，稽康认为"神仙虽不目见……似特受异气，禀之自然，非积学所能致也"。一方面，正如在《答难养生论》中所讨论的："见千岁人，何以别之？欲校之以形，则与人不异；欲验之以年，则朝菌无以知晦朔，蜉蝣无以识灵龟。然则千岁虽在市朝，固非小年之所辨矣。"人们用短暂的一生是无法校验千岁之人的存在的，无法用经验证实或者证伪的事，稽康"宁可信其有，不可信其无"，所以他认为世界上存在像彭祖般千岁之人；另一方面，在承认用经验不能证伪神仙存在的基础之上，稽康认为神仙是接受了非凡之气，秉受于自然的，凡俗之人认为通过不间断的学习便能成仙的愿望是不可能实现的，常人是否"特受异气"，这在其成仙之前是无法验证的。二是对"养生不可延寿"观点的反驳，稽康认为普通人不能成仙，但可以通过"导养得理，以尽性命，上获千余岁，下可数百年"，即通过调养得法的养生之术，延续生命、享尽天年。但稽康同时感慨，世人有太多"不善持生"，"驰骋常人之域，故有一切之寿"，要么以一己成见评判养生之事，要么犹豫不定，稍有志于养生却不知从何做起，要么服药半载无效验而意志厌倦半途而废……凡此种种，"心战于内，物诱于外，交赊相倾，如此复败"，故"欲之者，万无一能成也"，世人不精通养生之道，所以没有谁能获得"千余岁""数百年"般高寿。

　　其次，如何才是养生的正确方法呢？稽康认为人身有形神之分，而形神是不可分离的，"形恃神以立，神须形以存"，故养生需要兼顾养神与养形两个方面。一方面，精神对形体有统治作用，所谓"精神之于形骸，犹国之有君也"，"神躁于中，而形丧于外，犹君昏于上，国乱于下也"。一次发怒不足以伤害性命，一次哀伤不足以损害身体，但轻视此事放纵情感就不行了，故需要"修性以保神，安心以全身"。另一方面，"身非木石"，要护养有形的身体，既要节制食色，因为"凡所食之气，蒸性染身，莫不相应"，然而世人"声色是耽，目惑玄黄，耳务淫哇。滋味煎其府藏，醴醪育其肠胃，香芳腐其骨髓"，导致"饮食不节，以生百病，好色不倦，以致乏绝，风寒所灾，百毒所伤"。又要防病于未然，因为"措身失理，亡之于微，积微成损，积损成衰"，"害成于微，而救之于著，故有无功之治"。再者要虚静养心，"清虚静泰，少私寡欲"，不因名位、厚味、外物而伤德、害性、累心。总之，嵇康继承了《庄子》中关于形神关系的思想，认为生理易失、一过害生，世人要学会"爱憎不栖于情，忧喜不留于意，泊然无感，而体气和平。又呼吸吐纳，服食养身"，以使"形神相亲，表里俱济"；同时，嵇康也继承了老庄关于"为"与"不为"的立场和解释，他对养生过程中神身两方面的塑造与控制，哪些行为是可为的、哪些是不可为的作了界定，强调"非欲而强禁"，"非贪而后抑"，而应坚守自然无为的大道，"守之以一，养之以和"，如此才能"和理日济，同乎大顺"，最终达到养身的目的。

7.2.2 自然本性与克情养生之间的悖论

嵇康的养生思想甚为精微，在《养生论》发表后，"竹林七贤"之一、嵇康的好友向秀曾和他反复辩难。向秀著有《难养生论》一文，嵇康撰写《答难养生论》，两人围绕养生主题展开激烈争辩。在抽丝剥茧、逐条反驳向秀所难的过程中，嵇康后期的养生思想逐步发展与成熟，但也显露出了养生观在理论和实践的双重层面与其哲学自然观、个人生命选择和精神风度之间的悖论。第一重悖论，即关于自然本性与克情养生之间的矛盾，在反驳向秀关于凡人有生就有情，满足欲望是合乎自然的观点的过程中鲜明地凸显出来，体现了嵇康在养生对个体生命存续意义问题上的思考。

从理论层面看，在自然本性与养生之道的关系阐发中显露出双重"自然"义。一方面，在《养生论》《答难养生论》《难自然好学论》等多篇章中，嵇康承认自然本性存在的合理性。如在《答难养生论》中，面对向秀"感而思室，饥而求食"乃自然之理的观点，他指出，"诚哉是言！今不使不室不食，但欲令室食得理耳”，承认向秀的观点没有错，"思室""求食"这些人性的基本欲求是自然和合理的，养生不是让人不娶妻、不吃东西，只是想使人在情欲、食物方面的行为合乎养生之理。在《难自然好学论》中反驳张辽叔提出的学习乃是人的"自然之好"的观点时，也秉承了尊崇人之自然本性合理性的观点，认为"六经以抑引为主，人性以从欲为欢"，"抑引则违其愿，从欲则得自然"，"鸟不毁以求驯，兽不群而求畜，则人之真性，无为正当自然耽此礼学矣"，如同禽鸟是不会损害群体而求人驯养的，野兽是不会抛弃同类而要求畜养的，人的本性以顺从欲望为欢乐，顺从欲望则能得到自然的天性。凡此种种表明，嵇康并非向秀所批评的、类似后来宋明理学的"存天理，灭人欲"的道学家，相反，他对于人的自然本性存在合理性是持赞同态度的。

但另一方面，嵇康并不同意顺从人的情欲就是自然，认为养生之道并不等于顺从自然本性。这里，嵇康对"自然的（东西）"和"自然本性"作了严格区分，所谓"自然本性"是《难自然好学论》中如张辽叔所说的"口之于甘苦，身之于痛痒，感物而动，应事而作，不须学而后能，不待借而后有，此必然之理"，它们都是看起来"自然的（东西）"，但并不是所有"自然的（东西）"都符合养生的自然之道。正如嵇康所言，"夫嗜欲虽出于人，而非道之止。犹木之有蝎，虽木之所生，而非木之宜也"，类似酒色、名位这样的嗜好欲望虽然出于人的天性，但不是道德的规范要求，就像树木有蛀虫，这些蛀虫虽然是树木生出来的，但却是不利于树木生长的。因此，如同蛀虫多树木会腐烂一样，人的欲望旺盛也会使身体趋于枯竭。嵇康进而认为，"欲与生不并久，名与身不俱存"，然而世人常"以顺欲为得生""以从欲为得性"，所以他们"虽有厚生之情，而不识生生之理"，"不识生生之理"则"渴酌者非病，淫湎者非过，桀跖之徒皆得自然"，而如此"俟此而后为足，谓之天理自然者"，是在用外物役使自己的身躯，在欲望中丧失了心志，显然是不符合养生的自然之道的。所以，与向秀倡顺欲养生不同，嵇康主张节欲养生。他从养神与养形的养生之道出发，如同孟子一样，区分了"所欲"与"可欲"之物，即自然本性的存在具有合理性，故人人皆有所欲，但"非欲而后禁""非贪而后抑"，"守之以一，养之以和"，才能达到养身的目的，也就是说，只有可欲之物才是真正应当追求的自然之道。

从实践层面看，放达不羁的自然任性与克情养生形成强烈反差。通过如上分析我们可以看到，嵇康一方面肯定了自然本性存在的合理性，另一方面认为并非所有"自然的"东西都是符合养生的自然之道的，并在此基础上区分了"所欲"与"可欲"。但是何者为"所欲"，何者为"可欲"，二者的界限在哪里？或者说，怎样才算人性自然呢？对于这些问题，嵇康给出的回答是异于儒家思想的。孔孟所谓"可欲之谓善"，即认为人性之善、行仁义的善行等是"可欲""可求"的，相当于从道德合法性角度为"所欲"与"可欲"划分了界限和标尺；而纵观嵇康的诗文，实际上他是从"越名教而任自然"的哲学立场与人性自然论之"情论"两方面为"所欲"与"可欲"划界的。

一方面，尽管嵇康"家世儒家"，在多篇诗文中表达了对儒家社会秩序的肯定，如："民不可无主而存，主不能无尊而立"（《答难养生论》），"宗长归仁，自然之情"（《太师箴》），"不须作小小卑恭，当大谦裕。不须作小小廉耻，当全大让。若临朝让官，临义让生，若孔文举求代兄死，此忠臣烈士之节"（《家诫》）。但正始之后，面对司马氏利用儒家礼教大肆杀戮异端的残酷政治现实，嵇康对儒家和名教的关系产生了新的认识——学术化儒家和体制化儒家早已成为一体两面的整体，指望不触及儒学本身，而只将名教作为儒学负面价值加以剔除是不可能的。于是，"越名教而任自然"成为嵇康摒弃名教、刷新儒学、求得保全的思想选择。在此思想底色之下，"自然"而非"名教"成为生活的标准，自然的飘逸与以自然为标准的养生也便顺理成章成为节欲的原因，成为"所欲"与"可欲"得以划界的标尺。这一理论形态和思想选择落实到实际行动上便是放达不羁的名士飘逸，正如《三国志》中所描述，嵇康"超然独达，遂放世事，纵意于尘埃之表"，正如嵇康在《与山巨源绝交书》中所自述的，"纵逸来久，情意傲散，简与礼相背，懒与慢相成"。然而，如此纵情放达、懒散闲慢、放任情意般的名士飘逸，加之喜好饮酒，使精神飘飘然沉醉于外物，等等，诚如史书记载，"为性好酒，傲然自纵，与山涛阮籍无日不兴……其醉也，若玉山之将崩"……凡此种种都是与养生严格的形神控制格格不入的，即为反对名教礼法而任性逍遥的自然，与作为养生主体自我控制的自然之道是无法共存的，二者形成了明显的养生悖论。

　　另一方面，嵇康在生活中也努力克情养生。如《魏氏春秋》记载，"康寓居河内之山阳县，与之游者，未尝见其喜愠之色"①，《世说新语·德行篇》记载，"王戎云：'与嵇康居二十年，未尝见其喜愠之色'"②，这与《养生论》中"爱憎不栖于情，忧喜不留于意，泊然无感，而体气和平"的养神要求是一致的。然而，在《黄门郎向子期难养生论》中，向秀针对嵇康要节制情欲的观点提出不同看法，认为"有生则有情，称情则自然"，"天理人伦，燕婉娱心，荣华悦志。服飨滋味，以宣五情。纳御声色，以达性气。此天理自然，人之所宜，三王所不易也"。即认为情乃人与生俱来之物，情为应物而发，发而表现为欲望，这是一个自然的过程，"苟心识可欲而不得从，性气困于防闲，情志郁而不通，而言养之以和，未之闻也"。若硬要人为加以遏制、压抑欲望，则是"悖情失性，而不本天理"，是十分有害的事情。

　　面对向秀"称情而自然"的感性解放宣言，嵇康提出独特的"情论"，通过区分纵情、显情、匿情等不同情感表现形式，表达了其对情、自然与养生关系的看法。具体而言：其一，养神与养形必然要求人不能纵情，尤其是不能放任人的感官情欲。如上文所论证，嵇康承认人的自然本性的合理性，但并不意味着所有"自然的"东西尤其是欲望都是符合养生的自然之道的，任情纵欲会损害身体健康、不利于养生之道。其二，将情感的适度显露、表达与越名任心联系起来。在《释私论》中，嵇康认为：

---

① ［三国魏］嵇康：《嵇康集校注》，戴明扬校注，北京：中华书局，2015年，第548页。
② ［三国魏］嵇康：《嵇康集校注》，戴明扬校注，北京：中华书局，2015年，第552页。

"夫称君子者，心无措乎是非，而行不违乎道者也。何以言之？夫气静神虚者，心不存于矜尚；体亮心达者，情不系于所欲。矜尚不存乎心，故能越名教而任自然；情不系于所欲，故能审贵贱而通物情。物情顺通，故大道无违；越名任心，故是非无措也。"即心气宁静、精神空明的君子，其情感不被欲望所束缚，能够通达物理人情，跳出礼教束缚，凭心而行，所以在是非观念上没有措置的麻烦。达到这种"显情无私""抱一而无措"的状态，便能既显露真情、任情自然，又坚守大道、无私无非。其三，与显情无措的君子相对的是"匿情矜吝"的小人。嵇康认为小人以"匿情为非，以违道为阙"，而"匿情矜吝"乃"小人之至恶"，所以他坚决摒弃"不言""匿情"与"违道"，认为匿情伴随着私心、虚情与假意，这种不开放的状态显然是与名教的"拘束"有关的，是极其不自然的。"显情"与"匿情"的对比表明，嵇康认为自然意味着真实与无拘，而礼教则拘泥于伪情，是一种不自然。通过以上纵情、显情、匿情等情感状态的分析可以发现，"情"在嵇康诗文中具有多重含义[①]，既指出于自然本性的人之情欲或欲望的表达，又指对特定事物投以的具体情感，还指与道德、是非之心相关联的带有"无"之意味的任自然。

由此观之，作为养生主体，嵇康不赞同向秀"称情而自然"的观点，主张克情养生，不陷于情、不过喜过怒。这里的"情"主要是指如上第一、第二种情，即面对自然欲望，要有所克制，不能以情害性；而其本人放达不羁的自然任性，看似与养生要求相违背，但若从"任情无措"的"情"之意蕴来看，其表达的是与名教之伪情、拘束截然相反的显情无措，目的是为了反对司马氏虚伪的名教，这种任情自然，既是自然的、符合道的标准，也与养生中对情的控制要求不相违背和矛盾。

---

① 有学者认为，嵇康的情论是"情即自然"，不存在对情感进行控制，这种说法显然是有违嵇康人性之"情"论的多重含义；也有学者认为，嵇康赞同"感而思室，饥而求食，自然之理"，表明在他看来，名教和自然在根本上是不矛盾的，是一致的。然若从上述对"情论"的分析来看，嵇康承认人生而有情，但他主张导养得理、节欲，认为立足于外在约束的名教之治将导致虚假、伪情丛生，治理的方法便是通过养神养形的养生之道使欲望进入自然无为的状态。由此观之，在嵇康那里，名教和自然并不是一致的。

7.2.3　自然切直与养形保身之间的悖论

若从养生主体的角度来看，嵇康的养生理论和生存哲学不仅面临着其作为生物个体如何平衡自然本性与克情养生的矛盾问题，而且面临着其作为社会个体如何平衡个人养生与政治、社会关系的问题。在后一层关系的处理中，嵇康养生思想明显存在着第二重悖论，即自然切直与养形保身之间的矛盾，而通过嵇康的生命历程和生命终结的过程则可以将这一层矛盾看得更加清晰。与身处乱世，口不臧否人物、不轻易评价政事及时人之善恶，以期求得全身自保的阮籍不同，嵇康曾自我评价"阮嗣宗口不论人过，吾每师之而未能及"，"吾不如嗣宗之资，而有慢弛之阙，又不识人情，暗于机宜；无万石之慎，而有好尽之累"（《与山巨源绝交书》）。在《卜疑集》《太师箴》《家诫》《与山巨源绝交书》《管蔡论》等篇章中，他激烈地批判名教、臧否时政，虽心系归隐，但因性格切直，"刚肠疾恶，遇事便发"，常发"惊世骇俗"之言，最终未能避开杀身之祸。可以说，自然义直的性情和风度成为其实现养生之道的现实障碍。

在《卜疑》中，嵇康化身为"怀玉被褐"、道德高尚的"宏达先生"，阐述在"大道既隐，智巧滋繁"的时代，如何化解内心孤独、痛苦、疑虑与彷徨，找寻新的生活道路和处世原则。文中，嵇康以连续十四组"宁……？将……？"的句式发问，提出了或卑怯驯服，追逐名利；或刚正不阿，对抗权势；或积极入世，建功立业；或轻贱功名，笑傲江湖；或隐居行义，半隐半现；或屈身隐居，等待时机；或以老庄为师，或以王子乔、赤松子为友的生活道路，既反映出了其内心极为复杂矛盾的思想感情，又通过"济世之途"的列举全面阐述了其"发愤陈诚，说言帝庭"、"斥逐凶佞，守正不倾"的济世利民之社会理念。

在《太师箴》中，嵇康发出对政者的忠告，所谓"故居帝王者，无曰我尊，慢尔德音；无曰我强，肆于骄淫。弃彼佞倖，纳此连颜。谀言顺耳，染德生患"，"穆穆天子，思闻其愆。虚心导人，允求谠言。师臣司训，敢告在前"，认为无论隐或仕、官或民，任何"济世之途"，都应

"直道而行之"。另在《太师箴》中，嵇康极力否定君主制，尖锐刺破历代君王"天下为公""蒸民为念"的愚民神话，认为君主制是"宰割天下，以奉其私"的不公制度，所谓："季世陵迟，继体承资。凭尊恃势，不友不师。宰割天下，以奉其私。故君位益侈，臣路生心。竭智谋国，不吝灰沉。赏罚虽存，莫劝莫禁。若乃骄盈肆志，阻兵擅权。矜威纵虐，祸崇丘山。刑本惩暴，今以胁贤。昔为天下，今为一身。下疾其上，君猜其臣。丧乱弘多，国乃陨颠。"

在《与山巨源绝交书》中，嵇康名为告绝山涛，实则"剑"指司马氏集团。他将官位比作"死鼠"，将入仕者比作"嗜臭腐"，将山涛推荐自己为官喻为"养鸳雏以死鼠"；直陈人各有志，有九件事（不堪者七、甚不可者二）使得他无法入仕为官，如"卧喜晚起""抱琴行吟""不喜作书""不喜吊丧""不喜俗人""心不耐烦"等，更有"非汤、武而薄周、孔"，"刚肠疾恶，轻肆直言，遇事便发"的毛病，是为"世教所不容"的，以上"说辞"名为陈己不堪，实则是对儒家某些观念、制度和当时的官场作风进行了猛烈的抨击；明说隐士不臣天子乃天经地义之事，所谓"尧舜之君世，许由之岩栖，子房之佐汉，接舆之行歌，其揆一也"……以恳切语气和讽喻之辞，表达了不与世俗同流合污的恃傲情态，公开宣告了不与司马氏合作的鲜明态度，令"大将军（司马昭）闻而恶焉"，为日后被杀埋下了伏笔。

在《管蔡论》这篇史论中，嵇康因评价管蔡忠王室而拒周公的历史事件而开罪了司马氏集团，所谓："夫管蔡皆服教殉义，忠诚自然，是以文王列而显之，发旦二圣举而任之。非以情亲而相私也，乃所以崇德礼贤……管蔡服教，不达圣权，卒遇大变，不能自通。忠疑乃心，思在王室。遂乃抗言率众，欲除国患。翼存天子，甘心毁旦……管蔡虽怀忠抱诚，要为罪诛。罪诛已显，不得复理……然论者承名信行，便以管蔡为恶，不知管蔡之恶，乃所以令三圣为不明也。"以上论断一反古时旧说，从"三圣之用明"的角度为管蔡鸣不平，认为管、蔡二人并非"凶逆"之臣，他们在周公摄政之时"抗言率众，欲除国患"，并不是"顽恶显著""恶积罪成",而是"卒遇大变,不能自通",不能很好理解圣人权宜之计而导致的;进而他认为,管蔡怀疑周公就如同他们被武王、周公"举而任之",辅助武庚而"名冠当时"一样,都是出于"忠疑乃心,思在王室",并得出结论,"管蔡之心见理"。这一史论虽然立论新颖,也周全地于结尾处表达了"周公之诛得益"的观点,但这丝毫不能降低其在当政者眼中的危险性和忤逆性——其要害之处是为为君主尽忠,毋宁拘泥于一室一姓的观念提供了佐证,为地方不听命甚至抗拒中央君主提供了理论依据。还有今人学者认为,此论借古讽今,是在为于淮南起兵反抗司马氏的毋丘俭等人之"谋反"行为辩护,不仅贬斥了盛称周公而诛杀异己的司马氏集团,更犯了干政的大忌。

以上篇章共同反映出嵇康性格和行事风格中自然切直的一面,这种性情显然与"与世无营,神气晏如"(《幽愤诗》)或"清虚静泰,少私寡欲"(《养生论》)的养生之道相违背,会成为养生主体"导养得理"的现实障碍,而这种养生悖论和养生阻碍在嵇康之死中得到了最彻底的印证,产生了最灾难的生存后果。嵇康之死与吕巽、吕安兄弟间的家仇恩怨密切相关。据史书记载,"安,巽庶弟,俊才,妻美,巽使妇人醉而幸之"[①](干宝《晋纪》),吕安"欲告逊遣妻,以咨于康,康喻而抑之"(《世说新语·雅量》)。嵇康素与吕巽、吕安兄弟友善,然吕巽奸淫弟妻徐氏,吕安想告发吕巽,嵇康出面为之调停,以喻引之,劝吕安不要声张,应以家和为贵。吕安本将此事压下了,不料吕巽包藏祸心,"丑恶发露,巽病之,反告安谤己。巽于钟会有宠,太祖遂徙安边郡……"(干宝《晋纪》),事后吕巽反告吕安事母不孝,因吕巽与司马昭的谋士钟会交好,吕安被官与兄合谋发配边疆。吕安"在路遗书与康:'昔李叟入秦,及关而叹'云云",希望"引康为证","太祖恶之,追收下狱",嵇康"义不负心,保明其事",为吕安伸张正义,替他辨罪并愤而写下《与吕

---

① [三国魏]嵇康:《嵇康集校注》,戴明扬校注,北京:中华书局,2015年,第547页。

长悌绝交书》（吕长悌即吕巽）。在绝交书中，嵇康直言："都之含忍足下，实由吾言。今都获罪，吾为负之。吾之负都，由足下之负吾也。"这封宣告"无心复与足下交"的公开绝交书也让嵇康最后与吕安一起被诛①，所谓"安引康为证，康义不负心，保明其事。安亦至烈，有济世志力。钟会劝大将军因此除之，遂杀安及康"（《魏氏春秋》）。

嵇康尚奇任侠、傲世不羁、脱略礼法、纵酒跌宕的刚烈切直，使统治者如芒在背，最终在一个极不具有说服力的理由下（以吕安事）招致了被诛杀的命运。对此（所谓"义直"），嵇康是有所省思的，在被钟会谮害下狱后，他作有《幽愤诗》一首，在诗中他回顾自己的一生，作出了如下的自我评价：

> 讬好老庄，贱物贵身。志在守朴，养素全真。曰余不敏，好善暗人……性不伤物，频致怨憎。昔惭柳惠，今愧孙登。内负宿心，外恧良朋……咨予不淑，婴累多虞。匪降自天，寔由顽疎。理蔽患结，卒致囹圄……虽曰义直，神辱志沮。澡身沧浪，岂云能补。……古人有言："善莫近名。"奉时恭默，咎悔不生。万石周慎，安亲保荣。世务纷纭，祇搅予情。……煌煌灵芝，一年三秀。予独何为，有志不就。惩难思复，心焉内疚……

在《幽愤诗》中，嵇康以自传形式叙述了自己幼年生活与放任性格的形成、不幸遭遇与愤懑心情，直言自己生性爱好老庄之道，轻视外物而贵重自身，一生志在保持朴素本性、养护淳朴保全纯真，向慕善行（特指为吕安伸张正义事）、性情义直、"显明臧否"，却因敏慧不足、暗于知

---

① 《文士传》记载："吕安罹事，康诣狱以明之。钟会庭论康曰：'今皇道开明，四海风靡，边鄙无诡随之民，街巷无异口之议。而康上不臣天子，下不事王侯，轻时傲世，不为物用，无益于今，有败于俗。昔太公诛华士，孔子诛少正卯，以其负才乱群惑众也。今不诛康，无以清洁王道。'"（［三国魏］嵇康：《嵇康集校注》，戴明扬校注，北京：中华书局，2015年，第543页。）

人而令人生蒙尘；虽无害人之心且与世无争，却仍一再招致怨恨嫌憎；未能学会柳下惠的洁身自好，也愧对赠言避世的孙登。①嵇康叹息自己遭际的祸害并非自天而降，而是由于处世不善、愚钝粗疏所致，最终落得道理不伸、祸患滋生、锒铛入狱。对此境地，嵇康深感懊悔，感叹自己大义正直，却志气沮丧、精神受辱，纵然跳进沧浪，也难以弥补涤清。在形与神都无法养护和保全之时，作为养生主体的嵇康反复感念，人要"顺时而动，得意忘忧"，"奉时恭默，咎悔不全"，"安乐必诫，乃终利贞"，方能达到"永啸长吟，颐性养寿"的目的。

7.3　生存境界：隐而傲世

在嵇康构筑的哲学体系和亲历的养生实践中，有诸多因政治理想与个人性情、处事原则与政治现实之间的矛盾与张力，使得其养生哲学或生存哲学呈现出了自然本性与克情养生、自然切直与养形保身之间的悖论。这些悖论的存在也更加证明了"何以生存"的问题在魏晋时期的重要性，毕竟身逢乱世，如何真实表达社会关怀、如何正确选择政治行为、如何妥帖安置处世理想是关乎生存的大事。尤其对嵇阮之流来说，"在'礼教尚峻'的气氛中，统治当局视嵇阮为玄学思潮的领袖，但为博取'优容名士'的美名，对之采取拉拢和打压两手并用的策略"②。在此政治背景下，嵇阮"受辟有'丧节'之嫌，拒辟有'丧命'之险"③，如此两难选择使得他们无法像一般士人那般，或安于入仕为官，或赋闲结党清议，而

---

① 李贽《初潭集》记载："孙登谓康曰：'君性烈而才俊，其能免乎？'"（［三国魏］嵇康：《嵇康集校注》，戴明扬校注，北京：中华书局，2015年，第539页。）《文士传》记载："登乃曰：'子识火乎？生而有光，而不用其光，果然在于用光；人生而有才，而不用其才，果然在于用才。故用光在乎得薪，所以保其曜；用才在乎识物，所以全其年。今子才多识寡，难乎免于今之世矣。子无多求。'"（［三国魏］嵇康：《嵇康集校注》，戴明扬校注，北京：中华书局，2015年，第542–543页。）
② 徐斌：《魏晋玄学新论》，上海：上海古籍出版社，2000年，第200页。
③ 徐斌：《魏晋玄学新论》，上海：上海古籍出版社，2000年，第200页。

必须选择既能坚守玄学理想，又不致明显授人以杀头之柄的现实姿态和生存方式。"于是，阮籍受辟，但经日醉酒，不问政事且终生'口不论人过'；嵇康拒辟，归隐山林，长年怡情山水，以交友、锻铁为乐"，在生存体验层面寻求从社会和心理之双重苦难中解脱的路径，表现出关注个体生命自由、追求生命根源和精神超越①的旨趣。

7.3.1 锻铁之乐

《文士传》记载："康性绝巧，能锻铁，家有盛柳树，乃激水以圜之，夏天甚清凉，恒居其下傲戏，乃身自锻。家虽贫，有人就锻者，康不受直。唯亲旧以鸡酒往，与共饮噉清言而已。"②嵇康是思想家、文学家，为何爱好锻铁呢？从史书记载中，我们大概可以梳理出三个原因。一是锻铁以补家用。《晋书》有言，"初，康居贫，尝与向秀共锻于大树之下，以自赡给"。二是锻铁以全自保。《晋纪》记载："嵇康曾锻于长林之下，钟会造焉。康坐以鹿皮，嶷然正容，不与之酬对，会恨而去。"《魏氏春秋》记载："钟会为大将军所昵，闻康名而造之。会名公子，以才能贵幸，乘肥衣轻，宾从如云。康方箕踞而锻，会至，不为之礼。康问会曰：'何所闻而来？何所见而去？'会曰：'有所闻而来，有所见而去。'会深衔之。"当司马氏集团的钟会来访时，"铁匠"嵇康只顾低头锻打，其睥睨世俗的慧眼绝不仰视或回盼。三是锻铁以养生治病。上文对嵇康的养生思想作了较为详细的阐发，嵇康对养神养形都是极为讲究的，对于如何做到"形神相亲，表里俱济"，他认为服食是一种重要的方式，例如"金丹石菌，紫芝黄精"这类药物，嵇康认为是"皆众灵含英，独发奇生。贞香难歇，和气充盈。澡雪五脏，疏彻开明。吮之者体轻。又练骸

---

① 汤用彤认为，嵇阮之学来自庄子，并用文学家的才情将庄子逍遥、齐物理论进行了极致发挥，在主秩序与主逍遥之间倾向后者，"其人生哲学之要点：（1）超越世界之分别；（2）既超越分别，故得放任；（3）逍遥为放任之极（神游于无名之境）"。（汤用彤：《魏晋玄学论稿》，上海：上海古籍出版社，2005年，第139页。）
② 转引自《嵇康集校注》第542页。

易气，染骨柔筋。涤垢泽秽，志凌青云"（《答难养生论》）。嵇康在养生理论上如是坚持，在养生实践上也是如此践行的。《嵇康传》开篇记有"性好服食，常采御上药"，嵇康在诗文中也常流露出对仙药的渴望：

上荫华盖，下采若英。（《徘徊钟山》）

授我神药，自生羽翼。呼吸太和，练形易色。（《思与王乔》）

采药钟山隅，服食改姿容。蝉蜕弃秽累，结友家板桐。（《游仙诗》）

又闻道士遗言：饵术黄精，令人久寿，意甚信之；游山泽，观鱼鸟，心甚乐之；一行作吏，此事便废，安能舍其所乐，而从其所惧哉？（《与山巨源绝交书》）

嵇康性爱服食，经常"采药游山泽"，在隐居山阳时结识了王烈、孙登两位高士，《竹林名士传》记载："王烈服食养性，嵇康甚敬信之，随入山，尝得石髓，柔滑如饴，即自服半，余半，取以与康，皆凝而为石。"这里的"石髓"，在《抱朴子》中被称为石菌，"当即饮之，不饮则坚凝成石，不复中服也"，葛洪认为服食石菌能产生疗养身体的功效；另一位"高士"孙登，也是服药养生的隐士。如此看来，汉魏道教炼丹术的兴盛、政治环境黑暗对名士生命的威胁、山阳便于采药的地理位置、诗人服食成仙的愿望等，都为嵇康锻铁提供了必要条件，也使锻铁成为嵇康"铸鼎成仙"[1]、隐逸避世的一种特殊方式。正如明人袁宏道所言："嵇

---

[1] 关于嵇康是否迷信或信神，学者多有不同的看法。冯友兰先生认为："嵇康对于风水、卜筮、命相，甚至于鬼神都持'宁可信其有，不可信其无'的态度。他认为这些都是'不知'的那个领域的一种迹象，人们应该跟着这些迹象进行探索，以求扩大知识的范围。"［冯友兰：《中国哲学史新编》（中卷），北京：人民出版社，1998年，第404-405页。］章启群先生则认为，嵇康是"用经验和理性否定了一些带有迷信色彩的传说成立的可能性，而对于神仙的存在与否，嵇康认为用经验难以检验"。（章启群：《论魏晋自然观——"中国艺术自觉"的哲学考察》，合肥：安徽教育出版社，2013年，第82页。）他"承用经验不能证伪的神仙的存在，与对另一些虚妄的观念的大胆否定，在逻辑上是一致的"。（章启群：《论魏晋自然观——"中国艺术自觉"的哲学考察》，合肥：安徽教育出版社，2013年，第83页。）以上观点都从认识论的角度对嵇康思想是否具有迷信或求仙色彩进行了考证和阐释。

康之锻也，武子之马也，陆羽之茶也，米颠之石也，倪云林之洁也，皆以僻而寄其磊傀俊逸之气者也。"[1]

7.3.2 抚琴之乐

《晋书·嵇康传》记载："康将刑东市，太学生三千人请以为师，弗许。康顾视日影，索琴弹之，曰：'昔袁孝尼尝从吾学广陵散，吾每靳固之，广陵散于今绝矣。'时年四十。海内之士，莫不痛之。"自此，嵇康临刑前"颜色不变"、泰然自若、手挥五弦、"援琴而鼓"的神态，成为历代文人墨客赞叹和敬仰的诗意景观[2]，"琴"这一常伴嵇康身旁的物什也成为其超然物外、超然世界之分别、不为人事所累、不为礼法所缚的诗意意象。如《魏志·嵇氏谱》所言："善属文论，弹琴咏诗，自足于怀抱之中。……超然独达，遂放世事，纵意于尘埃之表。"如嵇康在《与山巨源绝交书》中自述："今但愿守陋巷，教养子孙，时与亲旧叙阔，陈说平生，浊酒一杯，弹琴一曲，志愿毕矣。"然而，"遗落世事""遂放世事"谈何容易呢？《晋书·嵇康传》记载："康尝采药，游山泽，会其得意，忽焉忘反。时有樵苏者遇之，咸谓神。至汲郡山中，见孙登，康遂从之游。登沉默自守，无所言说。康临去，登曰：'君性烈而才俊，其能免乎！'"可见，嵇阮"遗世"其表，"忧世"其里的"不与世事"，与苏门真人、王烈和孙登等隐逸高士是有差别的，与深居山林、无所事事、一言不发的"遂放世事"是有差别的。嵇阮既要保持自身的名士风流，又要秉持自身的价值追求，就需要与政治乱局保有一定的距离，甚至不惜采取不屈的态度，令"隐而傲世"的对抗姿态跃然纸上。例如，在《与山巨源绝交书》中，以"七不堪""二不可"隐晦而猛烈地抨击时下官场作

---

[1] 《瓶史》，载《生活与博物丛书·花卉果木编》，上海：上海古籍出版社，1993年，第312页。

[2] 《春渚纪闻》有"叔夜乃更神色夷旷，援琴终曲，叹广陵之不传"；《嵇康淬剑池》有"危弦发哀弹，幽情终莫泄。死留身后名，有愧侍中血"；《七贤吟嵇中散》有"缠悲幽愤词，结恨广陵散"，等等。

风①；又如，屡次对司马氏集团的钟会以冷落、蔑视的态度戏之，《世说新语·简傲》记载："钟要于时贤俊之士俱往寻康。康方大树下锻，向子期为佐，鼓排，康扬槌不辍，旁若无人，移时不交一言。钟起去。"嵇康对待当下权势之"傍若无人"的简傲、冷峻态度令钟会怀恨在心，认为"康上不臣天子，下不事王侯，轻时傲世，不为物用，无益于今，有败于俗……今不诛康，无以清洁王道"，并屡次进言加害嵇康，以最切中政治敏感的罪名诬害于他，所谓"嵇康，卧龙也，公勿忧天下，当忧嵇康"。如此与礼法之士反其道而行之的生存路径与人生态度，最终导致了嵇康被司马昭斩杀的命运，嵇康亦以抚琴赴死的从容与傲世为后世留下了不灭的政治象征——真正的自由是心不受世界所累，真正的放任是心与神的超然与逍遥，真正的恣意是不离形躯、不离世界而精神无所限制；真正的名士乃"超越世界之分别"者，真正的至人是神游之人与理想人格，所谓"以道德为师友，玩阴阳之变化，得长生之永久，任自然以托身，并天地而不朽者"（《答难养生论》）。

7.4 小结

本章以"生存""养生"为关键词，通过爬梳嵇康诗文，逐渐勾勒其极具张力的生命情态和时间意识，通过生存本质、生存修养、生存境界的层层展开，揭示其极为丰富和深刻的生存哲学智慧。

第一，将对生存问题的解答立基在以"元气说"为基础的整体自然观之上，这种自然观以汉代元气论为基础，汲取了老庄宇宙生成论思想，形成的"气一元论"思想被抬升至了本体论层次，为经由自然之道参悟凡俗世间真谛提供了基础。这里的"自然"，是嵇康生存哲学和思想体系的价值原点和追求，若以状态论，"自然"有"混沌"（即玄冥）、"法则"

---

① 《魏氏春秋》记载："大将军尝欲辟康，康既有绝世之言，又从子不善，避之河东，或云避世。及山涛为选曹郎，举康自代，康答书拒绝，因自说不堪流俗，而非薄汤武。大将军闻而怒焉。"

（秩序）、"和谐"（天和）三义。该自然观为建立人性自然的人生哲学提供了理论基点，也成为嵇康诗文构筑起的独特时间意识之重要基础。在此自然观基础上，嵇康提出"越名教而任自然"的人生哲学命题，展开对生存本质的阐释与批判。

第二，在养生思想的展开与实践中凸显生存之悖论与张力。嵇康的养生哲学既反映出其诗文中时间意识较之前人独特的那一面，亦对古代养生思想的发展产生了一定积极影响。总体来看，嵇康认为养生分为养神与养形（或养身）两部分，二者不可偏废而必须神身共养；虽然在与向秀驳难的过程中，嵇康的养生思想愈发成熟，但从其名士风度、与当局对抗姿态，直至其不可抗之傲世而亡的生命结局来看，其养生观或者生存修养，在理论和实践的双重层面与其哲学自然观、个人生命选择和精神风度存在着悖论——自然本性与克情养生之间的矛盾、自然切直与养形保身之间的矛盾，实则体现了作为生物个体如何平衡自然本性与养生，作为社会个体如何平衡个人养生与政治、社会关系的问题。

第三，在以锻铁、抚琴、归隐为乐中追求精神超越。既能坚守玄学理想，又不致明显授人以杀头之柄，这是嵇康终其一生都在寻求的解脱之道，是他对乱世"何以生存"问题的独特解答。嵇康以"傲而隐世"的对抗姿态超越世界之分别，并最终以抚琴赴死的从容为后世文人留下了不离形躯、不离世界而放任逍遥的名士形象与政治象征。

第8章
游仙时间："心隐"式的生命安顿

郭璞，字景纯，河东闻喜（今山西省闻喜县）人。生于公元276年，即西晋咸宁二年，死于公元324年，即东晋太宁二年。郭璞在世的48年间，历经了西晋初年的安定，也亲睹了八王之乱、西晋灭亡、司马氏东迁和东晋王朝的建立。其个人经历亦随时事沉浮，于西晋末年战乱将起之时，避而渡江隐僻江南，任著作佐郎；后又为王敦任为记室参军。公元324年，因劝阻王敦起兵被杀，被朝廷追谥为"弘农太守"。

郭璞是西晋末、东晋初著名的文学家、训诂学家，亦善占卜风水，是术数道学大师和《游仙诗》的始肇者。如《晋书·郭璞传》所载："璞好经术，博学有高才，而讷于言论，辞赋为中兴之冠。好古文奇字，妙于阴阳算历。有郭公者，客居河东，精于卜筮，璞从之受业。公以《青囊中书》九卷与之，繇是遂洞五行、天文、卜筮之术，禳灾转祸，通致无方，虽京房、管辂不能过也。"

关于他的著述，《晋书·郭璞传》称："璞撰前后筮验六十余事，名为《洞林》。又抄京、费诸家要最，更撰《新林》十篇、《卜韵》一篇。注释《尔雅》，别为《音义》、《图谱》。又注《三苍》、《方言》、《穆天子传》、《山海经》及《楚辞》、《子虚》、《上林赋》数十万言，皆传于世。所作诗赋诔颂亦数万言。"

梁时已将这数万言的诗赋诔颂编辑成集，《隋书·经籍志》云："《晋弘农太守郭璞集》十七卷；梁十卷，录一卷。"唐时，《旧唐书·经籍志》《新唐书·艺文志》均著录《郭璞集》十卷。到了宋代，

157

《宋史·艺文志》著录的《郭璞集》已有散佚，只有六卷了。至明代，《郭璞集》已几乎散亡，晚明张溥编录《汉魏六朝百三家集》（又名《汉魏六朝百三名家集》）时，所收《郭弘农集》仅有二卷。清人严可均《全晋文》的卷一百二十至一百二十三、丁福保的《全晋诗》卷十一，都分别辑录了郭璞的创作，内容上虽略有增补，但均未超出张溥所辑《郭弘农集》二卷的范围。今人学者聂恩彦以张溥明末钦刻版《汉魏六朝百三家集》为底本，参以其他版本、辑本、类书和有关著作而写就的《郭弘农集校注》①是目前解释和研究郭璞作品比较全面的一个本子。

本章以《汉魏六朝百三家集》所辑录《郭弘农集》二卷②与《郭弘农集校注》为蓝本，采用文本分析的方法，从郭璞20首诗的解读入手，并以其赋、疏、表、序、文、赞、记等其他文体形式中所表达的思想为辅佐，揭示郭璞诗文中的时间意识。

8.1 气：生命和万物的始基

"气"是中国哲学中一个十分重要的概念，也是一个随思想史变迁而不断发展、充满活力的思辨范畴。在《说文》中，"气"被作为象形意义上的云气，在战国诸子的经典论著中，"气"或以儒家"浩然之气"的抽象精神形态出现，或在道家对生命和自然的深层解读中，被理解为万物得以形成与消散的基底，而被提升为自然哲学的概念。"在汉代，伴随万物生成论的出现，'气'作为产生精、神、形、质的基础，被纳入其体系之中；在混沌的道等高一层次的概念确立后，它成为下一层次——在生气

---

① 聂恩彦：《郭弘农集校注》，太原：山西人民出版社，1991年。本章所引郭璞著述原文与相关解释均来自此书，以下引原文处不复加注。
② 《汉魏六朝百三家集》卷五十六辑录有赋9篇，疏6篇，表1篇，序3篇，文2篇；卷五十七辑录有赞304篇，记1篇，诗20首（包括著名的14首《游仙诗》）。（见［明］张溥：《汉魏六朝百三家集 外三种》，上海：上海古籍出版社，1994年，第538-594页。）

这一基本的意义上，被称为元气。"①也就是说，"从战国到汉代——把
万物的生成作为考察对象时开始，它就被作为实质组成人和物的能量的基
础，贯穿于包括儒教、道教及佛教的整个中国思想史中"②。

　　在郭璞的诗文中，关注"气"与万物的关系，同样是在将"气"作为
"组成人和自然的生命、物质运动的基础"这一意义上来展开论述的。从
时间意识的角度看，郭璞通过对"气"与万物关系的多角度思考，阐明了
它的自然生成论，从万物生成之始，"气"是最原质的基础。

　　首先，万物皆禀受自然之精气而生。《酸与》篇言："景山有鸟，禀
气殊类，厥状如蛇，脚二翼四，见则邑恐，食之不醉。"即认为景山之状
如蛇，四翼六目而三足的酸与鸟，尽管令人见而有恐，但仍是承受天地自
然之气而生。《白猿》篇言："白猿肆巧，繇基抚弓。应昒而号，神有先
中。数如循环，其巧无穷。"这里，"数"指命运之气数，无论是百步能
穿杨的楚国大夫繇基工于善射，而若肆巧而敏捷的白猿；还是肆巧而敏捷
的白猿神似繇基，即"人或如猿，猿或变人，都有一定气数"，其中气运
生生之理循环往复，神妙无穷。作为灾兽的蜚，所经之地必枯竭，能带来
水竭林枯的大灾殃，却也是禀受自然之精气而生的。不仅有生命的自然物
禀气而生，无生命的金石之撞击而声闻七八里，也是自然之气运动的规律
所致，如《鸣石》篇言："金石同类，潜响是韫。击之雷骇，厥声远闻。
苟以数通，气无不运。"另外，《江赋》篇言："焕大块之流形，混万尽
于一科。保不亏而永固，禀元气于灵和"，这里，"大块"是"气"，言
磅礴元气的流形，使万物至于穷尽而同归于坎，而坎中之水因为柔弱无欲
而能利育万物，也正是灵和之元气使之然。

　　其次，"气"不仅作为生命基础的来源，也被赋予了具体的德性实质，
与物体不同的精神状态相联系。如《神长乘》篇言："九德之气，是生长

---

①　［日］小野泽精一、福永光司、山井涌：《气的思想——中国自然观与人的观念的发
　　展》，上海：上海人民出版社，2007年，原序第5-6页。
②　［日］小野泽精一、福永光司、山井涌：《气的思想——中国自然观与人的观念的发
　　展》，上海：上海人民出版社，2007年，原序第4页。

乘。人状豹尾，其神则凝。妙物自潜，世无得称。"是说《山海经》中所记载的西边的嬴母之山，由神长乘统领，而神长乘是禀受天之九德之气而生，这里，"九德"即指《逸周书·常训》中所说"忠、信、敬、刚、柔、和、固、贞、顺"等九种品德。由于禀九德之气而生，因而嬴母之山显得格外妙物而神凝，因此，"气"被填充了精神和德性实质。

最后，不同的方物禀受的精气各异，由此造就的本性迥然，但都将齐归于自然之道。如《磐石》篇言："禀气方殊，舛错理微。磐石杀鼠，蚕食而肥。物性虽反，齐之一归。"皋涂之山的白石，可以毒鼠而蚕食不饥，其中舛变的自然之理皆是因为万物禀受的精气各异。又如《跂踵》篇："青耕御疫，跂踵降灾。物之相反，各以气来。见则民咨，实为病媒。"同为鸟类，堇理之山的"青耕"可以防御病疫，而复州之山的"跂踵"不以乐兴，反以来悲，每则出现，必使国家遭受大的瘟疫，所以郭璞认为"物之相反，各以气来"，认为万物相反的本性，皆来自气，也即上文所说的"齐之一归"的自然之道。另有《贯胸交胫支舌国》《三首国》《焦侥国》中"造物无私，各任所禀"，"虽云一气，呼吸异道。……物形自周，造化非巧"，"群籁舛吹，气有万殊"等，都表达了万物各禀形于气，各自周备，而混同于自然之道的道理。

概言之，万物禀受"气"而生化的玄妙莫测，表达了郭璞对宇宙生成的朴素观念。"气"不仅是生命的始基和能量基础，也是无生命之运动规律的促成者；同时，"气"也具有德性实质，与物之精神实质相连；"气"赋予万物的比重各异，因而造成了物在形态或性质上的迥然相异，但却因为同源于"气"，而终归会"齐之一归"于自然之道。

8.2 天命观：天人感应

郭璞的文学成就历来最为人称道的是他的游仙诗，因为"游仙"题材的特殊性，人们多会认为郭璞对现世的态度是消极出世而逃避现实的，如南朝宋檀道鸾作《续晋阳秋》，将郭璞与玄言诗相联系：

> 正始中，王弼、何晏好庄老玄胜之谈，而世遂贵焉。至过江，佛理尤盛，故郭璞五言，始会合道家之言而韵之，询及太原孙绰转相祖尚，又加以三世之辞，而《诗》、《骚》之体尽矣。①

虽然这段话主要剑指许询和孙绰，但檀道鸾在此处提到郭璞，无疑也是将其视为玄言诗的始作俑者之一。郭璞的文学果如人们所认为的消极出世而疏离现实吗？本节拟将通过对其"天命观"的梳理，以说明郭璞对现世和现实的态度是关切而不离世情的。

首先，郭璞秉持"大人受命"的天命观。《南郊赋》开篇有言：

> 于是时惟青阳，日在方旭，我后将受命灵坛，乃改步而鸣玉。

于赋中极写东晋王朝的开国大典，晋元帝祭祀天地祖宗的仪式，明示晋元帝是接受天命，改步升辇，佩玉和鸣而为帝的；并在对晋室中兴的一片深情中表达了"事崇其简，服尚其素，化无不融，万物自鼓；振西北之绝维，隆东南之挠柱"的政治愿景。

至公元322年，晋元帝司马睿去世，时为王敦记室参军的郭璞作《晋元帝哀策文》以悼念之，文中亦有：

> 灵庆有底，见龙在田，谁其极哉？我后先天。大人承命，重明继作。抚征淮海，骏命再廓。

追念晋元帝即位前有灵芝、庆云的吉兆，其登上最高君位是先有天命。

其次，在"天假其祚"，受命承君位的基础之上，郭璞持信"天人感

---

① ［南朝宋］刘义庆：《世说新语校释》，［南朝梁］刘孝标注，龚斌校释，上海：上海古籍出版社，2011年，第528页。

应"之说。如下：

> 夫寅畏者所以绥福，怠傲者所以招患，此自然之符应，不可不察
> 也。……臣窃观陛下贞明仁恕，体之自然，天假其祚，奄有区夏，启
> 重光于已昧，廓四祖之遐武，祥灵表瑞，人鬼献谋，应天顺时，殆不
> 尚此。（《省刑疏》）

这里，郭璞认为恭敬戒惧之人可以受福，怠忽傲慢之人招致祸患，
都是瑞应所致，于此将天降的祥瑞与人事相勾连。而晋元帝明正仁恕，体
法天地之德，禀受天授予的皇位，不仅是承继了先王的德行与功业，而且
有天降祥瑞以应人君之德，所以东晋王朝的建立是应天顺时的。而天人之
间的交通不仅有祥灵表瑞，如"鸾翔女床，凤出丹穴。拊翼相和，以应圣
哲"（《鸾鸟》），意即瑞鸟"鸾"拊翼翱翔，五音和鸣，是预兆着圣哲
明王的出现；也有"峣崩泾竭，麟斗日薄。九钟将鸣，凌霜乃落"（《九
钟》）等高山崩灭，泾水枯竭，麟虫相搏，日月隐蚀的凶兆。[①]然这一切
吉凶征兆，都是"气之相应，触感而作"，因着事物间的气息交通而互相
感应。

然而，郭璞虽然秉持"天人感应"的天命观，将众多祥灵表瑞与吉凶
灾异与人事勾连，但他亦有大量诗文极为鲜明地对征兆之说持怀疑态度，
认为实属迷信。如：

> 颙鸟栖林，鳟鱼处渊，俱为旱徵，宰延普天。测之无象，厥数推
> 玄。（《鳟鱼颙鸟》）

认为颙鸟、鳟鱼一出现，天下就大旱的说法，是没有迹象可以推测

---

① 更多的凶兆例子，如"凫徯朱厌，见则有兵。类异感同，理不虚行。推之自然，厥数
难明"（《凫徯鸟朱厌兽》）。

的，两者的关系玄妙。又如《鹡鸟》：

> 彗星横天，鲸鱼死浪。鹡鸣于邑，贤士见放厥理至微，言之无
> 况。

郭璞对鹡鸟出而贤士遭放逐的说法深表怀疑，认为两者没有直接必然
联系。另有：

> 长右四耳，厥状如猴。实为水祥，见则横流。龙虎其身，厥尾如
> 牛。（《长右龙》）
> 狸力鸳胡，或飞或伏。是惟土祥，出兴功筑。长城之役，同集秦
> 城。（《狸力兽鸳胡鸟》）

直斥长右出现，则郡县大水横流的说法实属迷信。而人们深信的狸
力、鸳鹕出现，则是土功的征兆的说法也引起郭璞的怀疑，并质问若二者
真为土祥，那是否长城兴修之时，狸力、鸳鹕同集于秦国境内了呢？

所以，基于以上诸多对天人感应之说的怀疑，郭璞认为国家的治亡兴
废关键在于人事的主观努力与否，是否真有感应关系，则无人能破识其迷
津，即"治在得贤，亡由失人，祓祓之来，乃致狡宾，归之冥应，谁见其
津"（《祓祓》）。

最后，与以上对天人感应所持怀疑立场相异的是，郭璞又在诗文中
多次明示天人之悬符是形影相应的，他忧惧异常的天气变化，将天人感应
思想运用于对世事的观察省思之中，或劝解或警告晋元帝宜载育布德。如
《日有黑气疏》记：

> 往年岁末，太白蚀月，今在岁始，日有咎谪。曾未数旬，大眚再
> 见。日月告眚，见惧诗人，无曰天高，其鉴不远。……此明天人之悬符，
> 有若形影之相应。应之以德，则休祥臻；酬之以怠，则咎徵（灾祸的征

兆）作。陛下宜恭承灵谴，敬天之怒，施沛然之恩，谐玄同之化（教化与天意相同），上所以允塞天意，下所以弥息（消除而止息）群谤。

郭璞深信天上的日月悬象和人世间的灾祸吉祥是两相符合的，有如形影相应，为政以德，则祥福满溢，怠慢轻政，则灾祸并至。所以时下出现的太白蚀月，日中有黑子这些异常的天气变化，都是"天之怒""咎徵作"，是灾祸的征兆。郭璞深感忧惧，并以此警示晋元帝，认为这些都是上天对东晋王朝滥用刑罚的谴责，劝诫晋元帝唯有惠施充沛之德，辅以教化，才能通上以弥合天意，润下以消弭众民的毁誉。另有《皇孙生请布泽疏》：

臣窃惟陛下符运至著，勋业至大，而中兴之祚不隆，圣敬之风未跻者，殆由法令太明，刑教太峻。故水至清则无鱼，政至察则众乖，此自然之势也。……按《洪范传》，君道亏则日蚀，人愤怒则水涌溢，阴气积则下代上。此微理潜应已著实于事者也。假令臣遂不幸谬中，必贻陛下侧席之忧。……今皇孙载育，天固灵基，黔首颙颙，实望惠润。又岁涉午位，金家所忌。宜于此时崇恩布泽，则火气潜消，灾谴不生矣。陛下上筹天意，下顺物情，可因皇孙之庆，大赦天下。

此处郭璞仍然用阴阳五行、天人感应的理论，借由天意来恳劝晋元帝减损刑罚，认为法令太明、刑教太峻会折损天降的符运，使民乖而灾谴丛生；并延引《洪范传》"君道亏则日蚀，人愤怒则水涌溢，阴气积则下代上"三句，都显明了天人感应的微理。郭璞劝诫晋元帝唯有惠润载育、崇恩布泽，才能上合天意、下顺民情，以致中兴之隆。这也是郭璞笃信天人感应之理的实证。

概言之，郭璞深怀忧国忧民之思，以天人感应的思想力劝帝王勤政，动之以情，晓之以理。正如《山海经序》中所强调的："是故圣皇原化以极变，象物以应怪，览无滞颐，曲尽幽情，神焉瘦哉！神焉瘦哉！"正是郭璞秉持天人感应之思想，要求统治者穷物探源，修德致治以礼物怪。

通过以上两点的呈现，郭璞对天人感应的看法似乎是极为矛盾的。一方面，如上述第三点所陈述的，他多次举例破除福兆吉凶的迷思，认为很多的感应联系是玄妙而难解的，大抵是迷信的观念。另一方面，他又认为天有"祥灵表瑞"以应人君之德，并会悬日月之符与人世间的吉祥灾异相符合。然而，仔细辨识两种说法背后的动因，这个矛盾玄机便会得到破解。郭璞所怀疑和竭力破除的迷信说法，那些将鸟兽虫鸣、日月悬象、疾风骤雨等视为吉凶征兆，而与人事命运相符相应的迷思，均是以神话形式出现的《山海经》中所记载的传说，至多从形式上反映了人们早期以物象配人事的素朴观念，而落实到内容上，吉凶征兆之物与人事灾异的匹配关系恐难为人所确信。正如郭璞所言"此书跨世七代……其山川名号，所在多有舛谬"。而郭璞在奏请晋元帝时，其陈辞和恳劝屡以天人感应思想为重要依据，也就是说，不论是劝诫晋元帝减损刑罚，还是以德修政，"应之以德，则休祥臻；酬之以怠，则咎征作"以"上筹天意"都是他所坚持的重要理由，而其直接目的就是为了"下顺物情"。所以，可以说，以"天人感应"为具体表现形态的天命观是郭璞思想中的重要一块，该思想背后的动因透露出，郭璞对世情是报以关怀的，并深具忧国忧民的现实情怀，而这构成了郭璞诗文时间意识的重要一环。

8.3　游仙时间何为

明张溥辑录的《郭弘农集》二卷中，收录有二十首诗，其中《游仙诗》有十四首，占了相当大的比重。并且，在文学史上，郭璞也几被赞为"《游仙诗》发展的顶峰"，清王夫之《姜斋诗话》甚至认为《游仙诗》是郭璞诗作的总名。于是，探究郭璞诗文中的时间意识，必须将目光重点投射在他的《游仙诗》上。

8.3.1　郭璞《游仙诗》的存佚与历史界定

郭璞究竟作了多少首《游仙诗》？据南朝梁萧统《文选》收录情况

计，共有七首，均为五言诗。而明张溥辑录的《郭弘农集》二卷，丁福保辑录的《全汉三国晋南北朝诗·全晋诗》，均载有郭璞的五言《游仙诗》十四首，这十四首诗篇幅不一，后四首尤为简短，恐怕未必完整。今人逯钦立的《先秦汉魏晋南北朝诗》卷十一，辑录了郭璞《游仙诗》共有十九首，前十四首与张溥和丁福保所辑录的《游仙诗》相同，增补的五首分别引自《诗纪》《北堂书钞》《韵补》《太平御览》和《文选注》，这五首增补诗如下，或为四句，或为两句，中间还偶有字词脱落，都是残篇佚文。

（十五）登岳采五芝。涉涧将六草。散发荡玄溜。终年不华皓。

（十六）放浪林泽外。被发师岩穴。仿佛若士姿。梦想游列缺。

（十七）翘首望太清。朝云无增景。虽欲思灵化。龙津未易上。

（十八）安见山林士。拥膝对岩蹲。

（十九）啸嗷遗俗罗。得此生。（逯案，"得此生"上当脱二字。）

但可以肯定的是，郭璞实际所作的《游仙诗》绝非目前我们仅能看到的十九首（十篇完整，九篇残缺），比如钟嵘在《诗品》中所引用的两句诗"奈何虎豹姿""戢翼栖榛梗"，均不见于今存的张溥、丁福保和逯钦立本中。另外，在唐人编纂的《北堂书钞》卷一百五十八亦引有"翩翩寻灵娥，眇然上奔月"，极具游仙意味，亦不见于今存的各本中。而郭璞《游仙诗》在历史流传中严重散佚的状况，固然有社会迁变、战乱兵荒等因素的影响，但究其根本，恐怕与郭璞《游仙诗》的主旨和思想倾向有关。

古今文论、学者通过分析郭璞《游仙诗》的内涵来界定其诗的内容主旨，历来众说纷纭，但大致可分为两类：

一类认为郭璞的《游仙诗》为玄言诗，多有"列仙之趣"，表达了消极厌世的思想。此种说法由刘勰肇始，其《文心雕龙·才略》云："景纯艳逸，足冠中兴……仙诗亦飘飘而凌云矣"，突出了郭诗中所蕴含的神仙境地。南朝宋檀道鸾作《续晋阳秋》，认为"郭璞五言始会合道家之言而蕴之"，是玄言诗的代表，有出世之志。《世说新语·文学》也记载，清谈家阮孚曾极力赞赏郭璞的诗句"林无静树，川无停流"，觉得"每读此文，辄觉神超形越"。清人叶矫然《龙性堂诗话初集》亦云郭璞"《游仙诗》铺陈瑰异，如数家珍，实有冥契，非关寄托"，也就是说郭璞的《游仙诗》陈述多绮丽诡谲，有玄冥之意，而并非是为了寄托某种情感。

另一类的想法拥护者众，即认为郭璞的《游仙诗》一方面不像普通的玄言诗那般"淡乎寡味"，另一方面是"坎壈咏怀，非列仙之趣也"，是不够超脱而不离世事的，并非真有仙意。刘勰《文心雕龙·明诗》明确说："江左篇制，溺乎玄风，嗤笑徇务之志，崇盛亡机之谈，袁孙已下，虽各有雕采，而辞趣一揆，莫与争雄。所以景纯仙篇，挺拔而为俊矣。"①认为袁宏、孙绰等玄言诗人的诗作有三个特点：一味逃避现实，讲究辞藻的雕饰华美以及"辞趣一揆"，刘勰对玄言诗如此在形式上过度追求艺术技巧，而在内容上"嗤笑徇务之志，崇盛亡机之谈"的意趣甚为不满，认为郭璞的诗较之格外"挺拔而俊"。这是通过对比，从内容上将郭璞《游仙诗》与玄言诗划清界限，并激赏他关注现实的一面。

稍后的钟嵘在《诗品》中提出："宪章潘岳，文体相辉，彪炳可玩。始变永嘉平淡之体，故称中兴第一。翰林以为诗首。但《游仙》之作，词多慷慨，乖远玄宗。其云：'奈何虎豹姿。'又云：'戢翼栖榛梗。'乃是坎壈咏怀，非列仙之趣也。"②钟嵘从积极面肯定郭璞之诗文"词多慷慨"，并非真言玄宗之事、列仙之趣，而是借游仙来抒发生命喟叹，并且明确地在《诗品序》中将郭璞和刘琨看作玄言诗的对立面来论述。

尔后唐李善《文选注》说："凡'游仙'之篇，皆所以滓秽尘网，锱铢缨绂，餐霞倒景，饵玉玄都。而璞之制，文多自叙，虽志狭中区，而辞兼俗

---

① ［南朝梁］刘勰：《文心雕龙》，王志彬译注，北京：中华书局，2012年，第65页。
② ［南朝梁］钟嵘：《诗品》，北京：中华书局，1991年影印本，第26–27页。

累，见非前识，良有以哉！"①认为郭璞以前的游仙诸篇，多是以尘世为滓秽，而偏谈仙境玄都之事。但郭璞的游仙游异于此意趣，其于诗中自叙颇多，文辞间夹以太多素累之事，显得不够超脱，还没有遗忘世事。

明人陈祚明《采菽堂古诗》、陆明雍《古诗镜》、何焯《义门读书记》等都抱持与钟嵘相似的观念，沈德潜《古诗源》亦延引钟嵘的看法，认为"《游仙诗》本有托而言，坎壈咏怀，其本旨也"。

今人研究，如程千帆《古诗考察》、游国恩主编《中国文学史》、朱东润主编《中国历代文学作品选》、叶嘉莹《汉魏六朝诗讲录》亦都认为郭璞《游仙诗》是假借神仙来"抒尊隐之怀"与"捋起忧生愤世之情"，以表达对现实的不满与悲愤，至于神仙志趣，是绝不可能在郭璞《游仙诗》中找到的。

所以，从以上两种主流的对郭璞《游仙诗》内容主旨的界定中，可以看出，历来评论多认为郭璞的《游仙诗》神仙意趣甚少，而关怀现实，不离世情的忧思嗟叹更甚。这也为我们解释郭璞《游仙诗》严重的散佚情况提供了一个角度，或许正是因为郭璞虚游于仙道而不离世情的游仙主旨，大大背离了东晋至初唐约三百多年间诗文的主题风格，其中包括东晋的清谈尚玄，南朝的离世遁俗，齐梁诗风的内容空虚、淫靡而形式华丽，直至唐初延续了齐梁浮艳的文风，这种放达恣纵、遁俗避世的文学纲领，钳制了郭璞《游仙诗》的流传与发展。

8.3.2 "高蹈风尘下，长揖谢夷齐"

郭璞的《游仙诗》的确多次将仙境幻想得极为美好，并将其描绘为其终生将追求之的、自由自在的神仙境界。最为典型的是第十首诗，"璇台冠昆岭，西海滨招摇。琼林笼藻映，碧树疏英翘。丹泉漂朱沫，黑水鼓玄涛。寻仙万余日，今乃见子乔。振发晞翠霞，解褐被绛绡。总辔临少广，

---

① 《六臣注文选》，［梁］萧统编，［唐］李善等注，［元］方回撰，上海：上海古籍出版社，1993年，第490页。

盘虬舞云轺。永偕帝乡侣，千岁共逍遥"。陈沆认为，此诗"乃陈遗世长往之怀"，诗人陈表自己对寻仙的念想由来已久，似乎从青年时期就有了隐居的行动，期盼"永偕帝乡侣，千岁共逍遥"。这种云游太虚，仙隐而去的决心在《游仙诗》中屡见不绝，如第十二首"四渎流如泪，五岳罗若垤。寻我青云友，永与时人绝"，又如《游仙诗》第三首"翡翠戏兰苕，容色更相鲜。绿萝结高林，蒙笼盖一山。中有冥寂士，静啸抚清弦。放情凌霄外，嚼蘂挹飞泉。赤松林上游，驾鸿乘紫烟。左挹浮丘袖，右拍洪崖肩。借问蜉蝣辈，宁知龟鹤年"，极写冥寂隐士的高洁和古仙人的长寿，流露出郭璞对自由生活的向往。

　　然而这些仙境的幻想并非真是神超形越的"列仙之趣"，本节将通过对《游仙诗》[①]内容的爬疏理析，在内容主旨定性这一问题上，赞同第二种历史评论，即认为郭璞《游仙诗》所表达的生命态度虽常有得道飞升以成仙的渴望，但确是"坎壈咏怀"以抒愤俗的情绪进而产生的退隐山林的愿景。这些不离世情的求仙愿景，要么因仕宦之途遭障难为而起，要么因感于时间的迁逝而发，即《游仙诗》第十三首所言"静叹亦何念，悲此妙龄逝。在世无千月，命如秋叶蒂。兰生蓬色间，荣曜常幽翳"[②]。

　　一是仕隐之间——"荣曜常幽翳"。从《游仙诗》第一首便可窥见仕宦难为与求仙之间的微妙关系：

---

① 关于《游仙诗》的作时，今人学者徐公持在《魏晋文学史》中有谈及，认为"李善等论者注意到《游仙诗》中某些篇章写及荆州一带地名，如'灵溪'、'青溪'等，结合郭璞生平，判断该篇章当为晚年任职王敦幕中时所撰；其时王敦于荆州拥兵自强，正谋反之际，郭璞不愿附逆，处境危难，心情复杂，其时所撰《游仙诗》"。（见徐公持：《魏晋文学史》，北京：人民文学出版社，1999年，第499页。）聂恩彦在《郭弘农集校注》中的意见与此相同，曰："从诗中所提到的地名青溪，和所抒发的人生感慨来看，这些诗大约都写于晋元帝永昌元年（公元322年）之后。因为当时郭璞已离开了朝廷，为王敦记室参军；而又自知反对王敦谋逆，必遭杀害。所以就忧生惧死，只好寄情仙隐了。"（聂恩彦：《郭弘农集校注》，太原：山西人民出版社，1991年，第296页。）本章赞同以上两种说法，确定了作时有便于正确分析《游仙诗》的思想内容及其动因。
② 第十三首的残句极为准确地总结了郭璞的现实境遇，一者悲怜己之年寿将终，一者感仕宦之途常遭阻碍，成为才高位卑之人，犹如兰草之荣曜被蓬蒿所掩隐遮蔽。

> 京华游侠窟，山林隐遁栖。朱门何足荣，未若讬蓬莱。临源把清
> 波，陵冈掇丹荑。灵谿可潜盘，安事登云梯。漆园有傲吏，莱氏有逸
> 妻。进则保龙见，退为触藩羝。高蹈风尘下，长揖谢夷齐。

郭璞用对比的手法，说明朱门不如隐遁。这里，"进"①指为官入
仕，"退"指还居尘俗之中。他认为身在仕途之人并不足羡，除非是能求
见高官而进身，否则就会像羸角挂于篱笆的羝羊一样，进退两难，"不能
退，不能遂"。正如其在《客傲》中所描绘的东晋朝政变幻莫测的局势
那样，"登降纷于九五，沦涌悬乎龙津。蚓蛾以不才陆稿，蟒虬以腾暴
鳞"，所以他期羡庄周与老莱子之妻②，希望能于山林隐遁，甚或"高蹈
风尘"而游仙，以远离纷扰污浊的仕宦生活。据考证，郭璞写这首诗时，
已随王敦入荆州，于时他深知王敦不久必会背叛朝廷，自己将处于进退维
谷的境地，所以诗中由隐而仙、远离尘世的想法，正是他现实生活中苦闷
心情的表征。

而当身在王敦幕中，亲历政局时，这种避世求仙的愿望尤为强烈，如
《游仙诗》第二首所言：

> 青溪千余仞，中有一道士。云生梁栋间，风出窗户里。借问此何
> 谁？云是鬼谷子。翘迹企颍阳，临河思洗耳。闾阖西南来，潜波涣鳞
> 起。灵妃顾我笑，粲然启玉齿。蹇修时不存，要之将谁使。

---

① 聂恩彦在《郭弘农集校注》中将这里的"进"解释为"避世隐居"，恐有误。
"进""退"相对的概念，在郭璞的《客傲》诗中亦有出现，按照思想的一贯性，以
及该《游仙诗》的内容意涵可以分析，这里的"进"当指为官入仕。
② 《列女传》曰："莱子逃世，耕于蒙山之阳……或言之楚……楚王驾至老莱之
门。……王复曰：受国之孤，愿变先生。……老莱子曰：诺。……妻曰：'妾闻
之，可食以酒肉者，可随以鞭捶；可授以官禄者，可随以鈇钺。今先生食人酒肉，
受人官禄，为人所制也，能免于患乎？妾不能为人所制。'投其畚莱而去。"老莱
乃随而隐。（［西汉］刘向编撰：《古列女传》，上海：商务印书馆，1936年，第
57–58页。）

郭璞嬉称自己为鬼谷子，诗中隐居者于山静风轻中体验山水之乐的避世生活，让他企羡不已。陈沆《诗比兴笺》云："案此，益信是荆州作也。时王敦镇荆州，渐著逆谋，景纯不愿与闻，故有洗耳之誓。然敦外相引重，貌为亲近，故有顾我启齿之言，而逆志已成，徒劳謇修，知无益也。"①

而第五首虽以拂霄远游的仙游之境起诗，李善等人也仍以游仙释意，但通读下来，却尽是用比喻和典故来详说怀才不遇之情：

> 逸翮思拂霄，迅足羡远游。清源无增澜，安得运吞舟。圭璋虽特达，明月难暗投。潜颖怨清阳，陵苕哀素秋。悲来恻丹心，零泪缘缨流。

诗人认为，有才能之人虽能不借外力而特显于世，但若不被人赏识，也只是明珠暗投，若不被安置于合适的位置，也无法全然施展抱负。诗中进一步以禾颖、陵苕两类植物作喻，比拟隐微或是显达之人，因处境各异，而各怀隐忧。隐微者若禾颖怨清阳不至，恨不能显达于世；位高权达者，若陵苕哀素秋之早及，怨官达险至，荣华难长保。全诗正如陈沆《诗比兴笺》所云："吞舟非澜可运。奇才非卑位可展，仍然前章之旨也。不然，轻举自由，遗情任物，有何暗投之按剑，有何陵苕之怨哀，有何缨泪可流，丹心可恻？"②这也正应和了郭璞当时的政治境遇，他在东晋南渡之时，对收复中原抱有幻想，也确实关注朝政，与王导、温峤、庾亮等政治人物，甚或身为太子的明帝都有过友谊与往来③，他时有机遇被征辟为官甚或军阀王敦也召他入幕，但迫于政局变幻莫测的诡谲，他并未

① ［清］陈沆：《诗比兴笺》，上海：上海古籍出版社，1981年，第23页。
② ［清］陈沆：《诗比兴笺》，上海：上海古籍出版社，1981年，第23页。
③ 《晋书·郭璞传》说："明帝（元帝子司马绍）之在东宫，与温峤、庾亮并有布衣之好，璞亦以才学见重，埒于峤、亮，论者美之。"（［唐］房玄龄等撰：《晋书》，北京：中华书局，1974年，第1904页。）

应允。现实的境遇恰与郭璞第五首《游仙诗》中所比拟描绘的隐显感叹不谋而合。所以可以说，本诗可释为毫无仙隐之意，反而满是对现实境遇的感叹。

二是寿夭之间——"悲此妙龄逝"。除却因仕宦难为而促发的仙隐之诗以外，时世迭迁、年名难常亦是郭璞《游仙诗》常抱有的无奈，所以他企羡游仙以延寿。"登岳采五芝，涉涧将六草。散发荡玄溜，终年不华皓"（第十一首），与"纵酒濛氾滨，结驾寻木末。翘手攀金梯，飞步登玉阙。左顾拥方目，右眷极朱发"（第十四首）都抒写了郭璞求仙以延年长生的想法。而逃隐到超现实的环境中，是郭璞选择的对抗时间的方式，如《游仙诗》第七首所言：

> 晦朔如循环，月盈已复魄。蓐收清西陆，朱羲将由白。寒露拂陵苕，女萝辞松柏。蕣荣不终朝，蜉蝣岂见夕。圆丘有奇章，钟山出灵液。王孙列八珍，安期炼五石。长揖当途人，去来山林客。

时易世迁，晦朔盈魄，循环往复不已，全不由人。贵族王孙烹八珍，安期生服五石之药，全是为了延寿长生，以对抗时间的迁逝，而郭璞却选择辞谢仕宦之途而隐居于山林，去超现实的环境中寻求慰藉。

然而，郭璞真的能"永偕帝乡侣"吗？

> 采药游名山，将以救年颓。呼吸玉滋液，妙气盈胸怀。登仙抚龙驹，迅驾乘奔雷。鳞裳逐电曜，云盖随风回。手顿羲和辔，足蹈阊阖开。东海犹蹏涔，昆仑若蚁堆。遐邈冥茫中，俯视令人哀。（第九首）

因喟叹年颓寿有终，而思欲登仙，纵然高举远游、成仙升天的过程令人愉悦而逍遥自若。但阊阖门开，仙界洞开的那一刻，却不免"俯视令人哀"，为回望人世而洞见的现实黑暗和人民的疾苦而悲吟，正如第五首末句所谓"悲来恻丹心，零泪缘缨流"。这种生命体悟与屈原《离骚》篇末在"奏《九歌》而舞《韶》兮，聊假日以媮乐"的游仙之乐后，而急转入"陟升皇之赫戏兮，忽临睨夫旧乡。仆夫悲余马怀兮，蜷局顾而不行"的忧生之嗟极为类似。可见，在郭璞那里，靠仙境的幻想来摆脱现实的困境，总是会事难遂人愿，终其所原，皆在于郭璞不离世情的生命态度。

三是求仙不能——"虽欲腾丹溪，云螭非我驾"。虽然郭璞在诗中反复企慕"高蹈风尘外""放情凌霄外"，但他同时也很清醒地知道自己是不可能成仙或长生的。《游仙诗》第四首喟叹时间的代谢流逝，时变催人老，令人感伤；微禽能随物赋形的化迁也反衬了为人的固守无奈，"腾丹溪""驾云螭"的求仙飞升也是不可信的。

六龙安可顿，运流有代谢。时变感人思，已秋复愿夏。淮海变微禽，吾生独不化。虽欲腾丹溪，云螭非我驾。愧无鲁阳德，回日向三舍。临川哀年迈，抚心独悲吒。

年迈逼来而又求仙不能的现实境遇让诗人抚心哀叹，而只能坐视年光流逝，空留事业无成的感伤，与屈原"老冉冉其将至兮，恐修名之不立"（《离骚》），阮籍《咏怀》诗所谓"于心怀寸阴，羲阳将欲冥"，陶渊明《杂诗》谓"日月掷人去，有志不获骋"的情绪是共通的。"这种情绪是魏晋一些号称'狂放'或'隐逸'的知识分子所共有的。……都表现了他们并不甘心无所作为，赍志以没的心情。"①

《游仙诗》第六首亦是如此：

杂县寓鲁门，风暖将为灾。吞舟涌海底，高浪驾蓬莱。神仙排云出，但见金银台。陵阳挹丹溜，容成挥玉杯。姮娥扬妙音，洪崖领其颐。升降随长烟，飘摇戏九垓。奇龄迈五龙，千岁方婴孩。燕昭无灵气，汉武非仙才。

① 曹道衡：《中古文学史论文集》，北京：中华书局，1986年，第207页。

该诗用了大段篇幅展开了对仙境的无边想象，高浪、金银台、丹溜、姮娥、五龙等，都是仙道中事，可见郭璞对仙列生活企慕不已。而最后两句"燕昭①无灵气，汉武非仙才"将全诗氛围急转而下，可谓"超然而来，截然而止"，从虚游回归现实，诗人慨叹仙境缥缈，若无求仙之资质，是断不能成功求仙的。

8.3.3　虚游于仙而不离世情

概而言之，虽然郭璞性好言阴阳术数，善卜筮，《晋书》本传所载他的事迹也屡有迷信色彩，但是从对其《游仙诗》内容的梳理看来，其内容主旨确不是期慕"列仙之趣"，他并不是一个只求明哲保身的仙隐之士，而是对现实充满了关切。正如其在《客傲》篇中所言："若乃庄周偃蹇于漆园，老莱婆娑于林窟，严平澄漠于尘肆，梅真隐沦乎市卒，梁生吟啸而矫迹，焦先混沌而槁杌，阮公昏酣而卖傲，翟叟遁形于倏忽；吾不几韵于数贤，古寂然玩此员策与智骨。"可见，虽然客观境遇使得郭璞仕途难为，喟叹年命，但在主观情感上他是断不会如庄周、老莱子、阮籍等隐遁之士那样，全身而退以避祸的。他对时局的清醒认识，对民生的探试关切（第二节在谈到郭璞"天人感应"的天命观时，他屡次以灾异、天变之理由劝诫晋元帝减损刑罚，实行大赦，主旨是为了适当减轻人民的负担），都充分说明了郭璞《游仙诗》是假游于道，实则是处处不离世情的，这是郭璞通过《游仙诗》所展现的生命态度。

---

① "燕昭"句，《拾遗记》曰："燕昭王召其臣甘需曰：寡人志于仙道，可得遂乎？需曰：上仙之人去滞欲而离嗜爱，洗神减念，游于太极之门。今大王所爱之容，恐不及玉，纤腰皓齿，患不如神，而欲却老云游，何异操圭爵以量沧海乎？"（［前秦］王嘉等撰：《拾遗记》十卷，［南朝梁］肖绮录，齐治平校注，北京：中华书局，1981年，第93页。）

8.4 “似仙实隐”：生命的安顿

既然郭璞深知学仙不易亦不能，《游仙诗》只是借神仙境地的幻想来表达对现实的关切，那么，什么是郭璞真正能安顿生命的方式呢？在第八首《游仙诗》中，他表露了自己似仙实隐的想法，诗中“啸傲遗世罗，纵情任独往。明道虽若昧，其中有妙象。希贤宜励德，羡鱼当结网”，点出了“纵情任独往”的企慕“独行”的隐逸方式，并认为人不应只是羡慕隐逸，而应该有超尘脱俗的实际行动，说明郭璞的游仙，正是归隐。

郭璞诗文中《蚍蜉赋》与《设难·客傲》两篇，最集中地反映了他的隐逸思想。《蚍蜉赋》言：

> 惟洪陶之万殊，赋群形而遍洒；物莫微于昆虫，属莫贱乎蝼蚁。淫淫奕奕，交错往来，行无遗迹，骛不动埃。迅雷震而不骇，激风发而不动，虎贲比而不慑，龙剑挥而不恐。乃吞舟而是制，无小大与轻重，因无心以致力，果有象乎大勇。出奇胶于九真，流颊液其如血。饰人士之丧具，在四隅而交结。济齐国之穷师，由山东之高垼。感萌阳以潜出，将知水而封穴。伊斯虫之愚昧，乃先识而似恧。

天生万物，而有万般不同之形体与式样，而微小如蚍蜉、蝼蚁者却是这万般物中最为渺小的，但是它们却能行无遗迹，不骇于震雷，不动于激风，能制服吞舟之鱼，有极大的勇力却不露锋芒，且对自然万象有先识之明。郭璞激赏于蝼蚁的智勇，以此寄托自己隐居避世的念想。

而《设难·客傲》篇写于永昌元年初，其时，郭璞迁任尚书郎，但却因丁忧，长居家中，仕途上不很得意。关于《设难》一篇的写作用意，《晋书·郭璞传》有言：“璞既好卜筮，缙绅多笑之。又自以才高位卑，乃著《客傲》。”

郭璞在《客傲》篇中假设有客人讥笑郭生：“以拔文秀于丛荟……

而响不彻于九皋。……傲岸荣悴之际，颉颃龙鱼之间，进不为谐隐，退不为放言，无沉冥之韵，而希风乎严光，徒费思于钻咏，摹《洞林》乎《连山》，尚何名乎！"这一诘难可谓尖锐苛刻至极，不仅讥讽郭生才学高而名位低，而且批评他"进不为谐隐，退不为放言"，也就是说郭璞仕进则真仕进，而非东方朔般"谐隐"；"退"而虽高隐逸，也有所动作，但并未彻底放开，又不弃功名。可以说是没有晦迹不仕的风韵，却要仰慕迎合一时的流行，企羡隐士之风。郭璞以郭生之口吻驳斥诘难，他说，东晋王朝建立之时，各地人才豪杰皆聚集于朝，以至于"水无浪士，严无幽人"，高洁人士可以多得当柴烧饭了。仕宦者若鱼龙腾跃，沦没与腾涌系悬于能否跃上龙门，所以升迁而尊或是降谪而卑，都是纷扰无常的。

但是人各有不同志趣，有些人"纵踊而咏采莸，拥璧而叹抱关。战机心以外物，不能得意于一弦"，"悟往复于嗟叹，安可与言乐天者乎"，即徘徊于仕与隐之间的人，要么身在江湖而心存魏阙，要么怀才不遇而自叹位卑，费尽心机而追求外物，是不能够隐居于山林，弹弦而得意于心的。而和光同尘之人，是"夫窟泉之潜，不思云翚，熙冰之采，不羡旭晞，混光耀于埃蔼者，亦曷愿沧浪之深，秋阳之映乎"，既不愿深隐于沧浪水滨，也不愿权势显赫。真正的才士是不为人所知的，他们"是以不尘不冥，不骊不骍……傲俗者不得以自得，默觉者不足以涉无。……不恢心而形遗，不外累而智丧。无岩穴而冥寂，无江湖而放浪。玄悟不以应机，洞鉴不以昭旷"。如此，即不受尘累也不冥寂，不灰心而遗弃形体，也不为外物所累而丧失智慧，无隐逸所居之处，却仍能冥寂放浪而隐逸；不轻视世俗而能自得天性，不妄求多识而能接近虚无之道。这就是郭璞所赞赏和秉持的隐逸之道，这种隐逸是不执着于形迹的"心隐"。

而郭璞之所以能将生命安顿于"心隐"的境界，在于他内心服膺庄老之道，认为宇宙万物，虽千差万殊，但却同归于一，以自然之道①为归宿。所谓"不物物我我，不是是非非。忘意非我意，得意非我怀。寄群籁乎无象，城万殊于一归。不寿殇子，不夭彭涓，不壮秋豪，不小太山。蚊蝱与天地齐流，蜉蝣与大椿齿年"。所以能够混同物我的界限，不肯定是，也不否定非，失意与得意，都不存在于心，如此就能去掉荣辱之心，一切因循自然，形虽囿于尘俗，心却能隐而自由。《客傲》中客人对郭生"进不为谐隐，退不为放言"的讥讽，正是因为他们执着于行迹，而无法理解郭璞的"心隐"。

8.5　小结

郭璞的文学成就历来在思想史和文学史的评述中备受赞誉，钟嵘曾以郭诗为"中兴第一"，亦有"《翰林》以为诗首"，同时郭璞的《游仙诗》被认为是《游仙诗》的始祖。作为两晋文学的卓著代表，郭璞其人、其思想、其人生态度也为学术界所关注，研究和阐释角度纷繁，学术成果颇丰。概言之，有的学者从文学的审美意趣角度出发，认为郭璞的《游仙诗》具有超逸浪漫的风格；有的从人物品评的角度，分析以郭璞为代表的名士的悲观情绪；有的总揽郭璞其文其人，品鉴他的人格及诗文内涵；有的则从哲学的角度出发，侧重探讨郭璞的《游仙诗》与玄学及玄言诗的关系，凡此等等。

但本章从时间意识的角度入手解读郭璞诗文，这不仅为郭璞研究增添了一个新的视角，更重要的是它丰富了本书对魏晋时期时间意识的了解和认知，郭璞诗文的时间意识主要表现为：

---

① 郭璞对"自然之道"的服膺屡见于其诗文中，如"品物流行，以散混沌。增不为多，减不为损。厥变难原，请寻其本"（《三身国一臂国》）；"龙冯云游，腾蛇假雾。未若天马，自然凌霁。有理悬运，天机潜御"（《天马》）；"贱无定贡，贵无常珍。物不自物，自物由人。万事皆然，岂伊蛇鳞"（《海外南经图赞·自此山来虫为蛇蛇号为鱼》）。

第一，郭璞通过对"气"与万物关系的多角度思考，阐明了他的自然生成论。他认为从万物生成之始，"气"是最原质的基础，万物皆禀受自然之精气而生；"气"不仅作为生命基础的来源，也被赋予了具体的德性实质，与物体不同的精神状态相联系；不同的方物禀受的精气各异，由此造就的本性迥然，但都将其归于自然之道。

第二，郭璞秉持"大人受命"的天命观，并在"天假其祚"，受命承君位的基础之上，持信"天人感应"之说，深信天上的日月悬象和人世间的灾祸吉祥是两相符合的。可以说，以"天人感应"为具体表现形态的"天命观"是郭璞时间意识中的重要一块，该思想背后的动因透露出，郭璞对世情是抱以关怀的，并深具忧国忧民的现实情怀。

第三，认为郭璞《游仙诗》所表达虽常有得道飞升以成仙的渴望，但确是"坎壈咏怀"以抒愤俗的情绪进而产生的退隐山林的愿景。终其所原，皆在于郭璞不离世情的生命态度。

最后，通过分析郭璞的隐逸思想，认为"心隐"是其安顿生命的方式。

更进一步说，郭璞诗文中的时间意识主要表现为他的生命态度，即企羡游仙、退隐而不离世情，于是"心隐"成为他最合适的安顿生命的方式，而这一方式与他内心服膺老庄的自然之道密切相关。

第9章

田园时间："委运自然"与"笃意真古"

陶渊明一名潜，字元亮，浔阳柴桑人。生于公元365年，即晋哀帝兴宁三年，卒于公元427年，即宋文帝元嘉四年，友朋谥曰"靖节征士"，故又称其"陶靖节"，是晋宋之际的诗、辞赋家和散文家，钟嵘谓其为"古今隐逸诗人之宗"（《诗品》言）。

陶氏所生活的时代，由门阀世族当权，阶级矛盾复杂尖锐，时局异常动乱不安。外有北方匈奴、鲜卑、羯、氐、羌五族侵扰，内有门阀世族大量兼并土地，奴役剥削田客、部曲和奴婢，以致"百姓流离，不得保其产业"（《宋书·武帝纪》）；残酷的压迫，引发了孙恩、卢循领导下的农民大起义，诗人陶渊明亲历了这些残虐和暴动。另外，统治阶级依据所谓"九品中正制"取士，选举标准全然依据门第的高低，造成"下品无高门，上品无贱族"的局面。可以说，陶渊明身受并目睹了这一时期史不绝书的内战和政变。

陶渊明的出生，虽不在门阀士族之家，但其祖辈也曾在政治上有过显达。其曾祖陶侃，虽出身寒微，但以武功显，是东晋开国元勋，曾官侍中、太尉、都督八州诸军事、荆州二州刺史，封长沙郡公，追赠大司马，史家说他"望非世族，俗异诸华，拔萃陬落之间"（《晋书·陶侃传》）。其祖父陶茂曾为武昌太守，父亲陶敏曾为安城太守，陶渊明评价其父云"于皇仁考，淡焉虚止，寄迹风云，冥兹愠喜"，其旷达疏放、尚隐逸的风范对陶渊明有一定的影响。而到了陶渊明一辈，八岁丧父（"相及龆齿，并罹偏咎"《祭从弟敬远文》）导致其家庭破败，生活艰窘，

"少儿贫病，居无仆妾。井臼弗任，藜菽不给"（颜延之《陶征士诔并序》）是其真实的生活写照。

从一个逐渐中落的东晋贵族家庭出生，陶渊明的个人经历，亦多受到政治上的纷扰。大约在太元二十一年（公元396年），陶渊明二十八岁时，初仕江州祭酒，至义熙元年（公元405年）辞任彭泽令。这数十年间，陶渊明数次仕隐，曾历任桓玄幕僚、刘裕镇军参军、刘敬宣建威参军，每次长则几年，短则数月。

关于陶渊明的著述，目前可见有诗、赋辞、记、传、赞、疏、文等各种，最早由梁昭明太子萧统搜求遗阙，区分编录，定为八卷本《陶渊明集》。北齐阳休在萧本的基础上，收集他本保存的《五孝传》和《四八目》，合序目重编十卷本《陶潜集》，阳休之本于隋季亡其序目，为九卷本。《隋书·经籍志》记有《宋徵士陶潜集》九卷，《唐书·艺文志》记《陶渊明集五卷》，亡其录。至北宋，经宋庠重新刊定阳休之本为十卷本《陶潜集》。上述各本均散佚不传，今天我们还能看到的，都是南宋以后的刊本。①自宋元以来，刊布众多，评注屡出，因此版本也有很多种。所以概言之，关于其著述的流传情况，"大致说来，梁以前是'陶集'的传写时期，宋以前是补辑时期，两宋为校订付刻时期，南宋及元为注释时期，明朝为评选时期，清朝为汇集和考订时期"②。

今人的陶渊明研究专著亦汗牛充栋，集注、校笺本众多，本章以逯钦立校注的《陶渊明集》为底本，并参照王瑶所编《陶渊明集》，龚斌《陶

---

① 《陶渊明集》，逯钦立校注，北京：中华书局，1979年，出版说明第2页。"现存诸本《陶集》中有校勘价值的，主要有下列各本：（一）曾集诗文两册本，南宋绍熙三年刊，有清光绪影刻本；（二）汲古阁藏十卷本，南宋刊，有清咸丰、光绪两种影刻本；（三）焦竑藏八卷本，南宋刊，有焦氏明翻本；今《汉魏七十二家集》中《陶集》五卷亦即焦竑翻宋本。此外，尚有宋末汤汉注本及元初李公焕《笺注陶渊明集》十卷本。李注本博采众说，开集注之先河，明清两代屡见重刻。又有宋刊《东坡先生和陶渊明诗》本（有民国十一年上海黄艺锡等刊本）以及传为苏轼笔迹的元刊苏为大字本（有清同治何氏笃庆堂影宋重刊本）。"本书的整理者逯钦立先生，即以李注本为底本，以上列各本作为校本，认真比对勘正，详录异文，为今后开展陶渊明的研究做了有益的工作。
② 王瑶编注：《陶渊明集》，北京：人民文学出版社，1957年，前言第14页。

渊明集校笺》以及袁行霈的《陶渊明集笺注》，对陶渊明今存的125首（其中，四言诗9首，五言诗116首）诗歌①进行文本分析，梳理出陶渊明诗文中的时间意识。

9.1　玄学生死观

陶渊明诗歌中的时间意识，不单单因为现实的境遇而兴起，反是充满了哲学意味，尤其他对生命最重要之两极——生与死的看法，就是在玄佛争辩的背景下促发的。所以在开始对陶渊明的生死观展开论述之前，梳理他的哲学思想倾向是有必要的。

由于世族家庭的教育以及所生活的江州浔阳地区各种社会思潮并存与活跃，导致了陶渊明的思想是较为杂糅的。龚斌在《陶渊明集校笺》中认为陶渊明是“儒玄并重的”，而逯钦立在考察了他的社会交友情况后，认为陶渊明是一个“服膺‘自然’的玄学信仰者”。②

9.1.1　“儒玄并重”还是服膺“自然”

一方面，《三礼》专家范宣约于公元380年开始活跃于浔阳一带提倡经学，《晋书·范宣传》载：“博综众书，尤善《三礼》。谯国戴逵等皆

---

① 学界历来依照内容体裁对陶诗进行分类，但意见殊异，尚未统一。例如廖仲安将之分为咏怀诗与田园诗两大类（廖仲安：《陶渊明》，上海：上海古籍出版社，1984年，第66页）；钟优民先生则分为咏怀、田园、哲理三类；袁行霈先生主编的《中国文学史》第二卷则分为田园、咏怀、咏史、行役、赠答等五类。（袁行霈：《中国文学史》第二卷，北京：高等教育出版社，2005年，第80页。）

② 逯钦立称：“东晋末年，江州浔阳是个道教、佛教、经学、玄学各种思潮互相矛盾斗争的典型地区”，并从社会交游的情况入手，梳理了陶渊明思想可能受到的影响和制约，“他的亲友或交往的人，有各种思想的信奉者和代表者。他的上司江州刺史王凝之是道教徒，他的徒弟陶敬远也是道教徒。以佛教说，庐山释慧远和他有来往（见《莲社高贤传》）。同他并称为‘浔阳三隐’的朋友刘遗民、周续之也都是佛教徒。以玄学来说，他的上司桓玄是坚持自然观的玄学派。以经学来说，他的朋友祖企、谢景夷等都是研治《礼经》的。看起来，陶渊明受各种思想的包围，在各种思想相互矛盾斗争中，他成为一个服膺‘自然’的玄学信仰者”。（逯钦立校注：《陶渊明集》，北京：中华书局，1979年，第213–214页。）

闻风宗仰，自远而至，讽诵之声，有若齐鲁。"①到了公元390年，豫章太守范甯进一步提倡经学，于郡大设庠序，至者千余人，课读《五经》，至者千余人。公元380年时，陶渊明十六岁，从这一时期开始并延续数十年的经学盛行，使陶渊明深受影响。在其三十九岁作《饮酒》诗时，陈述自己"少年罕人事，游好在六经"，慨叹"如何绝世下，六籍无一秦"。四十岁时写《荣木》诗时又说自己"总角闻道，白首无成"，并指明所闻的"道"就是"先师（孔丘）遗训"。所以可以推断，至少从十六岁到四十岁左右，陶渊明是十分崇拜经学的，并把它当作自己生活的道德规范，并且在这种思想倾向的促动下，于早年有过建功立业的志向，如"少时状且厉，抚剑独行游"，"忆我少壮时，无乐自欣豫，猛志逸四海，骞翮思远翥"等。

另一方面，公元388年，五斗米道的信奉者、江州刺史王凝之大力提倡佛教，并支持庐山和尚慧远及其集合的八十多个国内外僧人大量翻译佛经，把佛教和道教的信仰同时树立起来了，并同时上疏皇帝，攻击范甯兴办乡校是浪费资源，佛道教与经学之间的斗争可见一斑。此外，玄佛学直接的斗争也屡见机锋，公元398年，慧远写了《明报应论》宣传佛教的因果报应说，攻击并否定桓玄等人以"自然"为标榜的道家玄学思想（以桓玄的《罢道论》为代表）。不久，桓玄以《沙门应敬王者论》贬抑佛教以做出回应，慧远则写《沙门不敬王者论》再示抗议。如此，从公元398年至公元404年，长达六七年的玄佛思想辩论，也对陶渊明产生了极大的影响，其于三十九岁时所写的《饮酒》诗中，已开始表露出他对"自然"之义的推崇，此后的大量诗文都流露出他反佛教而秉信玄学的思想倾向。

---

① ［唐］房玄龄等撰：《晋书》，北京：中华书局，1974年，第2360页。

9.1.2　从《形影神》三篇看陶渊明的生命观

《形影神》三首组诗是陶渊明针对慧远的《形尽神不灭论》[①]和《万佛影铭》等宣传佛教道义的文章而作，为的是反对其"神不灭"的谬论，是陶渊明反佛教而重玄学思想的集中体现。同时，其对形、影、神三者关系的辨析梳理，也体现了他时间意识中的重要一环，即对生与死的看待。

"形""影""神"分别指人的形体、身影和精神。在《形影神》诗的序言中，陶渊明点出了该组诗的主旨，他认为世间众人，无论贤愚贵贱，都营营惜生以求长生或留名[②]（当然也包括斥责慧远，认为其以因果轮回和生死报应为核心的文章与宗教活动是"营营惜生"的表现），所以他希望于诗中先代形、影陈言，然后借"神"的自然之理为形、影解脱。

在《形赠影》中，"形"认为天地、山川能长而不没，草木于荣悴交替之间，也可以得到恒久之道，而人为万物之灵，却反不如草木能得常理，刹那在世，也会忽而逝世并永不得复生，所谓"适见在世中，奄去靡归期。奚觉无一人，亲识岂相思"，"形"终将难逃自然规律的支配而死去。既然"形"必然以"死"终，"举目情凄洏"确是无益，不如得酒便饮，及时行乐。

在《影答形》中，"影"以"与子相遇来，未尝异悲悦。憩荫若暂乖，止日终不别"言说了"影"与"形"相依不离的关系，而既然"形"终将灭亡，那么"影"也必随"形"之灭而黯然俱灭。面对"黯而俱时灭"的必然性，"影"认为保存形体生命，或者追求精神与身体的合一，

---

① 《形尽神不灭论》是慧远《沙门不敬王者论》一文的第五部分，旨在论证佛教的因果报应论。慧远认为人死后，形体虽然尽了，但是灵魂却会永保不灭，因此因果报应会一直延续下去。此后，慧远又于公元412年，在庐山刻石立佛影，并于次年写成《万佛影铭》，有言"廓矣大象，理玄无名。体神入化，落影离形"，认为于石上刻佛影，就能为万佛传神，进一步强调了《形尽神不灭论》文中的思想，提出了关于形、神、影三者的系统看法。

② 陈寅恪曰："'惜生'不独指旧日自然说者之服食求长生，亦兼谓名教说者孜孜为善。立名不朽，仍是重视无形之长生，故所以皆苦也。"（陈寅恪：《陶渊明之思想与清谈之关系》，见《金明馆丛稿二编》，北京：三联书店，2001年，第221页。）

或者学仙以求长生，都是不可行的，唯有以立名即立善以求不朽。陈寅恪认为此篇"托为主张名教者之言，盖长生既不可得，则唯有立名即立善可以不朽，所以期精神上之长生，此正周孔名教之义，与道家自然之旨迥殊"①。所以《形赠影》《影答形》两篇，"形主饮酒行乐，影主立善求名，各设一说，以待下首神来释明"②。

在接下来的《神释》篇中，"神"以自然化迁之理破除"形"与"影"的迷思。首先，"神"认为人可以与天地并称，成为三才之一，是因为有"神"③，而它自己与"形""影"是同物而相依附的，善亦同善，恶亦同恶，所以必须要为它们释惑；其次，"神"以三皇、彭祖为例，说明老少贤愚虽生而各异，但都将同归于"死"；再次，在"死"之必然性的面前，"神"否定了"形"日醉行乐的态度，也否定了"影"主张求善立名的想法，认为二者都是惑于惜生之辞，但都不免伤神，所以，最后"神"主张"甚念伤吾生，正宜委运去。纵浪大化中，不喜亦不惧，应尽便须尽，无复独多虑"。即顺从于自然变化之理，于大化中放浪，对生死无所喜惧，"不以早终为苦，亦不以长寿为乐，不以名尽为苦，亦不以留有遗爱为乐"④。

《形影神》三篇，一方面于"形"与"影"的对话，"神"对"形""影"的应答中反复阐述了"形尽神灭"的道理，对慧远的"形尽神不灭"理论做出了有力的反驳，认为"神"随着"形"的存与谢，而归于存或者灭；灵魂亦随着身体的死亡而归于终结，人死了，形体湮灭了，而人的灵魂尚且单独存在的情况是不可能的。所以世上的人，不论男女

---

① 陈寅恪：《陶渊明之思想与清谈之关系》，见《金明馆丛稿二编》，北京：三联书店，2001年，第222–223页。
② 王瑶编注：《陶渊明集》，北京：人民文学出版社，1957年，第49页。
③ 《乙巳岁三月为建威参军使都经钱溪》亦言，"一形似有制，素襟不可易。园田日梦想，安得久离析"，正合《淮南子·原道训》"以神为主者，形从而利；以形为制者，神从而害"之义。（［汉］刘安等：《淮南子》，高诱注，上海：上海古籍出版社，1989年，第16页。）
④ 袁行霈：《陶渊明集笺注》，北京：中华书局，2011年，第49页。

老少，贵贱贤愚，没有一个能够逃脱死亡，也没有一个不是"形"尽而"神"灭的。同时他也以"我无滕化术，必尔不复疑"，"诚愿游昆华，邈然兹道绝"，对道教神仙可学，学道者肉身成圣，长生久视的迷思进行了反驳。

另一方面，《形影神》三篇，是陶渊明诗文中对生死问题最集中的表达。第一，他认为人寿苦短，死是必然的。在陶渊明的其他诗文中，对死之必然性①的清醒认识也到处可见，如"人生似幻化，终当归空无"（《归园田居五首》第四），"漉我新熟酒，只鸡招近局。……欢来苦夕短，已复至天旭"（《归园田居五首》第五），"流幻百年中，寒暑日相推。常恐大化（指人自生至死之变化）尽，气力不及衰。拨置且莫念，一觞聊可挥"（《还旧居》），"自古皆有没，何人得灵长"（《读山海经十三首》其八），等等。②第二，陶渊明通过形、影、神三种生命现象，实际上表达了三种不同的生命境界。《形赠影》中，"形"坚持死不可避

---

① 钟秀编《陶靖节纪事诗品》卷二《宁静》：靖节"其于死生祸福之际，平日看得雪亮，临时方能处之泰然，与强自排解、貌为旷达者，不翅有霄壤之隔。"（引自〔晋〕陶潜：《陶渊明集校笺》，龚斌校笺，上海：上海古籍出版社，1996年，第202页。）皇普谧《笃终论》："玄晏先生以为存亡天地之定制，人理之必至也。"（引自〔晋〕陶潜：《陶渊明集校笺》，龚斌校笺，上海：上海古籍出版社，1996年，第109页。）

② 另有："宇宙一何悠，人生少至百。岁月相催逼，鬓边早已白。若不委穷达，素抱深可惜"（《饮酒二十首》其十五），"人生若寄，憔悴有时。……采采荣木，于兹托根，繁华朝起，慨暮不存"（《荣木》），"悲日月之遂往，悼吾年之不留"（《游斜川》），"既来孰不去，人理固有终。居常待其尽，曲肱岂伤冲。迁化或夷险，肆志无窊隆，即事如已高，何必升华嵩"（《五月旦作和戴主簿》），"人生无根蒂，飘如陌上尘。分散逐风转，此已非常身，落地为兄弟，何必骨肉亲。得欢当作乐，斗酒聚比邻。盛年不重来，一日难再晨。及时当勉励，岁月不待人"（《杂诗十二首》其一），"有生必有死，早终非命促。昨暮同为人，今旦在鬼录。魂气散何之，枯形寄空木"（《挽歌诗三首》其一），"悲晨曦之易夕，感人生之长勤。同一尽于百年，何欢寡而愁殷。……行云逝而无语，时奄冉而就过"（《闲情赋》其一），"……天地赋命，生必有死。自古圣贤，谁能独免。子夏有言：'死生有命，富贵在天。'四友之人，亲受音旨。发斯谈者，将非穷达不可妄求，寿夭永无外请故耶？……"（《与子俨等疏》），"日月不肯迟，四时相催迫。寒风拂枯条，落叶掩长陌。弱质与运颓，玄鬓早已白。素标插人头，前途渐就窄。家为逆旅舍，我如当去客。去去欲何之，南山有旧宅"（《杂诗十二首》其七），都表达了对生命之必然终结的认识，以及委运自然，从容闲暇以待死的生命态度。

免，不如得酒欢饮，希望以及时行乐的方式来应对生命的终结性，是一种对肉身生命的强调；《影答形》强调立名不朽以对抗"形"与"影""黯而俱时灭"的必然性，突出了在世生命的价值；而《神释》突破了这两种生命价值观，主张应该顺从自然之理，是一种更通脱的生命境界。钱志熙在《唐前生命观和文学生命主题》中，认为"陶渊明所说的形、影、神又是指三种生命境界，它们各自具有一套价值认识，实际上正是总结了魏晋生命思潮中最有代表性的三种生命观：即物质主义生命观、立名不朽生命观和自然体道生命观"[①]，本章对此观点予以赞同。

9.2 顺时：委运"自然"

陶渊明自然体道的生命观，不仅于《形影神》组诗中表露无遗，而且更于众多吟咏田园隐逸之乐的诗歌中展露出来，表明了陶渊明"顺时"而为的时间意识和生命意识。这种"顺时"包括两个方面，一个是顺应外在世界的自然之道和大化规律，一个是顺应内在精神世界的本真自性。

9.2.1 顺应自然之道

在陶渊明的诗文中，有四处直接用到了"自然"一词：

> 贵贱贤愚，莫不营营以惜生，斯甚惑焉，故极陈形影之苦，言神辨自然以释之。（《形影神序》）
> 久在樊笼里，复得返自然。（《归园田居》其一）
> 质性自然，非矫厉所得。饥冻虽切，违己交病。（《归去来兮此序》）
> （桓温）又问听妓，丝不如竹，竹不如肉，（孟嘉）答曰："渐近自然。"（《晋故征西大将军长史孟府君传》）

---

① 钱志熙：《唐前生命观和文学生命主题》，上海：东方出版社，1980年，第314页。

　　这几处的“自然”都是道家顺应自然，非人为之自在状态（与在“樊笼”中虚伪机巧相反）和质性天然的含义。除了上述四处明言“自然”，更多的时候诗人用意相近的“天”“天命”“独”“大化”等概念来表达自己对“自然”的看法，甚至有时候通篇无一字有玄学色彩，但是诗文的主旨确极具玄意。

　　如《连雨独饮》篇：“运生会归尽，终古谓之然。世间有松乔，于今定何间？故老赠余酒，乃言饮得仙。试酌百情远，重觞忽忘天。天岂去此哉，任真无所先。云鹤有奇翼，八表须臾还。自我抱兹独，僶俛四十年。形骸久已化，心在复何言。”言人之生命运行不已，但必将有终结，求仙无益，且以饮酒自乐，初酌即远离世情，再饮便可忘天，忘天之人能与天为一，返归其真，且可独抱守一，不为外物所惑。这里，“忘天”“真”“独”都是庄子哲学中的重要概念，《庄子·天地》：“忘乎物，忘乎天，其名为忘己。忘己之人，是之谓入于天。”郭象注：“天物皆忘，非独忘己，复何有哉？”这里，“天”意指超于物上而接近自然。所以“试酌”二句，上句言忘物，下句言忘己。陶渊明将酒中之趣归结到“忘天”，重觞之际，能不为事累，且天即人，人即天，真正是物我皆忘的境界。而“真”①受之于天，与世俗礼法相对，是人的自然本性。而“独”是与具体的万物相对的“本根”，“抱独”②也就是守一、守本，不为外物所惑。通篇都表达了物我两忘、任真自得、顺乎自然的超脱。

　　又有《饮酒二十首》第十三首：“有客常同止，趣舍邈异境。一士常独醉，一夫终年醒。醒醉还相笑，发言各不领。规规一何愚，兀傲差若

---

① 　《庄子·齐物论》郭象注：“任自然而忘是非者，其体中独任天真而已。”（郭象注：《南华真经主疏》，成玄英疏，北京：中华书局，1991年，第15页。）

② 　如《庄子·大宗师》：“吾犹守而告之，参日而后能外天下；已外天下矣，吾又守之，七日而后能外物；已外物矣，吾又守之，九日而后能外生；已外生矣，而后能朝彻；朝彻，而后能见独；见独，而后能无古今；无古今，而后能入于不死不生。杀生者不死，生生者不生。其为物，无不将也，无不迎也；无不毁也，无不成也，其名为撄宁。撄宁也者，撄而后成者也。”（见［清］王先谦：《庄子集解》，北京：中华书局，1954年重印本，第61–62页。以下《庄子》原文均引自该书。）

颖。寄言酣中客，日没烛当秉。"醒者常多与世计分晓，而醉者能颓然听
之。陶渊明能不碍于物，不问于世事，取沈冥之逃的态度，以醒为愚，醉
者为颖，与《老子》二十章"俗人昭昭，我独昏昏；俗人察察，我独闷
闷"意同。《饮酒二十首》第十四首："故人赏我趣，挈壶相与至。班荆
坐松下，数斟已复醉。父老杂乱言，觞酌失行次。不觉知有我，安知物为
贵。悠悠迷所留，酒中有深味。"渊明于醉中不知有我，亦不知有外物，
故能忘己，亦能忘物，达到物我两泯的精神状态，马埔《陶诗本义》卷三
谓："此首乃醉中之真趣。"《饮酒二十首》第十七首："幽兰生前庭，
含薰待清风。清风脱然至，见别萧艾中。行行失故路，任道或能通。觉悟
当念还，鸟尽废良弓。"由"失路"至"能通"，全在于能任道而不牵于
俗，而这个"道"就是自然之道。

9.2.2　顺应大化迁移的自然规律

"自然"还有另一重要意义，即陶渊明在诗文中屡次用"化""大
化""万化""化迁"①来表示的含义。其有二义，一指天地万物之变
化，一指生命自始至终之变化，都是指自然不可改易的规律。

如（《杂诗十二首》其一）有言：

> 人生无根蒂，飘如陌上尘。分散逐风转，此已非常身。落地为兄
> 弟，何必骨肉亲。得欢当作乐，斗酒聚比邻。盛年不重来，一日难再
> 晨。及时当勉励，岁月不待人。

其中，"分散"二句，言人生如尘埃飘风而转，正如《庄子·大

---

① "化迁"在陶渊明诗文中另有一意，即指"时机"，如《始作镇军参军经曲阿作》
言："时来苟冥会，宛辔憩通衢……聊且凭化迁（姑且委运任化之意，与前'时来苟
冥会'句相应），终返班生庐。"这里，"时来苟冥会"与"聊且凭化迁"相应，前
者言等待时机默然而至，则息于仕途；后者言时（即"运数"）已经于己冥会，则姑
且顺应时运之变化而重返田园。所以诗中"时"与"化迁"均意指时机、运数。

宗师》郭象注所言："故向者之我，非复今我也。我与今俱往，岂常守故我。"天地万物的无时不任迁化，使得人之形亦随着迁变，令今我非旧我。

又有《于王抚军座送客》言："逝止判殊路，旋驾怅迟迟。目送回舟远，情随万化（天地万物之变化）遗。"此诗记王弘、庾登、谢瞻三人于浔阳溢浦叙别，此一别是行者、留者殊路的逝止之别，亦是仕与闲居的境遇之别。丁福保《陶渊明诗笺注》卷二引程穆衡曰："庾入朝，谢赴郡，王还治，皆逝者也。止者斯旋驾可矣，复何怅为。虽然，于此而不动念者，非人情也。圣人必无非人情之事，此老庄、吾道之别也。若夫舟既远而此情犹不遗，尚得为人乎？我见朱轩绣毂，帐饮饯归者，不过亦如游云晨鸟，同为万化之一耳。纵化忽及我，而我自能遗化，斯善于观化焉。"①所以，唯有以万化之同理来看待逝止之别，才能遗化、观化以自解。

9.2.3　养气本真之性

陶渊明诗文中与"自然"意义相近，而被最多次提出的是"真"，"养真而不好爵"是陶渊明所秉持的。如《辛丑岁七月赴假还江陵夜行涂口》：

　　……怀役不遑寐，中宵尚孤征。商歌非吾事，依依在耦耕。投冠（犹挂冠，喻弃官）旋旧墟，不为好爵萦。养真衡茅下，庶以善自名（善于保持自己的名声，非指以善为名）。

这里，"养真"即修养真性，而"真"就是"自然"，如《庄子·渔夫》："礼者，世俗之所为也；真者，所以受于天也，自然不可易也。

---

① 转引自［晋］陶潜：《陶渊明集校笺》，龚斌校笺，上海：上海古籍出版社，1996年，第138页。

故圣人法天贵真，不拘于俗。"又，《庄子·秋水》："无以人灭天，无以故灭命，无以得殉名。谨守而勿失，是谓反其真。"《庄子·应帝王》："其知情信，其德甚真。"与陶渊明性爱闲静，不慕荣利的性情恰好吻合。

又有《饮酒二十首》第五篇：

> 结庐在人境，而无车马喧。问君何能尔？心远地自偏。采菊东篱下，悠然见南山。山气日夕佳，飞鸟相与还。此中有真意，欲辨已忘言。

其中"心远①地偏"是魏晋玄学的重要范畴，于其时，避世隐居不必执着于形迹之隐，而心境的超然无累才是最应追求的。内心若超脱、任真，则隐于市朝与隐于岩穴无异②，归还而至的是本原，是"未经世俗污染之真我也"③，而"此中有真意"也是委运自然的意趣。

另有《读山海经十三首》（其一）言："……众鸟欣有讬，吾亦爱吾庐。……俯仰终宇宙，不乐复何如？"其中，"众鸟有讬""吾爱吾庐"等语，意味着万物各得其所，则其俯仰宇宙，而可为乐以知，所以各得其所能让人保有自性之真。

《感士不遇赋》（其一）言："或击壤以自欢，或大济于苍生。靡潜跃之非分……"虽不露"真"字，但其主张人们不论出仕或隐居，都一任

---

① 王士祯《古学千金谱》："通章意在'心远'二字，真意在此，忘言亦在此。从古高人只是心无凝滞，空洞无涯，故所见高远，非一切名象之可障隔，又岂俗物之可妄干。有时而当静境，静也，即动境亦静。境有异而心无异者，远故也。心不滞物，在人境不虞其寂，逢车马不觉其喧。篱有菊则采之，采过则已，吾心无菊。忽悠然而见南山，日夕而见山气之佳，以悦鸟性，与之往还，山花人鸟，偶然相对，一片化机，天真自具，既无名象，不落言诠，其谁辨之？"（转引自［晋］陶潜：《陶渊明集校笺》，龚斌校笺，上海：上海古籍出版社，1996年，第222页。）

② 如王康琚《反招隐》诗云："小隐隐陵薮，大隐隐朝市。"周续之亦称："情致两忘者，市朝亦岩穴耳。"（转引自［晋］陶潜：《陶渊明集校笺》，龚斌校笺，上海：上海古籍出版社，1996年，第221页。）

③ 袁行霈：《陶渊明集笺注》，北京：中华书局，2011年，第175页。

自然，合乎人的本性。"饥冻虽切，违己交病"（《归去来兮辞》语），认为违背自己的本性是比饥寒交迫更令人耻辱的事。这些都是陶渊明坚持自性的体现。

袁行霈认为老庄把"真"作为"道"的精髓，或将其作为至淳至诚的精神境界。以上列举的陶渊明诗文中的"真"的概念虽然来源于老庄，但其含义已经由老庄哲学中"道"的本体性质，转变为了包括人在内的万物的自然本性，从这一点看，陶渊明是受了郭象"独化论"影响的。"可见在玄学的影响下，陶渊明的'自然'已不是道家的本体之义，其基本内涵是自我的本性及其相应的存在状态。"①

于此可以说，"顺时"是陶渊明诗歌中时间意识的又一重要方面，具体含义有三：物我两忘、顺应自然的超脱，顺乎大化迁移的必然性，以及养气而顺从内在精神世界的本真自性。而"顺时"的时间意识和生命态度，都与陶渊明所持信的"委运自然"②的哲学思想密切相关，这里，陶渊明思想中的"自然"，不再是"道"的本质，而是普遍事物之本性，所以"自然"即"自性"，这显然是受到了郭象"独化"自然观的影响。③

---

① 蔡彦峰.《玄学与魏晋南朝诗学研究》，北京：人民文学出版社，2013年，第219页。

② 方东树在《昭昧詹言》卷一中认为"渊明似庄兼似道"，朱熹认为"陶渊明所说者庄、老"。（见朱熹：《朱子语类》卷一百三十六，北京大学中文系编《陶渊明资料汇编》，北京：中华书局，1962年，第74页。）可以说，陶渊明不仅是诗人，而且是体道者、得道者。

③ 陶渊明所生活的东晋时期，郭象的玄学是当时最主要的玄学思想，郭象的"独化"自然观反对有生于无的观点，认为天地间的一切事物都是自生、自化、自足、自然的，主张"任自然""率性自然"。例如郭象在注解《山木》篇"仲尼曰：'有人，天也；有天，亦天也。人之不能有天，性也'"时说，"言自然则自然矣，人安能故此自然哉？自然耳，故曰性。"又如《骈拇》篇："多方骈枝于五藏之情者，淫僻于仁义之行，而多方于聪明之用也。"郭象注曰："聪明之用，各有本分，故多方不为有余，少方不为不足。然情欲之所荡，未尝不贱少而贵多也，见夫可贵而矫以尚之，则自多于本用而困其自然之性。若乃忘其所贵而保其素分，则与性无多异方俱全矣。"这里，"自然"不再是"道"的本质，而是普遍事物之本性，所以"自然"即"自性"。由此可以看出陶渊明"自然"一词含义的形成，显然是受了郭象"独化论"玄学思想的影响。（注中郭象注原文均引自［清］郭庆藩撰：《庄子集释》，王晓鱼点校，北京：中华书局，2012年。）

9.3 耕隐：对农耕时间的升华

以上通过对陶渊明诗文中的生死观和委运"自然"的顺时时间观的分析，展开了其时间意识的两个层面：其一，陶渊明秉持自然体道的生命观；其二，顺应自然之道、顺乎大化迁移的必然性、顺从本真自性等三个方面，表明了诗人"顺时"而为的时间观念。在本节中，将通过展示陶渊明"耕隐"生活中的"素位之乐"，说明陶渊明诗歌中的时间意识实现了对农耕时间的升华。

陶渊明一生的生命轨迹，以辞官彭泽作为分水岭，自此他从仕隐矛盾中最终解脱出来，开始了隐逸田园的生活，其大部分诗文即与这种田园生活密不可分，钟嵘《诗品》因此认为陶渊明是"古今隐逸诗人之宗"。可以说，退隐而归园是陶渊明最重要的人生标签，他的归隐虽然源于对世俗的不满，但是其归隐本身不是断然栖遁于朝市之外，而是以耕隐来追求本心的安顿，其诗文中所反映的遁世农耕的生活和意趣，是其时间意识的集中体现。

尽管陶渊明的"躬耕"是将其信守的"道"与"自然"落实到日常生活之中。但是，远离朝市，离仕而隐，却还是要考虑现实的生活。如《癸卯岁始春怀古田舍二首》其二："先师有遗训，忧道不忧贫。瞻望邈难逮，转欲志长勤。秉耒欢时务，解颜劝农人。平畴交远风，良苗亦怀新。虽未量岁功，既事多所欣。……"诗人自言难逮于孔子、颜回等先师忧道不忧贫的境界，现实的生活还是有躬耕以谋食的需要。黄文焕《陶诗析义》卷三引沃仪仲曰："寄托原不在农，借此以保吾真。"[1]然笔者认为该诗虽以赞叹先师遗训起兴，但实为表示诗人因饥馑之累，而不免要务

---

① [晋]陶潜：《陶渊明集校笺》，龚斌校笺，上海：上海古籍出版社，1996年，第183页。

为农作的生活现实。①田园躬耕是诗人物质生活的来源，所谓"人生归有道，衣食固其端"，也恰好符合他对理想生活的愿景。《答庞参军》诗中已描述之，"衡门之下，有琴有书。载弹载咏，爰得我娱。岂无他好，乐是幽居。朝为灌园，夕偃蓬庐"，所以"王事靡宁"实不若己之"乐是幽居"。

　　从四十二岁以后，陶渊明过着耕隐的生活，亲自参加农耕劳动。既然活在田园里，每天亲历着自然，那么对自然时间必然常常挂碍于心，对四时、朝暮、阴晴等自然节律的感受，重新回到了农耕时间的指示层面，成为田园农耕生活的指南。如《劝农》篇所言："气节易过，和泽难久。冀缺携俪，沮溺结耦。相彼贤达，犹勤垄亩。矧伊众庶，曳裾拱手。"《时运》篇"山涤余霭，宇暧微霄。有风自南，翼彼新苗"，《归园田居》篇"时复墟曲中，披草共来往。相见无杂言，但道桑麻长。桑麻日已长，我土日已广。常恐霜霰至，零落同草莽"，丰富的田园耕隐的生活经验，赋予了陶渊明解释人的行为和自然现象序列的基础。

　　但是，陶渊明诗中对四时节律之自然时间的感受，与《诗经》时期，对自然时序的吟诵和描写已经有别。在《诗经》反映自然时序的农时歌谣里，自然时间反映了万物枯荣、春长秋收的必然节律，以亘古无垠的恒常，把人们束缚在日出而作、日落而息、春耕秋收等固有的生活法则之上。可以说，《诗经》中的农耕时间被硬生生地载录于册或吟咏成歌，带有很强的实用目的性。这种对农耕时间的经验累积成为先民生活的"指令簿"，在稍后的《月令》系统中，这种自然时序的客观标度时间发展得更为完善。而四时节序的农耕时间已经成为陶渊明耕隐生活的内节奏，也就是说，农耕时间在陶渊明那里实现了升华。如《归鸟》篇：

　　　　翼翼归鸟，晨去于林。远之八表，近憩云岑。和风弗洽，翩翩求

---

① 陶渊明的"道心"和"真性"从来就是落入日常生活之中的，所以在他原本即是描述自乐于且耕且种的耕稼生活本身时，就不用凡归园诗必附意义了。

心。顾俦相鸣，景庇清阴。

翼翼归鸟，载翔载飞，虽不怀游，见林情依。遇云颉颃，相鸣而归。遐路诚悠，性爱无遗。

翼翼归鸟，驯林徘徊。岂思天路，欣及旧栖。虽无昔侣，众声每谐。日夕气清，悠然其怀。

翼翼归鸟，戢羽寒条。游不旷林，宿则森标。晨风清兴，好音时交。矰缴奚施，已卷安劳。

此诗作于陶渊明归园之初，虽意托物言志，但这里重点要强调的是诗中表达的"四时"之意。诗中季节之意不显名，而是以"和风弗洽""景庇清阴""日夕气清""戢羽寒条"，点明春、夏、秋、冬的四时节律，并依循四时的节奏来描述归田生活的心境。另有"晨出肆微勤，日入负末还。山中饶霜露，风气亦先寒"（《庚戌岁九月中于西山获早稻》），"春秋多假日，登高赋新诗"（《移居二首》），"含欢谷汲，行歌负薪，翳翳柴门，事我宵晨。春秋代谢，有务中园，载耘载籽，乃育乃繁。欣以素牍，和以七弦。冬曝其日，夏濯其泉。勤靡余劳，心有常闲。乐天委分，以至百年"（《自祭文》）。

相较于《诗经》时期的农耕时间记载，陶渊明耕隐诗中的时间记载显得更加活泼泼和信手拈来。农耕时间就是陶渊明据以生活其中的时间，而不是僵化地作为指令的外在存在。所以此时农耕时间对于陶渊明来说，没有时令逼人的压迫感，"时间"不总是表现为一种为农民所用的指令序列，而是可以作为一种世界存在的"形式"被人独立地体验到其真实性。在《桃花源诗》中，甚至有"草荣识节和，木衰知风厉。虽无纪历志，四时自成岁"之句，农耕生活甚至可以不需要岁历推算的记载，四时更替的自然节律已经了然于心，真正是一种"委运自然"的状态。所以说，农耕时间的节律在陶渊明的耕隐生活中实现了升华。

9.4　社会理想：“笃意真古”

　　无论仕与隐、显与默，人们总是会对“活在当下”的现实境遇抱有不满，而希望在思想中构筑一个合乎自己理想的社会。儒家所向往的理想社会是周初，道家向往的理想社会则返古到原始社会，即老子所企慕的“小国寡民”社会，庄子称之为“至德之世”、“至治”的社会，嵇康在《唐虞世道治》中亦描绘了“万国穆亲无事，贤愚各自得志。晏然逸豫内忘，佳哉尔时可喜”的尧舜社会。陶渊明也是如此，不仅在现实的耕隐生活中落实他的道家思想，而且于诗文中构筑的理想社会也与老庄尚同，是一种“笃意真古”的复古心态。

　　首先，陶渊明志在圣人，一心想做“羲皇上人”。如《扇上画赞》赞颂荷蓧丈人、长沮桀溺、於陵仲子、张长公、丙曼容、郑次都、薛孟尝、周阳珪等八位古代隐士，正是陶渊明心所向往之人。《读山海经十三首》其三篇中与周穆同游，谓“亭亭明玕照，洛洛清瑶流。恨不及周穆，托乘一来游”，企羡游于黄、虞、三代古之世。又有《读山海经十三首》其四“……岂伊君子宝，见重我轩皇”，《饮酒二十首》其二十“羲农去我久，举世少复真。汲汲鲁中叟，弥缝使其淳”，期羡与黄帝友、羲农遇。以上种种，正如《答庞参军》篇言：“……有客赏我趣，每每顾林园。谈谐无俗调，所说圣人篇。……”方宗诚《陶诗真诠》释云：“‘谈谐无俗调，所说圣人篇’，渊明志在圣人，故每结想在黄、唐、羲、农、先师、六经，此其本领，与他放达者不同。”[①]

　　其次，陶渊明之所以志在圣人，是因为他不满于现世社会的“三五道邈，淳风日尽。九流参差，互相推陨。形逐物迁，心无常准”（《扇上画赞》语）。他认为履信思顺的善行和抱朴守静的笃素都在现世渐渐消失

---

① 转引自［晋］陶潜：《陶渊明集校笺》，龚斌校笺，上海：上海古籍出版社，1996年，第106页。

了，人皆失去了真率自然的本性，所谓"自真风告逝，大伪斯兴，闾阎懈
廉退之节，市朝驱易进之心"（《感士不遇赋》语），所以他屡次"哀
哉！士之不遇，已不在炎帝帝魁之世"（《感士不遇赋》语），"但恨殊
世，邈不可追。……黄唐莫逮，慨独在余"（《时运》语），"道丧向千
载，今朝复斯闻"（《示周续之祖企谢景夷三郎》语）；继而追念圣人所
在的炎帝帝魁的悠悠上古之世。陶渊明在《劝农》中重现了这种上古熙熙
之世：

> 悠悠上古，厥初生民。傲然自足，抱朴含真。智巧既萌，资待靡
> 因。谁其赡之，实赖哲人。……舜既躬耕，禹亦稼穑。远若周典，八
> 政始食。……相彼贤达，犹勤垄亩。矧伊众庶，曳裾拱手。

极力赞赏虞、夏、商、周之士女皆农的上古熙熙之世，向往亦隐亦农
的生活。

最后，陶渊明超脱于个人的固守穷达之外，于《桃花源诗》中构筑了
他心目中理想社会的图景，也就是著名的世外桃源——"桃花源"：

> 嬴氏乱天纪，贤者避其世。黄绮之商山，伊人亦云逝。往迹浸
> 复湮，来径遂芜废。相命肆农耕，日入从所憩。桑竹垂余荫，菽稷随
> 时艺。春蚕收长丝，秋熟靡王税。荒路暧交通，鸡犬互鸣吠。俎豆犹
> 古法，衣裳无新制。童孺纵行歌，斑白欢游诣。草荣识节和，木衰知
> 风厉。虽无纪历志，四时自成岁。怡然有余乐，于何劳智慧。奇踪隐
> 五百，一朝敞神界。淳薄既异源，旋复还幽蔽。借问游方士，焉测尘
> 嚣外。愿言蹑清风，高举寻吾契。

陶渊明作《桃花源记》的目的何在？究竟是有写实之意还是纯为虚
构以有寄托意，历来说法不一，较为可信的是学者陈寅恪在《桃花源记旁
证》中的看法。他认为本篇是"寓意之文，亦纪实之文"，并以史传及地

理志中关于中原人屯聚堡坞以避世的记载，证实《桃花源记》并诗有纪实的一面。的确，若按学界普遍看法，该记与诗作为义熙十四年（公元418年），此时正处南朝刘裕弑君篡位，晋室灭亡，晋宋易代之时，陶渊明所身处的江州一带据史载："以一隅之地，当逆顺之冲。力弱民慢，而器运所继。自桓玄以来，驱蹙残毁。至乃男不被养，女无匹对，逃亡去就，不避幽深。"①而《桃花源诗》中所记的武陵荆州一带也是"此州积弊，事故相仍。民疲田芜，杼轴空匮。加以旧章乖昧，事役繁苦，童髦夺养，老稚服戎，空户从役，或越绋应召"②。可见兵荒马乱，无衣无食，服充兵役的痛苦生活使得老百姓向偏荒的地区逃亡，国人避宋就像诗中所说的"嬴氏乱天纪，贤者避其世"的避于秦一样。可见《桃花源记》并诗的创作与此社会背景有关。

　　但同时它也深含寄托意③，即它代表了作者的一种社会理想，这一理想与诗人"一生心事总在黄唐莫逮"有关，表现了他的玄学自然观念。因为桃花源中人的世俗生活，如衣着、习俗，以及四时自成岁的躬耕生活与桃花源外无异，但是他们的精神境界和淳厚古朴，例如无诗书历志，"于何劳智慧"的绝圣去智，"焉测尘嚣外"的不谙世事，都远胜于世俗。陶渊明于此寄托了他的理想：这里，没有巧令，无官无民，人们无知无欲，躬耕自给，一任自然而自得其乐，社会氛围恬淡无为，一派祥和宁静，这也正是他心向往的"羲皇之世"，也就是庄子笔下"莫之为而常自然"（《庄子·缮性》语）的原始社会。

---

① 转引自逯钦立校注：《陶渊明集》，北京：中华书局，1979年，第255页。
② 《宋书·武帝纪·本纪第三》，见［梁］沈约撰：《宋书》，北京：中华书局，2000年，第36页。
③ 有学者认为《桃花源记》并诗的避世意在于守晋节而不仕宋，笔者认为这种说法似无道理，因为早在义熙元年，陶渊明就已经归隐于田了，也就是说，他的隐居生活早在晋宋易代之前就已经开始，而不特是为了避于宋而为。

9.5 小结

陶渊明是晋宋之际著名的文学家和诗人，历来评价认为其是"古今隐逸诗人之宗"（钟嵘《诗品》），焦竑于《陶靖节先生集序》中认为："汉魏以逮六朝，作者蝟起，能道其中之所欲言者，阮步兵、左太冲、张景阳、陶靖节四人而已。靖节先生人品最高，平生任真推分，忘怀得失，每念其人，辄慨然有天际真人之想。"①而其隐逸与"真人之想"是以本人的玄学化的自然观念为哲学基础的。

学者陈寅恪称之为"新自然说"，认为其是陶渊明"承袭魏晋清谈演变之结果及依据其家世信仰道教之自然说而创改的"。这种"新自然说"与"旧自然说"的不同点在于：其一，新自然观主自然而非名教的理由，仅仅是不与当时的政治势力合作，而"不似阮籍、刘伶辈之佯狂任诞"；其二，新自然说不像旧自然说那样积极抵触名教；其三，新自然说不像旧自然说那样，护养有形的生命，或者求仙，而是"融合精神于运化之中，即与大自然为一体"。所以说，新自然说能不为形骸物质所滞累，进而不为入世名教所拘束，陈寅恪因而认为陶渊明其人实"外儒而内道"②。

袁行霈认为陈寅恪的看法极有卓见，并对之进行了补充，认为"持旧自然说者严格地说并不自然，佯狂任诞也是一种对人的自然本性的扭曲。自然，成为对抗名教的武器，这已经就不自然了。所谓旧自然说者，并没有从他们的学说中得到生的乐趣。从这个观点看来，只有陶渊明才是真的自然。陈寅恪称之为旧自然说者，不妨改称之为佯自然说；而所谓陶渊明的新自然说则是真自然说"③。

---

① 转引自［晋］陶潜：《陶渊明集校笺》，龚斌校笺，上海：上海古籍出版社，1996年，第474页。
② 陈寅恪：《陶渊明之思想与清谈之关系》，见《金明馆丛稿初编》，北京：三联书店，2001年，第228-229页。
③ 袁行霈：《陶渊明研究》，北京：北京大学出版社，1997年，第21页。

本章从时间意识的角度出发，认为陶渊明诗文所体现的生死观、生命态度以及由此构筑的理想社会，都是以他的"新自然说"或"真自然说"为基础的，是将"自然""真"和"道"落实到了日常生活之中，概言之：

第一，在生死观方面，陶渊明认为人寿苦短，死是必然的，"形尽神灭"也是必然的；并通过辨析，于形、影、神所分别代表的及时行乐、立名不朽和自然体道等三种生命观中，选择了自然体道生命观为他的生死观作结。

第二，陶渊明的诗文中强调"委运自然"，这里的"自然"具体含义有三：物我两忘、顺应自然的超脱；养气本真的自性；大化迁移的必然性。表达了陶渊明"顺时"而为的时间意识和生命观。

第三，陶渊明在现实的耕隐生活中感受自然的时间节律，但其实四时成序的农耕时间已经成为陶渊明耕隐生活的内节奏，也就是说，农耕时间在陶渊明那里实现了升华。

第四，陶渊明不仅在现实的耕隐生活中落实他的道家思想，而且他于诗文中构筑的理想的社会也与老庄尚同，是一种"笃意真古"的复古心态。

第10章

山水时间：谢灵运诗歌的时间意识

谢灵运（385-433年），字康乐，乳名客儿，世称谢客，东晋末刘宋初人，祖籍陈郡阳夏（河南太康），祖父是东晋名将谢玄，曾在淝水之战中立下了以少胜多的赫赫战功，被封为康乐县公。他本人少年早慧，博学多才，《宋书·谢灵运传》记其"少好学，博览群书，文章之美，江左莫逮"，"自谓才能宜参权要"。然而生逢晋宋易代之际，旧朝贵族的身份、"为性褊激，多愆礼度"的性格，加之"才有余而识不足"的个人素养，决定了其在刘宋王朝艰难的政治处境——从二十岁步入仕途到四十九岁于广州行弃市刑，始终处于政治纷扰之中，最后还因政治而丧命。

谢灵运是中国诗歌史上第一位大量创作山水诗的诗人，山水诗由谢灵运确立，这是公认的事实。历代文人常将颜延之、陶渊明与谢灵运诗作进行比较，以南朝宋鲍照"谢五言如初发芙蓉，自然可爱"①之评价最广为流传，另有南朝梁沈约之"灵运之兴会标举，延年之体裁明密，并方轨前秀，垂范后昆"②；南朝梁钟嵘之"谢客为元嘉之雄，颜延年为辅……皆五言之冠冕，文词之命世也"③，并将"谢客山泉"与"景纯咏仙，王微风月……鲍照戍边……陶公咏贫"④等并提，认为以上皆"五言之警策者也"；南朝梁萧纲之"谢客吐言天拔，出于自然，时有不拘，是其糟

---

① 《南史》卷三四《颜延之传》。
② 《宋书》卷六七《谢灵运传论》。
③ 《诗品·序》。
④ 《诗品·序》。

粗"①；唐释皎然《诗式》之"彼清景当中，天地秋色，诗之量也；庆云从风，舒卷万状，诗之变也"②，"其格高，其气正，其体贞，其貌古，其词深，其才婉，其德宏，其调逸，其声谐哉"；唐李白之"群季俊秀，皆为惠连；吾人咏歌，独惭康乐"③；唐白居易之"以康乐之奥博，多溺于山水；以渊明之高古，偏放于田园"④，将谢灵运的山水诗与陶渊明的田园诗并举；清代黄子云之"康乐于汉魏外另开蹊径，舒情缀景，畅达理旨，三者兼长，泅堪睥睨一世"⑤；清代李重华之"谢康乐放情山水，李太白饮酒游仙；拘泥者必曰流连光景，通识者亦曰陶冶性灵"⑥，等等。

　　关于他的著述，《隋书·经籍志》《旧唐书·经籍志》《新唐书·艺文志》《文选》《高僧传》《通志·艺文略》均有著录，但大多已亡佚，只有少量诗文散见于总集、别集、类书、史书等古籍中。今天所见谢灵运著述集和单行著作，均为明清和近代人从总集、类书等古籍中辑得，且多有遗漏，总集以《全上古三代秦汉三国六朝文》和《全汉三国晋南北朝诗》两个辑本为较全者。今人学者顾绍柏从现存总集、类书、史书等古籍中寻索采撷，集辑写就的《谢灵运集校注》⑦是目前解释和研究谢灵运诗文比较全面的一个本子。

　　本章以《汉魏六朝诗六种》所辑录《谢康乐诗注》四卷⑧和《谢灵运集校注》为蓝本，采用文本分析的方法，从谢灵运杂诗、乐府诗解读入手，并以其赋、诔、赞、颂、铭、论、志、七体、书信、表奏等其他文体形式中所表达的思想为辅佐，揭示谢灵运诗文中以山水时间为主要表征的

---

① 《梁书》卷四九《庾肩吾传》。
② 《历代诗话》本。
③ 《春夜宴从弟桃花园序》，载《李太白全集》卷二七。
④ 《与元九书》，载《白氏长庆集》卷四五。
⑤ 《野鸿诗的》，载《清诗话》本。
⑥ 《贞一斋诗说》，载《清诗话》本。
⑦ 《谢灵运集校注》，顾绍伯校注，郑州：中州古籍出版社，1987年。本章所引灵运著述原文与相关解释均来自此书，以下引原文处不复加注。
⑧ 《汉魏六朝诗六种·谢康乐诗注》含乐府一卷、杂诗三卷。（见谢灵运：《汉魏六朝诗六种》，黄节注，北京：人民文学出版社，2008年，第563-704页。）

时间意识——这种特殊的时间意识因"出"与"处"的生命选择而触发，在山水诗歌中实现了"迁逝"与"去远"的空间化呈现。

10.1 奠基："出仕"与"归隐"的生命选择

纵观谢灵运的一生，其仕途生涯从东晋跨越至刘宋，在刘宋又历经了武帝、少帝、文帝三朝，基本处于仕与隐的矛盾之中，"隐而又仕，仕而复隐，仕不专，隐难久，不满，反抗，直至酿成大悲剧"[①]，有学者甚至将其艰难的政治处境称为在仕途上"搭错车"。若以随往政治势力的不同，他的仕途经历粗略可以分为四段。第一段仕途经历发生在东晋，十五岁由钱唐（浙江杭州）至建康（江苏南京），谢灵运居乌衣巷，袭封康乐公，授员外散骑侍郎，不就。二十一岁时（东晋义熙元年），任琅邪王大司马行参军，始入仕途，此后，他在刘毅军中一直到刘毅兵败自缢，其间有八年之久，历任记室参军、卫军从事中郎等。在这期间，东晋正陷入司马元显和道子争权，桓玄篡夺，孙恩、卢循起兵等动乱中，刘裕在讨伐孙恩、卢循、桓玄的战争中势力逐渐壮大。第二段仕途经历是在刘毅反刘裕兵败自杀后，谢灵运因文才而被刘裕录用为太尉参军，其间有几次职位上的变动，刘裕以宋代晋后，因自身出身寒族，即位后大量起用追随自己起事的功臣，如徐羡之、傅亮等均为布衣，又将轻视自己的士族悉数诛灭，谢灵运不但由公爵降为侯，而且因原是刘毅属下不受重用。第三段仕途经历是在少帝即位后，谢灵运不为权臣徐羡之、傅亮所容，出任永嘉太守，任职仅一年，便托病回故乡始宁隐居。第四段仕途经历是在文帝即位后，徐羡之、傅亮、谢晦等被诛，谢灵运被召至京为秘书监，但仍无实权，于是同在永嘉一样，他擅离职守，肆意遨游，后又托病回始宁，第二次过上隐居生活。元嘉八年，谢灵运请求决湖为田，与会稽太守孟顗构成雠隙，孟顗上表称其有"异志"，灵运急驰京师申辩，文帝不予追究令其出任临

---

① 顾绍柏：《论谢灵运》，《学术论坛》1986年第1期，第43页。

川（今江西抚州市西）内史。他在临川依然荒忽政事，尽山水之乐，故被
有司所纠。司徒刘义康遣使收谢灵运，他兴兵拒捕，被降死一等，流放广
州，不久被指控与农民谋反事有牵连，于广州行弃市刑。临死时，谢灵运
题诗一首，"韩亡子房奋，秦帝鲁连耻。本自江海人，忠义感君子"，明
确道出他不甘臣服于刘宋王朝的本心。

　　对于谢灵运一生频繁出与处的政治行迹，历来文人、政治家、学者
多有评价。《莲社高贤传》记载，慧远认为谢灵运"心杂"。毛泽东读
《古诗源》，对谢灵运《登池上楼》一诗作批语曰："此人一辈子矛盾
着。想做大官而不能，'进德智所拙'也。做林下封君，又不愿意。一辈
子生活在这个矛盾之中。晚节造反，矛盾达于极点。'韩亡子房奋，秦帝
鲁连耻。本自江海人，忠义感君子。'是造反的檄文。"① 袁行霈评价谢
灵运："他本是一个热衷用世的人，晋宋易代不仅削弱了他的权势，而且
危及他的生存。但他不甘于远祸全身，又恃才傲物，于是在政治斗争的漩
涡里越陷越深。"②"想做大官而不能""热衷用世"等评价是十分确当
的，从其留存下来的诗文来看，谢灵运在政治上是有大志的，正如乐府诗
《长歌行》中的感慨，"曡曡衰期迫，靡靡壮志阑"。这"壮志"在诸多
诗歌中得以体现：

　　　　殷忧不能寐，苦此夜难颓。明月照积雪，朔风劲且哀。运往无淹
　　物，逝年觉易催。（《岁暮》）
　　　　李牧愧长袖，郄克惭蹐步。良时不见遗，丑状不成恶。（《永初
　　三年七月十六日之郡初发都》）
　　　　君子有爱物之情，有救物之能，横流之弊，非才不治，故有屈己
　　以济彼。（《游名山志》）
　　　　拯溺由道情，龛暴资神理，秦赵欣来苏，燕魏迟文轨。（《述祖

---

① 中共中央文献研究室：《毛泽东读文史古籍批语集》，北京：中央文献出版社，
　　1993年。
② 袁行霈：《清思录》，北京：首都师范大学出版社，2008年，第159页。

德》其二）

　　昔皇祖作藩，受命淮、徐，道固苞桑，勋由仁积。年月多历，市朝已改，永为洪业，缠怀清历。（《撰征赋》）

　　若游骑长驱，则沙漠风靡；若严兵守塞，则冀方山固……晋武中主耳，值孙晧虐乱，天祚其德，亦由钜平奉策，荀、贾折谋，故能业崇当年，区宇一统。（《劝伐河北书》）

　　在诗文中，诗人或感叹年岁不永、抱负难全；或嫉羡有严重生理残缺者——如身大臂短不能及地的李牧、脚跛不能纳屦的郤克——尚能受到当权者器用，自己却生不逢辰，为权臣徐傅集团排挤打击；或称颂祖父谢玄"拯溺""济物"的功业，不慕荣利、清谈为务的德行，大有"承百世之庆灵"而成一番伟业的宏愿；或于赋、书中多次表达对收复失土、"区宇一统"等国事民瘼的关心。然而，其政治生涯总是以"量分高退，反身草泽"而草草收场，或入京而为文学侍臣①，或降任远放为永嘉太守、临川内史，或托病赋闲于会稽始宁老宅，始终无法得到当权者信任而托以重任（如参与军国大计）或委以实权。

　　如此尴尬局面②的产生主要有主客观两方面的原因：客观上，谢灵运面临的政治局势已与其祖辈完全不同，晋宋易代之际，王谢等门阀世族虽仍然华贵风流，但重兵实权实际掌握在以军功起家的寒族将领手中。比如，武帝刘裕便是出身寒族，其即位后起用的功臣大多为布衣，华胄子弟于此时多居清贵虚位，加之江山数次易主，前朝旧臣想取得当权者信任本

---

① 《宋书·谢灵运传》记载，受文帝征召，已归隐始宁的谢灵运在好友颜延之的劝说下，怀揣为天下苍生计的宏伟抱负再次出仕；然而，"既至，文帝唯以文义见接，每侍上宴，谈赏而已"，如此这般文学弄臣的待遇令谢灵运彻底失望，"多称疾不朝直"，直至上表请求赐假归乡。

② 明代张溥《谢康乐集·题词》如此评价："……盖酷祸造于虚声，怨毒生于异代，以衣冠世族，公侯才子，欲倔强新朝，送龄丘壑，势诚难之。予所惜者，涕泣非徐广，隐遁非陶潜，而徘徊去就，自戕形骸。"（黄节：《汉魏六朝诗六种·谢康乐诗注》，北京：人民文学出版社，2008年，第571页。）此评价高度凝练而确当地总结了谢灵运悲剧的仕途命运。

身就是困难的。主观上来看，一方面，谢灵运出身便"遇千载之优渥"，世族与生俱来的优越感，令其在屈身侍奉无学识的寒族军阀时必然呈现出意难平的状态，而这种状态会招致当权者对其存有戒备之心；另一方面，谢灵运本身性格疏狂、桀骜不驯。《宋书·谢灵运传》记载："灵运为性褊激，多愆礼度，朝廷唯以文义处之，不以应实相许。自谓才能宜参权要，既不见知，常怀愤愤。"①在朝堂，他常有"多愆礼度"的举止，在凡俗生活中，他"衣裳器物，多改旧制"，第二次隐居故乡时，与王弘之等隐士觞筹畅饮，尽兴处竟裸身大呼，如此蔑视礼法的举动不仅仅是"一般士大夫在生活上的放荡不检，它带有明显的政治色彩"②。

如此看来，"出"而为吏，谢灵运不满"文义处之"之遇，"处"以归隐，他又不甘无闻、不忍甘苦，所谓"既笑沮溺苦，又晒子云阁。执戟亦以疲，耕稼岂云乐"③。然而，仕途受挫与"出""处"两难反而玉成其广泛接触大自然的经历。刘宋永初三年，谢灵运被挤出京师任永嘉太守，这一政治生活的转折点也成为其文学创作的转捩点。《宋书·谢灵运传》记载："少帝即位，权在大臣，灵运构扇异同，非毁执政，司徒徐羡之等患之，出为永嘉太守。郡有名山水，灵运素所爱好，出守既不得志，遂肆意游遨，遍历诸县，动逾旬朔，民间听讼，不复关怀。所至辄为诗咏，以致其志焉。"④从这时起，他开始并在此后屡次仕隐期间大量创作山水诗，这些诗歌中蕴含着政治理想的失意、仕隐转圜的矛盾、孑然一身的孤寂与迁逝叹时的遗憾⑤。正如谢灵运在《游名山志（并序）》中写道："俗议多云，欢足本在华堂，枕岩漱流者乏于大志，故保其枯槁。"

---

① ［南朝梁］沈约：《宋书》，北京：中华书局，1974年点校本，第1753页。
② 《谢灵运集校注》，顾绍伯校注，郑州：中州古籍出版社，1987年，前言第3页。
③ 《斋中读书》语，大意是感叹做小官够疲苦，而做隐士虽好，但像长沮、桀溺那样归隐务农也实在太辛苦。
④ ［南朝梁］沈约：《宋书》，北京：中华书局，1974年点校本，第1753—1777页。
⑤ 袁行霈将谢灵运的寄兴山水与陶渊明的归隐田园进行比较，认为谢灵运的"寄情山水带着一些故为纵放以泄其愤懑的意味，与陶渊明之全身心地和山水交融，并默默地从中求得人生的真趣者不同"。（袁行霈：《清思录》，北京：首都师范大学出版社，2008年，第159页。）

这也就是白居易在《读谢灵运诗》中所说的："吾闻达士道，穷通顺冥数。通乃朝廷来，穷即江湖去。谢公才落廓，与世不相遇。壮士郁不用，须有所泄处。泄为山水诗，逸韵谐奇趣。大必笼天海，细不遗草树。岂惟玩景物，亦欲摅心素。往往即事中，未能忘兴谕。因知康乐作，不独在章句。"① 可见，仕途不顺而在心中郁结的愤懑急需借山水诗加以排解，即易代之际的生命选择成为谢灵运山水诗境触发的重要内在原因。

10.2　超越："迁逝"与"去远"的空间化呈现

谢灵运将心中郁结块垒"泄为山水诗"，还与东晋士大夫传统的生活方式与六朝自然审美意识的转变有着密切关系。一方面，流连山水、游心太玄是东晋士族的一般生活风尚。在《述祖德诗》中，谢灵运赞美其祖谢玄"兼抱济物性，而不缨垢氛"，是旷达之人，有匡时济世之心而无同流合污之垢，功成后即"高揖七州外，拂衣五湖里"②。可见，在谢灵运看来，其祖传功业与家风，既有建立淝水不世之功般的政治宏途，也有优游自然的山水情结。他"遗情舍尘物，贞观丘壑美"般抛凡俗而隐山林的"高情"是与其祖谢玄，或者说东晋士族普遍的生活方式一脉相承的。另一方面，魏晋时期是"人的自觉"与"文的自觉"之双重觉醒时代，也是佛学思想大为流行的时代，受此两因素影响，此时期人与自然的审美关系亦开始形成，表现在文人的山水体验上即是：与汉魏时期赠答、宴游、行旅诗中将山水仅作为感物伤时之自然背景，以寄兴诗人之时间迁逝感不同，也与魏晋时期人们以自然现象作为比文喻人的象征，用山水论容貌、

---

① 《读谢灵运诗》，载《白氏长庆集》卷七。
② 此两句意思是，谢玄不再过问军事，辞去七州都督之职，像范蠡泛舟五湖一样，回故乡隐居，栖息于五湖烟水云霞，陶醉于林壑之美。

论人品、论文品等不同①；晋宋以后，山水成为人们"寓目身观"的实存空间，以谢灵运为代表的诗人们在真山实水中调动眼耳鼻身等感官，将主体的人投入、沉浸到作为客观对象的山水时空中②，以高度的感受力和再现力去描摹山水的物貌与情态。在这一哲学自然观向审美自然观的转变过程中，亦凸显着此时人们时间意识的变化，即在山水作为感物背景与品德象征的自然体验中，迁逝感是人们对自然时序、对客观时间的最主要感知，此时，时间本身被情感化了；而在山水作为实存空间与身观对象的自然体验（以谢灵运山水诗为例）中，诗人的时间意识更加丰富立体了，既有对基于绵延性的线性时间之迁逝的喟叹，也有在对全景山水的静观中感悟时间的"际断"与"去远"，此时，时间本身既被情感化，更被空间化了。

10.2.1　山水时间的"绵延"与"迁逝"

有学者认为，诗学在魏晋时期确立起了"物感"（又被称为"感物说"）传统③，"感物"就是"感时"，最核心内容是对时间之自然流逝产生的"叹逝感"。然而，从本书对自《诗经》以来诗歌中时间意识的梳理来看，诗学传统中的迁逝感由来已久。自《小雅·出车》"昔我往矣，黍稷方华。今我来思，雨雪载途"，《卫风·氓》"桑之未落，其叶沃若……桑之落矣，其黄而陨"始，诗人们对自然时序的描绘、对感物伤时的兴叹就从未断绝。所以说，感时叹逝、委运随化的生命悲情是儒道传统共同面临的问题，其起点绝非从魏晋时期开始；而对时间的迁逝之感又与

---

① 例如《世说新语·排调》："康僧渊目深而鼻高，王丞相每调之。僧渊曰：'鼻者面之山，目者面之渊；山不高则不灵，渊不深则不清。'"是以山水论人之容貌；钟嵘《诗品》有言："范（云）诗清便宛转，如流风回雪；丘（迟）诗点缀映媚，如落花依草"，是以风雪花草等自然现象与自然事物论述诗作风格。
② 学者顾绍柏认为，"谢灵运是我国第一个大量发掘自然美，自觉地以山水为主要审美对象的诗人"。（顾绍柏：《诗史选择了谢灵运》，藏维熙主编：《中国山水的艺术精神》，上海：学林出版社，1994年，第98页。）
③ 萧驰：《佛法与诗境》，北京：中华书局，2005年。

过去、现在、未来之绵延的线性时间有关，没有时间的绵延就无所谓时间的迁与变。晋宋至唐代山水诗境的开拔，冲淡了时间的情感化倾向，也必然伴随着物感观念的淡出，但对自然时序之线性绵延的敏感，以及发轫于易学并经道家发挥的生生大化之流，成为内嵌于古代知识分子生命意识的文化基因，是很难彻底涤荡和消弭的。① 对谢灵运来说，虽然他是虔诚的佛教徒，山水诗受般若思想影响深远，但出生高门大族与祖辈积极入世且蜚声一时的家世背景，决定了其思想源脉中是有很深的儒家家族生命观念和"三不朽"的生命精神的。例如，《述祖德》有言："苍苍历千载，遥遥播清尘"；《种桑》有言："前修为谁故？后事资纺绩"，表达了"立功"以传盛名的事功之心；《白石岩下径行田》中感叹"小邑居易贫，灾年民无生"的窘境，对自己疏忽政事感到内疚，并提出"千顷带远堤，万里泻长汀"的兴修水利宏伟计划，显露出对民情的体恤……对儒家思想的承继与服膺决定了谢灵运时间意识中无法涤除对生生大化之时间变迁的喟叹。例如：

> 运往无淹物，逝年觉易催。（《岁暮》）
>
> 玉衡迅驾，四节如飞。急景西驰，奔浪赴沂。（《答谢咨议》）
>
> 节往戚不浅，感来念已深。（《晚出西射堂》）
>
> 未厌青春好，已睹朱明移。戚戚感物叹，星星白发垂。（《游南亭》）
>
> 即事怨睽携，感物方凄戚。（《南楼中望所迟客》）
>
> 不怨秋夕长，常苦夏日短。（《道路忆山中》）
>
> 盛往速露坠，衰来疾风飞。（《君子有所思行》）

---

① 唐诗宋词中仍含有大量表达韶华易逝的时间意象和时间主题。例如：初唐王勃《滕王阁序》有："天高地迥，觉宇宙之无穷；兴尽悲来，识盈虚之有数"；陈子昂《登幽州台歌》有："前不见古人，后不见来者。念天地之悠悠，独怆然而涕下"；张若虚《春江花月夜》有："人生代代无穷已，江月年年望相似。不知江月待何人，但见长江送流水"，等等。

壮龄缓前期，颓年迫暮齿。挥霍梦幻顷，飘忽风电起。良缘迨未谢，时逝不可俟。（《石壁立招提精舍》）

短生旅长世，恒觉白日欹。览镜睨颓容，华颜岂久期。苟无回戈术，坐观落崦嵫。（《豫章行》）

阳华与春涅，阴柯长秋槁。心慨荣去速，情苦忧来早。日华难久居，忧来伤人，谆谆亦至老。（《相逢行》）

未觉泮春冰，已复谢秋节。空对尺素迁，独视寸阴灭。（《折杨柳行》）

此外，还有《感时赋》《临终》《长歌行》等诗文，其中鲜明的惜时感事的立意不离"迁逝""绵延"的时间主题，也不离"感物伤时"的"物感"诗学传统。既呈现出谢灵运诗所描摹的山水时间之绵延与变迁的一面，也印证了山水在谢灵运诗中的独特地位——是"审美的山水"，乃"性分之所适"，也是"政治的山水"，乃"屡借山水，化其郁结"。

10.2.2　山水时间的"际断"与"去远"

有学者认为谢灵运归隐山林之隐乃假隐，是带着仕途失败的伤痕而对当时政治斗争局面采取的一种惺惺作态[①]；也有学者认为，"逃避现实，栖隐山林，是谢灵运反抗的又一种形式"[②]，但这　消极反抗形式不应成为我们消解或者否定谢灵运隐逸思想与隐居生活的理由。的确，纵观谢灵

[①]　例如，学者袁行霈在《清思录》中写道："他的寄情山水带着一些故为放纵以泄其愤懑的意味，与陶渊明之全身心地和山水交融，并默默地从中求得人生的真趣者不同。与慧远之寄迹庐阜，一心向往净土者也不同。谢灵运遨游山水总让人觉得是一种姿态，故意做给当权者看的，或者是欲引起当权者注意，或者是向当权者示威。"（袁行霈：《清思录》，北京：首都师范大学出版社，2008年，第159页。）虽然白居易《读谢灵运诗》亦有："岂唯玩景物，亦欲摅心素"的说法，但笔者认为这种"隐乃假隐"的观点是有失偏颇的。下文梳理了谢灵运隐居或名仕实隐期间的山水诗，无论是从山水诗的数量，还是从描摹山水的方式，抑或从游历山水的范围来看，谢灵运遨游山水的意义绝非故作姿态那么简单。

[②]　顾绍柏：《论谢灵运》，《学术论坛》1986年第1期，第45页。

运一生的仕隐行迹，有相当长时间（尤其是永嘉、临川的两次出守）是在故里丘园、外郡山水中过着隐居或为仕实隐的生活。一是在第三段、第四段仕途经历期间，谢灵运因不被重臣所容、无军事实权而两次托病回故乡始宁（分别为景平元年至元嘉二年①、元嘉五年至元嘉八年②）。在这期间，他所交往者要么是达士③，要么是高僧，着实于山水修林间过着无拘无束的隐居生活。例如：

> 绝溜飞庭前，高林映窗里。禅室栖空观，讲宇析妙理。（《石壁立招提精舍》）

> 昏旦变气候，山水含清晖。……林壑敛暝色，云霞收夕霏。……虑澹物自轻，意惬理无违。寄言摄生客，试用此道推。（《石壁精舍还湖中作》）

> 樵隐俱在山，由来事不同。……群木既罗户，众山亦对窗。……唯开蒋生径，永怀求羊踪。赏心不可忘，妙善冀能同。（《田南树园激流植援》）

二是两次任郡守时，因诏令不可违而出仕，然期间肆意优游，确是为仕实隐。第一次出守永嘉郡期间（永初三年至景平元年），所作山水诗数量比两次隐居期间诗作之和还要多④，第二次赴任临川内史（元嘉八年至元嘉九年）则更加超脱，《宋书》本传记载有"在郡游放，不异永嘉"。

---

① 这期间创作的山水诗有《石壁立招提精舍》《石壁精舍还湖中作》《田南树园激流植援》《于南山往北山经湖中瞻眺》《从斤竹涧越岭溪行》等。

② 这期间创作的山水诗有《入东道路》《登临海峤初发强中作，与从弟惠连，见羊何共和之》《石门新营所住四面高山，回溪石濑，修竹茂林》《登石门最高顶》《发归濑三瀑布望两溪》《石门岩上宿》等。

③ 《宋书》本传云，灵运离永嘉郡，回到故乡始宁，"修营别业，傍山带江，尽幽居之美。与隐士王弘之、孔淳之等纵放为娱，有终焉之志"。

④ 谢灵运在赴任、任上和离永嘉而归隐返乡途中共作《邻里相送方山》《永初三年七月十六日之郡初发都》《过始宁墅》《登永嘉绿嶂山》《东山望海》《游赤石进帆海》等二十余首山水诗。

例如：

> 秋岸澄夕阴，火旻团朝露。……从来渐二纪，始得傍归路。将穷山海迹，永绝赏心悟。（《永初三年七月十六日之郡初发都》）
>
> 白云抱幽石，绿筱媚清涟。葺宇临回江，筑观基曾巅。挥手告乡曲：三载期归旋，且为树枌槚，无令孤愿言。（《过始宁墅》）
>
> 溯流触惊急，临圻阻参错。……久露干禄请，始果远游诺。宿心渐申写，万事俱零落。怀抱既昭旷，外物徒龙蠖。（《富春渚》）

综观如上山水隐逸诗，它们大概都呈现出一些共同特点，显露出了谢灵运山水时间之"际断"与"去远"的一面。

一是以繁富辞藻写山水。虽然谢灵运隐逸生活的踪迹遍布庄园、农田、山林、泽陂，但寻访名山①、寄情山水是其最重要的游踪所及，是其最浓郁的兴致所在。在山水诗中，谢灵运极写山林丘壑深秀、雄险、奇绝之形貌，对游历中山水之千变万化的姿态给予精确形象的描摹。如刘勰所言："自近代以来，文贵形似，窥情风景之上，钻貌草木之中。吟咏所发，志惟深远；体物为妙，功在密附。故巧言切状，如印之印泥，不加雕削，而曲写豪芥。"（《文心雕龙·物色》）。又于《明诗》篇云："宋初文咏，体有因革，庄老告退，而山水方滋……情必极貌以写物，辞必穷力而追新。"这里，"钻貌草木之中""如印之印泥""情必极貌以写物"等，与白居易《读谢灵运诗》所作评价"大必笼天海，细不遗草树"一样，都是对谢灵运"全景山水"式吟咏自然之山水诗特点的精准描述。在如此"模山范水"的笔触下，"云日相晖映，空水共澄鲜"（《登江中孤屿》），"野旷沙岸净，天高秋月明"等迥秀之句呼之欲出，读者需要随诗人一起调动视听感官，仰观俯察，寓目辄书，对自然声色作面对面的、

---

① 谢灵运著有《游名山志》一卷，其中记载，他到访过永嘉郡、东阳郡、会稽郡、临川郡等广大地域的名山。

细致的审美静观，所谓"一会儿倾耳细听，一会儿举目远眺；刚写到岭上云，转笔就是涧下流"①。如此刹那直观的山水体验显示着一种人对自然作审美静观的新姿态，这种新姿态的显现实际上导源于此时人们时间意识的变化，即由迁移不住的时间之流转变为静态的、前后际断的瞬点时间②。

二是以"神散宇宙"写山水。对于谢灵运山水诗的新拓展与新贡献，学界普遍有着共识，认为谢诗对东晋时期糅玄于景的书写模式进行了改造，而"致力于突现写景为主的外在自然美，努力统一情、理与景的关系，使三者趋于协调，进入情寓于景，写景入情的艺术境界"③，"记游""写景""兴情""悟理"等元素，在循环、交错、重叠间交替使用，形成了不同的山水诗结构，但总体立意是不离"舒情缀景，畅达理旨"的。更进一步，诗人在山水诗中抒发的是何种理旨，学界是有争议的。叶嘉莹先生认为："谢氏的遨游山水与述说哲理，原来都只是他自己在寂寞烦乱的心情中，想要从外在获得慰解的一种追求而已……他的诗乃极力刻画山水的形貌，又重复申述哲理的空言……这一切都只不过是他在烦乱寂寞之心情中，想要自求慰解的一种徒然的努力而已。"④袁行霈先生则认为："陶渊明说的理多半是老庄的哲理，以返归自然为人生之最高境地；谢灵运说的理则杂有佛教的教义，以否定现实的人生来消解苦闷。"⑤笔者认为，无论是因于儒家生命观而对迁变大化产生的喟叹之情，还是因于道家生命观而生成的遗落世累、守道顺性的妙理玄思，亦

---

① 詹冬华：《时间视域中的山水诗境——以中古为中心》，《贵州社会科学》2008年3月第3期，第70页。
② 魏晋玄学家向秀、郭象与中道哲学家僧肇给此时期带来了以静释动的新时间观。向郭《庄子注》中将运动看作无数刹那生灭状态的连续，认为一切现象"皆在冥中去矣"，类似古希腊芝诺"飞矢不动"命题，将事物的运动变化乃至期间的时间之流作了静观的描绘；僧肇《物不迁论》认为"法"本无相常住，一切事相因"缘起"而有，故亦是不相往来，无有变迁的，对时间作了"空观"与静态的理解。
③ 李文初等：《中国山水文化》，广州：广东人民出版社，1998年，第222页。
④ 叶嘉莹：《中国古典诗歌评论集》，广州：广东人民出版社，1982年，第40-41页。
⑤ 袁行霈：《清思录》，北京：首都师范大学出版社，2008年，第160页。

或是因于佛教生命观①而产生的空观寄托。若从时间性的维度来理解，这一"玄言的尾巴"表明，诗歌本身就是精神世界的一部分，谢灵运在山水诗中将自然风景变成了传达"道"的工具，是以自然山水为生命空间表达了此在沉沦的时间性，是通过"去远"（removing distances）的方式将存在者带到"近旁"（bring close），从而使山水主体通过周围存在者（山水现象）的"彼"来领悟自己的"此"，使自身获得一种空间性。②这种空间性既是一种肉身的安顿，更是一种精神上的愉悦（谢诗所谓"赏心"）。也就是说，通过大全景式的构图，谢灵运山水诗以流转曲折的散点透视方式表现了山水空间的万象起伏节奏，使得山水境界突破了固定时空的视点限制，以顺应自然之道的和谐完整之空间"广阔性"，构成了诗人心灵中的宇宙空间和生命节律，"从无边世界回到万物，回到自己，回到我们的'宇'"③。正如巴什拉在《空间的诗学》中所阐明的："对巨大的静观决定了一种十分特殊的态度，一种奇特的灵魂状态，那就是梦想把梦想者放在身边的世界之外，放到一个向无限发展的世界面前。"④

10.3　小结

置身于"虚声为罪"（《自埋表》）的世界，谢灵运自恃门第高贵、兼负才华，然政治抱负始终无法施展，出守既不得志，遂肆意游邀，将承袭东晋名士而来的自由天性、诗人才情和哲人风范外现为了对山水的迷恋，成为山水诗的不祧之祖。因家世有累业之功、自小寄养道士家中、喜

---

① 谢灵运喜与僧人来往，与高僧居士谈佛论道，并因此建石壁精舍用以讲经论道，在他交往的佛门弟子中，慧远和竺道生两位高僧对其影响最大。学界对谢灵运山水诗的研究中，探究佛教思想对谢灵运诗歌创作的影响、谢灵运山水诗的般若理趣或佛学意蕴是一种重要的角度。
② 海德格尔：《存在与时间》，陈嘉映、王庆节译，北京：三联书店，1999年，第125页。
③ 宗白华：《美学散步》，上海：上海人民出版社，1981年，第98页。
④ ［法］加斯东·巴什拉：《空间的诗学》，张逸婧译，上海：上海译文出版社，2009年，第199页。

与高僧谈佛论道，融合式的成长背景与思想选择决定了其山水诗中的时间意识是杂糅、丰富而深刻的。

第一，谢灵运的仕途是不顺的，"出"而为吏，他不满"文义处之"之遇，"处"以归隐，他又不忍甘苦，"出""处"两难的仕途困境玉成其广泛接触大自然的经历，屡次仕隐间大量创作的山水诗成为自由灵魂对于自由匮乏世界的无声抗争，山水由是成为官场的对立面。诗人深爱之、咏叹之，于是"名章迥句，处处间起；典丽新声，络绎奔会"（钟嵘《诗品》）。即：易代之际的生命选择成为谢灵运山水诗境触发的重要内在原因，山水诗成为诗人凸显自我生命的存在方式。

第二，晋宋以后，在通过自然"悟道""悟空"的过程中，人们逐渐认识到山水自然之美，山水自然由是从诗人感物伤时的背景、品人鉴文的象征转变为"寓目静观"的实存空间和独立的审美对象。谢灵运以繁富精工的语言描摹山水之形貌、质感、色调、氛围，其山水诗兼具景趣、情趣、理趣。"无论'天海'还是'草树'，在诗人的主观中往往是玄理的外化，或者说是接触玄理的媒介，同时'壮志'未酬的牢骚往往隐藏在玄理背后，或者已为玄理化解。诗人寻幽探胜，在自然美中获得精神上的快感，进而契合于超人间的玄冥之境。"[5]以时间性维度来看，在山水作为实存空间与身观对象的自然体验中，既有对绵延时间迁逝大化的喟叹，也有在对全景山水的静观中感悟时间的"际断"与"去远"，此时，时间本身既被情感化，更被空间化了。

---

[5] 曹道衡、沈玉成编著：《南北朝文学史》，北京：人民文学出版社，1991年，第52页。

第11章

"空"观时间：僧肇《物不迁论》的时间意识

　　僧肇是东晋名僧，在中国佛学史上地位重要，被誉为"秦人解空第一"[①]，时人评价他和慧观为罗什门下"精难第一"。僧肇所著佛教论书《肇论》精到地阐述了大乘佛教般若中观学的原旨，成为既承接魏晋玄学又对其有超越的重要著作。《肇论》结构严整、内容丰富，由《宗本义》《物不迁论》《不真空论》《般若无知论》《涅槃无名论》等篇组成，构建了兼论客观世界和主观世界，宇宙真谛与人生真谛并存的、完备的佛学思想体系，其中的《物不迁论》篇，以对时间的关照为主题，成为集中反映僧肇时间观的重要篇章。

　　自惠达始，历史上的《肇论》研究绝大多数是以注疏的形式展开和完成的，因而积累了较完备、成体系的注疏体研究成果。然而，因各种原因，从南北朝至明代的《肇论》注疏成果，其具体书目已无法统计完全。但从目前可见《大正藏》《卍续藏经》《卍新纂续藏经》《中华大藏经》以及《宸翰楼丛书》中所藏《肇论注疏》看，保留下来的疏大概有以下几种：晋代惠达的《肇论疏》，唐代元康的《肇论疏》，宋代遵式的《注肇论疏》，宋代清源的《肇论中吴集解》《肇论集解令模钞》，元代文才的

[①]　僧肇与道生、道融、僧叡一起并称"什门四圣"，四人均为后秦高僧鸠摩罗什的弟子。据《高僧传》记载，鸠摩罗什有"秦人解空第一者，僧肇其人也"的评语，他认为僧肇理解般若空宗的精髓，是最得自己正传的人。后世讲到关河传承，均什、肇并称。吉藏所著《大乘玄论》（卷三）中说道"若肇公名肇，可谓玄宗之始"，该说将僧肇提高到了三论宗实际创始人的地位。

《肇论新疏》《肇论新疏游刃》和明代德清的《肇论略注》等。

　　各家注疏或注释整部《肇论》，或对其中某篇细加研究，或总释其大意，或逐句探析其精微。但无一例外，解释者均依据自己的立场对文本加以发挥，不免使注疏义偏离了文本本身所包蕴的意涵。而在这其中，释元康的《肇论疏》以三论宗的思想解释《肇论》，多数学者认为其最接近僧肇原义，因而，后人对此疏的引用最多。本章尝试从时间意识的角度剖析《物不迁论》，以展现较为独特的僧肇时间观，这一分析主要依据唐代元康《肇论疏》中对《物不迁论》的科判①展开论述，通过回顾《物不迁论》的造论源起、论证及思想观点，简要介绍晚明时期对于《物不迁论》的论争，以期通过疏通本义展露争辩，较为完整地呈现僧肇的时间观。

11.1　"即动而求静"

　　魏晋以至南北朝，思想界异说繁兴，争论杂除，玄学思想与般若学说一道，成为僧肇学术成长的重要思想背景。其于姚秦弘始十一年（公元409年）写就的《物不迁论》，题名突出"不迁"，看似反对佛家主张的"迁"或"无常"的说法，事实却并非如此。

　　诚如文中所论，"然则动静未始异，而惑者不同。缘使真言滞于竞辩，宗途屈于好异。所以静躁之极，未易言也。何者？夫谈真则逆俗，顺俗则违真……然不能自已，聊复寄心于动静之际，岂曰必然？"②可见，僧肇撰写《物不迁论》是有感而发，所言即是针对"真言滞于竞辩，宗途屈于好异"③的现象做出确当反省。

　　首先，僧肇谈"不迁"针对的是小乘执着于"无常"的人。他在《物不迁论》中说道："圣人有言曰：人命逝速，速如川流。是以声闻悟非常

---

① 科判是研究经文的段落层次、章法结构，中国古时候称为"章句之学"。
② ［东晋］僧肇：《肇论校释》，张春波校释，北京：中华书局，2010年，第12页。
③ 元代文才说，"真言谓了义言诠真实之教，宗途谓一乘宗途不迁之理"。（见［元］文才：《肇论新疏》，北京：中国社会科学出版社，2020年，第13–14页。）

以成道，缘觉觉缘离以即真。苟万动而非化，岂寻化以阶道？"①在僧肇看来，佛教内部小乘，如"声闻"②"缘觉"③，或因为听闻了"人命逝速，速如川流"之人皆有生死，物皆有变迁的"无常"道理就成道了，或靠自己观察事物现象而思索理解到缘聚则生、聚散则灭的道理便成道了。僧肇就此发问，假如万物仅是流动而不变化，那么声闻、缘觉怎能依靠悟解无常变化的道理与世情而成道呢？于是，僧肇做出这样的回答，"覆寻圣言，微隐难测。若动而静，似去而留。可以神会，难以事求。是以言去不必去，闲人之常想；称住不必住，释人之所谓往耳"④。旨在表明佛经里说"常"与"无常"都是常有的事，时而"常"、时而"无常"，皆是因人而定，说"无常"是为了防止人们执取"常"，说"常"是为了消除人们执取"无常"。由此可以得出，僧肇之"不迁"义，绝非主张用"常"来反对"无常"，而是教诲人们切勿于"常"与"不常"间执着于"无常"。慧达在《肇论疏》中有言，"今不言迁，而云不迁者，立教（指《物不迁论》）本意，只为中根执无常教者说，故云中人未分于存亡"⑤，就是对以上僧肇"不迁"立意的准确表达。

其次，《物不迁论》也是为了反对主张法体恒有，三世恒有的小乘有部的说法。有部认为，"未来来现在，现在流过去"，即现象在变，法体并不变，因而，三世的区别，并非其体有异，只是相用不同。僧肇在论中根据龙树学"不来亦不去"的理论，反复强调"不从今以至昔"（现在不会成为过去），以反对这种三世有的主张。

最后，《物不迁论》从更广阔的意义上，是为了洞悉和破除凡人关于有物流动的俗见。《物不迁论》开宗明义即指出，"夫生死交谢，寒暑迭

---

① ［东晋］僧肇：《肇论校释》，张春波校释，北京：中华书局，2010年，第19页。
② "声闻"，指佛之小乘法中弟子，闻佛之声教，悟四谛之理，是佛道中之最下根。
③ "缘觉"，又名独觉，或辟支佛，在佛世听闻佛说十二因缘之理而悟道者；若生于无佛之世，则观诸法生灭因缘而自行悟道。因此是佛道中之中等根器人。
④ ［东晋］僧肇：《肇论校释》，张春波校释，北京：中华书局，2010年，第20页。
⑤ 《续藏经》第一辑第二编第二十三套第4册，第442页。

迁，有物流动，人之常情"①，即通常人们认为，死生交互迭续、寒暑往来迁变，万物都在不断流动变化着。僧肇通过提出常识之见对诸法实相、万物实质的误解，论证真俗之间的对立，即："夫谈真则逆俗，顺俗则违真。违真，故迷性而莫返；逆俗，故言谈而无味。缘使中人未分于存亡，下士抚掌而弗顾。"②也就是说，宣扬真理（佛教动静不二的真理），则违逆了世俗观点（万物是持续流动变化的）；顺应了世俗之见，却又违反了真理。违反（佛教动静不二的）真理，就会迷惑于事物的本性而不能自己返悟；与世俗之见不合，人们听了又会觉得索然无趣。有中等理解能力的人，听说动静不异的道理，尚不能理解和分辨对错；只有下等理解能力的人更是要对真理发出嘲笑而不加理睬，可见真俗不能相容的困难之大。

于是僧肇解释道："寻夫不动之作，岂释动以求静，必求静于诸动。必求静于诸动，故虽动而常静；不释动以求静，故虽静而不离动。"③佛经推究"不变""不动"的意旨，并不是教人离开了"动"（或者变化）去求"静"（或者不变），而是教人在万事万物的变动之中去寻求"静"。一定要求"静"于"动"中，所以万事万物虽是变动着的，但同时也是静止的；不离开"动"去求"静"，所以万物虽是静止的，但同时也在变动着。最后得出"动静未始异，而惑者不同"的结论，谈真导俗，破除常人有物流动的世俗成见，阐明"求静于诸动""动静不偏不二"之"物不迁"义。

概而言之，正如元康《肇论疏》所作结，《物不迁论》有四序文——叙常情，明真解，述异同，申论意。即叙述常人执着万物迁流不已之情执，阐明万事万物虽动而常静、必求静于诸动的"不迁"之义，述圣者"动静一如"的智见与凡夫有物流动的妄执之差别，申辩自己不能在此事上苟且，忍不住要去分析分析变与不变之关系的心意。

僧肇作《物不迁论》，一方面得着罗什所传龙树学的精神，以般若

---

① ［东晋］僧肇：《肇论校释》，张春波校释，北京：中华书局，2010年，第11页。
② ［东晋］僧肇：《肇论校释》，张春波校释，北京：中华书局，2010年，第12页。
③ ［东晋］僧肇：《肇论校释》，张春波校释，北京：中华书局，2010年，第11页。

为中心，解"无常"和"三世有"之迷雾，感常人之惑于有物流动。另一方面也未能完全逃脱所习玄学的影响，不仅在遣词上极具玄微之意，思想上从根底处也与玄学有着千丝万缕的联系，《物不迁论》集中论述的"动""静"之主题不离玄学家贵无、崇有之论争背景。

　　时至僧肇翻译、著述，玄学的发展已历经了相当长的时期，有无本末的清谈议题是思想自由的沃土上生发出来的繁盛之花。从王弼、何晏的尚无，到裴頠反对尚无之风的影响而作《崇有论》，直至郭象的独化思想，都在僧肇之前完成了。宇宙创化的奥义，"动""静"各异的相竞，玄学家贵无却又糅合儒道、以"静"释本体的致思理路，催生了僧肇对事物运动现象与本性，动静关系等议题的思考，他的思想来往于有无之间，认为二者各有偏废，由此构建了"动静不偏不二"之学说。

11.2　绵延与刹那

　　元康在《物不迁论》疏的起始便开宗明义，认为《宗本义》以下的文章结构为"四论四章"，以明四教。"第一物不迁论，明有申俗谛教；第二不真空论，明空申真谛教；第三般若论，明因申般若教；第四涅槃论，明果申涅槃教。"[1]这里认为，《物不迁论》讨论的是"动静""时空""因果"等现象界的问题，确为"俗谛"[2]所摄之议题。

　　元康将《物不迁论》分为"序文"和"正文"两大部分，上文中已从三个方面分析了"序文"，剖析了叙常情、明真解、述异同、申论意等四节中物之"不迁"义，以此说明了本论之源起和目的，接下来，我们沿着元康的科判展开正文之"物不迁"义的论证。

---

[1]　见元康《肇论疏》，《大正藏》第45册，第166页。

[2]　俗谛：对于真谛而有俗谛之称。又云世谛。俗者俗事也，又世俗之人也。一切因缘生之事相，对于真理而云俗，又世俗之人所知，故云俗。谛者，真实之道理也。即俗事上之道理，谓之俗谛。又世俗之人所知之道理谓之俗谛。大乘义章一曰："俗谓世俗，世俗所知，故名俗谛"（见丁福保《佛学大辞典》）。

第一，引经明不迁。僧肇在正文的开始有言："《道行》云：诸法本无所从来，去亦无所至。《中观》云：观方知彼去，去者不至方。"① 实为引一经一论以证明"物不迁"义。"诸法本无所从来，去亦无所至"一句，引自《道行般若经》②卷九《道行经萨陀波伦菩萨品》中的"空本无所从来去亦无所至"一句，并改万事万物本性之"空"为"诸法"，意在表明：一切事物不是从另外的地方变来的，也不会变到另外的地方去。这是从事物来源地和变迁地的不确定性为"物不迁"作论证。接着，"观方知彼去，去者不至方"③一句，出自《中论④·观去来品》中"已去无有去，未去亦无去，离已去未去，去时亦无去"句，该句从时间角度，将"去"分为已去、未去、去时三形态或者三阶段。若对应于今天我们对时序的理解来看，"已去"是过去，"未去"是未来，"去时"就是现在。《中论》认为，"已去"已经过去了，"未去"却还没到来，而离开了"已去"和"未去"，就无所谓"去时"。由此逻辑推断，"已去""未去""去时"之三形态或三阶段的"去"都是不成立的，以此否定了"去"，也否定了"迁"。以上僧肇在正文开篇引述的一经一论，一经说无来亦无去，一论说无去，都是于"动"中谈"静"、于"去"中明"无去"，即僧肇所言，在"即动而求静"的逻辑中辨明物之"不迁"的道理。

第二，指物明不迁。从凡见与我对时间今昔变化之现象的不同观察角度来论证"物不迁"义，呈现人之名为"动"与我之名为"静"的疏离。论中说道，在面对同样的"昔物不至今"（即过去的事物不会延续到今天）之现象时，一般人会认为，这一现象正好说明了万事万物是动（或者

---

① ［东晋］僧肇：《肇论校释》，张春波校释，北京：中华书局，2010年，第14页。
② 《道行般若经》，佛经名，共十卷三十品，东汉支娄迦谶译，藏于《大正新修大藏经》第08册，是反映大乘佛教般若学的一部经。
③ 意为从所处的方位来观察，知道某物正在去，但去者并未从此一方位到另一方位。文才疏曰"随俗故知彼去，顺真故不至方"。
④ 《中论》，又称《中观论》《正观论》，为龙树所著，后秦鸠摩罗什译，共四卷二十七品，是印度中观派对小乘佛教及其他学派进行破斥而显示自宗的论战性著作。

变）的而非静（或者不变）的，因为"昔物去今而往昔"，过去的事物不会来到今天，即事物是"不来"的；而我却认为"昔物不至今"是静而非动，因为"昔物在昔而不去"，过去的东西保留在过去且永不消逝，即事物是"不去"的。人与我肉眼所见的事物是一样的，而见解有高低，因而便有了意见的不同。见解如果违背了佛教道理就会滞塞不通，符合佛教道理就会通畅无碍，如果明白"动静不二"的道理，就不会再有滞碍。

第三，遣惑明不迁。接续以上常人与"我"对于动静的差异，僧肇感叹常人的见识迷惑太久太深了，"既知往物而不来，而谓今物而可往！往物既不来，今物何所往"。感叹常人目对真理而不觉，明知过去的事物不能来到现在，却迷惑于现在的事物可以回到过去。于是他尝试通过阐明"昔物"与"今物"的往来关系，以便进一步廓清"往物不来""今物不往"所蕴含的"物不迁"之真理，以期破除常人的执念与疑惑。僧肇在论中接着说道："求向物于向，于向未尝无；责向物于今，于今未尝有。于今未尝有，以明物不来；于向未尝无，故知物不去。复而求今，今亦不往。"也就是说，过去的事物本来只存在于过去，不应从现在联系到它的过去；现在的事物本来只存在于现在，不应从过去延续到现在。元康疏曰：求昨日物于昨日，则昨不无也，故知物不去者，此是前静而非动，以明不去。责昨日物于今日，则今日不有也，以明物不来，此是前动而非静，以明不来。由此得出结论，即"昔物自在昔""今物自在今"，今昔不相往来，无"今昔之动"与"来去之迁"，就此证明不迁之义。

第四，会教明不迁。僧肇在此段中，列举三类错误的常见，尔后从动与静的辩证会通中阐明物之"不迁"义。

首先，从"不迁"之反面"迁"及"无常"提出问题，圣人有言曰：人命逝速，速于川流。"声闻"从圣人之言中"悟非常以成道"（即听到世界并非永恒的道理而相信了真理），"缘觉"从圣人之言中"觉缘离以即真"（即觉悟到因缘的聚散而得到真谛）。僧肇认为，这些凡人之见都是执着于"无常"而不懂万物的真相，所谓"言去不必去，闲人之常想；称住不必住，释人之所谓住"，即说消逝，未必真消逝，这是为了防止一般人所坚持的永恒观念；称停留，未必真停留，这是为了解除一般人所谓逝去的偏见罢了。

其次，以梵志出家的典型例子呈现人我关于万物今昔差异的不同见地。梵志出家多年白首返乡，邻人们见了他，不禁问道："昔人尚存乎？"僧肇借梵志之口对答道，"吾犹昔人，非昔人也"，即我既是过去的那个梵志，又不是过去的那个梵志，少年朱颜的梵志只在过去，白首的梵志却在今天，白首的梵志已不可能回到过去。邻人听之，错愕万分，纷纷"非其言也"，因为在他们看来，人是"少壮同体"的，哪怕是活到一百岁，同一人还是保有着同一体质。在与常人关于昔之梵志与今之梵志的对话中，僧肇破除了人们"少壮同体，百龄一质"的常见，认为这种想法的出现，是因为凡人"徒知年往，不觉形随"，他们只看到了岁月的迁逝，而不明白人的形体也会随着岁月而更变。

最后，僧肇感叹道，"征文者闻不迁，则谓昔物不至今；聆流动者，而谓今物可至昔"。执念于推敲动、静字眼的常人，一听到不变之说，便以为过去的事物绝不会延续到现在；一听到变化之说，就以为现在的事物可以回到过去。"若动而静，似去而留"，常人关于动与静的种种错误凡见，令僧肇不得不喟叹，关于无常的教理是多么的幽深啊，真是"可以神会，难以事求"。尔后，僧肇从动、静诸教的会通中进一步阐明了自己关于"物不迁"的立意与立场。僧肇认为，各家经籍虽然文句各异、百家学说虽然想法疏离，但若能把握它们关于动与静的纲领和意旨，则所有关于动与静的凡见和困惑都会被破解。

这一关于动静关系的纲领是什么呢？在僧肇看来，这个纲领一则是因为"性各住于一世"的道理，即"言往不必往，古今常存，以其不动；称去不必去，谓不从今至古，以其不来。不来，故不驰骋于古今；不动，故各性住于一世"。当我们说（事物）过去了，未必它真正过去，古与今的区别总是有的，因为事物是不变的；当我们说事物消逝了，未必它真正地消逝，只是说，不要从现在联系到它的过去，因为过去不会延续到现在。事物不会从过去延续到现在，所以人们不必枉费精神执念于古今之间（的流变）；事物是不变的，所以它只分别停留在它所停留的某一时间阶段（正如上文所说的"已去""未去""去时"等诸阶段）。这个纲领二则是因为佛教化众生的方便，即："谈真有不迁之称，导俗有流动之说。虽复千途异唱，会归同致矣。"诚如《成具光明定意经》所说，"菩萨处计常之中而演非常之教"，《大智度论》亦又言"诸法不动，无去来处"①，看似一个讲无常（演非常之教），一个讲常（诸法不动），讲法截然不同，但其实主旨是一致的。也就是说，当佛说"去"时，并不一定真在谈去或迁变，只是为了防止人们的永恒之"常"见；当佛谈"住"时，也不一定真是住或者"常"，却是为了消解人们关于消逝的"断"见。归根到底，佛面对的众生是百惑莫辨、百情所滞的，为了开导不同根机的众生，佛关于去与住、动与静、常与断的言教、语言时常是相乖、相殊的，是随诸凡人各异的思惑而行了方便、世俗的语言，所谓"导俗有流动之说"，但其表达的真理——"不迁"之称、动静不偏不二之说——却是一而无异的，即事物不来，故无往返于古今之间；事物不去，故实性各住一世，以此更进一步论证了物之"不迁"义。

第五，反常明不迁。反常情之执着而明"事各性住于一世"之"不迁"义。当凡人说"住"（不变）时，我（僧肇）却言"去"（消逝）；但凡人谓"去"时，我却言"住"，看似"去"与"住"在说法上是截然不同的，但原则上却并没有两样。为什么呢？僧肇解释道，人们总是在现在中寻找过去（而不得），便认为事物是变化的而非静止的（"谓其不住"）；而我（僧肇）却在过去中寻找现在之物（而不得），证明事物未曾有去（"知其不去"）。其实，"不来""不去""不住"的说法虽然各异，但主旨却应是一样的，即动静一如。这是为什么呢？原来"今若至古，古应有今；古若至今，今应有古"，然而，现实是"今而无古""古

① 《大智度论》有言："须菩提，汝所言是摩诃衍，不见来处，不见去处，不见住处。何以故？须菩提，一切诸法不动故，是法无来处，无去处，无住处。"见《大正藏》第25册，第427页。

而无今"，所以事乃各性住于一世，无所来去。①

第六，结会明不迁。此部分僧肇从宗教实践意义和因果关系的角度来论证"物不迁"义。僧肇认为，将"物不迁"义延引至宗教实践层面有二层重要意义，一是澄明如来昔日一切功绩皆不会消逝，将万世常存。因为春夏秋冬流转、日月星辰变化，即使现象界在飞快流动，但其本质是不变动的，所以佛的功业也是常存无逝、不可朽坏的，所谓"虽在昔而不化"，是继而不迁，从而湛然常住的。②二是论证众生所做的一切善恶行业都不会消逝，早晚会有因果之报应，即"三灾弥纶而行业湛然"③。尔后，僧肇从因果之关系的角度，用"因不昔灭，果不俱因"再次论证"物不迁"义。僧肇说，因为有因才有果，果在今而因在昔，所以因果不同时，果中不包含因，因虽在昔而不灭也不来于今日的果中，这就证明了"物不迁"。既然"因不昔灭""果不俱因"的道理已经非常显明了，又怎么能迷惑于去留，弄不清楚动静呢？若能契合于动静不二的道理，那么"物不迁"的意涵就相当明了了。

在上述正文的展开中，僧肇在动静、古今、去住、真俗、因果等相对范畴的辩证言说中，破除了主动或主静之违背中道"空观"的一边之见，通过引经、指物、遣惑、会教、反常、结会等方式反复论证，阐明千途异唱、不一殊教，只有通晓了即动即静、动静一如的道理，才是真正通达了不执着于一边的中道观念。只有持此般若学的方法，顺从中道空观，才会免于落入偏执于动或静的滞塞之境，而进入动静相即的通途。

---

① 引自［东晋］僧肇：《肇论校释》，张春波校释，北京：中华书局，2010年，第27页。原文是："是以人之所谓住，我则言其去；人之所谓去，我则言其住。然则去住虽殊，其致一也。故《经》云：正言似反，谁当信者？斯言有由矣。何者？人则求古于今，谓其不住；吾则求今于古，知其不去。今若至古，古应有今；古若至今，今应有古。今而无古，以知不来；古而无今，以知不去。若古不至今，今亦不至古，事各性住于一世，有何物而可来去？然则四象风驰，璇玑电卷，得意毫微，虽速而不转。"
② 引自［东晋］僧肇：《肇论校释》，张春波校释，北京：中华书局，2010年，第28-29页。原文是："是以如来功流万世而常存，道通百劫而弥固。成山假就于始篑，修途托至于初步，果以功业不可朽故也。功业不可朽，故虽在昔而不化。不化故不迁，不迁故则湛然明矣。故经云：三灾弥纶，而行业湛然，信其言也。"
③ 佛经上说，虽然经历了水、火、风三灾，但每个人所造下的"业"却是永不可抹掉的。

224

11.3　僧肇时间观念的双重困境

《肇论》以其优美的文辞和精微的思想历来颇受后世学僧的关注，晚明佛教界关于《物不迁论》的大辩论即体现了《肇论》思想的深邃性和深远影响。这场大争辩始于德清在五台山召开的无遮大会，为了公开讲解《华严玄谈》，德清与擅长华严义学的镇澄共同探讨了澄观在《华严经疏钞》中对《肇论》的批评。这一讨论与商榷促使镇澄将《驳物不迁论》撰写成文，对《物不迁论》的思考与驳论凝聚了镇澄多年的关注和心血，所以《驳物不迁论》成稿后，他函请各方交流思想与意见。于是，佛林中各方高僧就《驳物不迁论》之说展开了一场激烈交锋与辩论，引发了中国佛教思想史上一场历时甚久而至关重要的思想论战。[①]

由于德清和镇澄同在唐代清凉国师澄观的著作中，读到过澄观对僧肇《物不迁论》的批评，该批评对晚明争辩有极大的促发作用，可谓分歧之发端，所以在展开晚明论争之前，有必要对澄观诘难"物不迁"义之立论与逻辑进行分析。澄观对《物不迁论》的质疑主要是针对僧肇的以下观点，即"求向物于向，于向未尝无；责向物于今，于今未尝有。于今未尝有，以明物不来；于向未尝无，故知物不去。覆而求今，今亦不往。是谓昔物自在昔，不从今以至昔；今物自在今，不从昔以至今。故仲尼曰：回也见新，交臂非故。如此，则物不相往来明矣"[②]。在这段论里，僧肇通过对"向物"（或"昔物"）与"今物"在"向"（或"昔"）与"今"之阶段里的状态，表明"昔物自在昔""今物自在今"的事实，以阐明昔物不从今至昔，今物不从昔至今的"物不来亦不去"的道理。对于

---

① 在这场论争中，"镇澄首先对《物不迁论》发出疑难，写了《物不迁正量论》。随后，道衡撰《物不迁正量证》，真界撰《物不迁论辩解》反驳镇澄。不久，龙池幻有大师著《物不迁论题旨》《赘语》及《性住释》，申述'性住'与'性空'的相异相即。云栖袾宏、紫柏真可、一幻道人和密藏开禅师都站在道衡的立场上发表言论"。（曹树明：《〈肇论〉研究的回顾与展望》，《文史博览》2007年第6期，第31页。）
② ［东晋］僧肇：《肇论校释》，张春波校释，北京：中华书局，2010年，第17页。

僧肇以上"物不迁"义的论证,澄观指出:"此生此灭,不至余方,同'不迁',而有法体,是生是灭,故非大乘。大乘之法,缘生无性,生即不生,灭即不灭,故迁即不迁,则其理悬隔。然肇公论则含二意,显文所明,多同前义。"①在澄观看来,大乘谈物不迁是从"缘生无性"、生灭齐一的角度讲的,既然万法本性皆空,那么"迁"与"不迁"的意义其实是一样的,所以实则无物迁变。然而,僧肇立论:"既以物各性住而为'不迁',则滥小乘,无容从此转至余方。下论云:'故谈真有不迁之称,导俗有流动之说。'此则以真谛为不迁,而不显真谛之相。若但用于物各性住为真谛相,宁非性空无可迁也。不真空义,方显性空义,约俗谛为'不迁'耳。"②澄观认为,僧肇从物各性住一世的角度来论证不迁,然而既然物有"性住",则必有法体,有法体就违背了真谛之性空之相。如此一来,与大乘以"缘起性空"释"不迁"不同,僧肇的"物不迁"之说因为陷入了"性住"的释法漏洞,而明显违背了中观派"缘起性空"之要旨。所以僧肇《物不迁论》整个思想是兼有大乘小乘之义而更滥同小乘,仍为俗谛。

时至明代,镇澄撰《物不迁正量论③》专文批驳《物不迁论》,他以圣言为依据,运用因明④的方法来证明僧肇"物不迁"的立论和论证是错误的。镇澄对《物不迁论》的反驳以澄观的上述观点为起点,他依据大乘"缘起性空"理论,始终判僧肇的"不迁"为"性住",并批驳"不迁"之说乃"宗似而因非,有宗而无因"的观点。《正量论》中又言:"言宗似者,即所谓不释动以求静,必求静于诸动。又曰,江河竞注而不流,旋岚偃岳而常静等。盖即动而静,即迁而不迁也,以此名宗。与修多罗似之,即《般若》诸法无所从来,去亦无所至。言因非者,修多罗以诸法性空为不迁,肇公以物各性住为不迁。"什么是"宗似"呢?镇澄认为,

---

① 见澄观《大方广佛华严经随疏演义钞》,《大正藏》第36册,第239页。
② 见澄观《大方广佛华严经随疏演义钞》,《大正藏》第36册,第239页。
③ "正量",即"圣言量",是指佛教圣者的权威言论。
④ "因明"含"宗、因、喻"三层逻辑,分别为设立论题、举出论据、提出例证。

《物不迁论》中求静于诸动、即动而求静的"不迁"义，与《般若经》中"诸法无所从来，去亦无所至"的命题是一致的。什么是"因非"呢？即在同一命题下，所使用的理由、提出的依据却是不同的，是错误而不合经意的，因为中观派是以"缘起性空"说来论证万物无有来去、无有动转之"不迁"义的，而僧肇主要是以"事各性住于一世"的"性住"说来论证物之"不迁"义的，这显然是与大乘佛教的经意相违背的。在表明了"性住"不迁与"性空"不迁之宗似而因非之后，镇澄通过批驳"梵志出家"的典故，指出僧肇的"不迁"乃"常见"，"肇师谓昔人不灭不化，性住于昔，但不来今耳。今日之身原自住今，不从昔来，此二俱是常见"①。也就是说，镇澄认为僧肇之所谓"昔不来今"与"今不从昔来"都是陷入了常见。为什么呢？因为"肇公物各性住于一世而不化，便有定物，故违空也……若谓物各性住于一世而不化者，是为定法，定法即有自性矣"②。镇澄认为，当僧肇指出过去之事性住于昔而不迁，今日之事性住于今而不迁来于昔之时，就必然内含着物各有"自性"与"定法"，也就是澄观所说的"有法体"，而"自性""定法""法体"是与般若"性空"之义理相违背的，由此僧肇的"物不迁"义必然堕入到"常见"。方立天先生认为镇澄的观点是有道理的，"应当说，从佛法的角度看，镇澄的论证是合乎逻辑的，是符合大乘佛教教理的"③。

除却上述澄观、镇澄对僧肇《物不迁论》的批驳，该论在晚明还是得到了不少高僧的支持，比如，德清、云栖袾宏等高僧就对镇澄的观点持批判态度。德清晚年撰写《肇论略注》，既是为了总结自身钻研《肇论》的心得，又是为了集结对镇澄的反驳。在《略注》中，德清从禅师亲身证悟的角度展开对镇澄的批驳，即："予阅《正法眼藏》，佛鉴和尚示众，举僧问赵州：'如何是不迁义？'州以两手作流水势。其僧有省……然赵州、法眼，皆禅门老宿，将传佛心印之大老，佛鉴推之，示众发扬不迁之

---

① 镇澄：《物不迁论正量论》，《续藏经》第54册。
② 镇澄：《物不迁论正量论》，《续藏经》第54册。
③ 方立天：《中国佛教哲学要义》，北京：中国人民大学出版社，2003年，第711–712页。

旨，如白日丽天，殊非守教义文字之师，可望崖者。是可以肇公为外道见乎？书此以示学者，则于物不迁义当自信于言外矣。"①表明发扬不迁的要旨，不能仅从教义文字的角度析理辨殊。

另一高僧云栖袾宏虽然也以"性住"为论证焦点，但却得出了和澄观、镇澄等截然不同的观点，云栖袾宏认为，僧肇是深谙大乘"缘起性空"之义理的，这一点从《肇论》之《宗本义》《不真空论》《般若无知论》《涅槃无名论》诸篇中均可读出。在这一认识下，僧肇仍提出"事各性住于一世"以明"不迁"，全是为了逆俗而谈真，恰是为了行经说之"正言似反"的功夫，即对世俗之人"昔物不至今，则昔物长往"的物迁之百异俗见提出反命题，以善巧方便。由此可证，僧肇的物"不迁"义实则并未违背大乘"性空"而不迁之义。云栖袾宏的这一评价从《肇论》的整体立意入手，分析较为客观中肯，也应了僧肇在论中反复提到的"群籍殊文，百家异说"，都是为了谈真逆俗的方便。

以上粗略回顾了晚明时期针对《物不迁论》而起的思想论争，以此展现僧肇时间观的双重困境，各家均有不同侧重与偏颇，论争的主要参与者镇澄和德清以不同观点解读《物不迁论》的立意与举证。德清、云栖袾宏等高僧认为，僧肇以"性住"论"不迁"，并非乖逆了大乘之"性空不迁"的义理，而是为了行言教之便以教化凡俗；而澄观、镇澄则认为，僧肇以"性住"明不迁，是明显地堕入了小乘，是违背了佛法义理的"外道常见"，这样的理解脱离了《肇论》的整体立意而行一家之言，未免有失公允而略显偏颇。正如许抗生先生所言："僧肇的《物不迁论》的根本宗旨，在于打破人们对事物运动的常见（常识之见，世俗之见），而把事物的真实的运动当作假象，当作虚妄之象，从而可以进一步引导人们去打破对事物本身真实存在的执着，以使人们接受大乘空宗的一切皆空的思想。"②

---

① 憨山老人：《憨山老人梦游集》，北京：北京图书馆出版社，2005年，第596页。
② 许抗生：《僧肇评传》，南京：南京大学出版社，1998年，第199页。

11.4　小结

　　总体来看，僧肇《物不迁论》的主旨是破除人们对万事万物、现象实存之或"常"或"断"的执念，目的是开导人们证悟佛教"真理"、论证佛之功业的常存不朽，也为了进一步扩大佛教的思想阵地，可谓宗教实践目的十分强烈。但是，换一种审视角度，在这篇奥义精微的论文中，我们看到了僧肇辟常人之久惑，申"动静不二"之"不迁"义的努力，也窥见了其处于根基地位的独特时间观开出的精神境界。

　　这种时间观的建立是论证"物不迁"义的必然依据，若以经论行言教之便以教化凡俗的功用看，它是自洽的，但如果站在这种佛理教义之外，以辩证的眼光去看待它，那么，不得不说，僧肇的时间观还是有其局限性和不合理之处的。最大的问题是他用"性各住于一世"的结论很容易地消解了时间的存在，由于"昔物自在昔，今物自在今"，时间并不是流动的，事物也并不是在流动的时间中发生变化，而是在每一个时间平面上保持静止。这种方法让我们想到了古希腊芝诺"飞矢不动"的命题，正如芝诺将空间切割成无数瞬点一样，僧肇通过"性住"之"不迁"义，僵化地将时间切割成了无数连续又断续的瞬间，这些瞬点各有分野、各守其位，不会交融或渗透，时间于是呈现为"前后际断"的状态。然而，通过澄观、镇澄等高僧对僧肇"物不迁"义的反驳可以看出，站在中观的立场上，这种对凡俗之"常"念与"断"念的消解，恰恰违背了"缘起性空"的义理，也消解了内在于人之生命的时间，"已去""未去""去时"等时间形态或阶段的际断，表明时间只不过是虚幻世界的一种外在形式罢了。这种佛玄并糅的时间体悟形式，在思想史上具有重要意义。

　　一是相对于儒家和老庄而言，僧肇的时间观更系统、更辩证、更富有哲理。儒家时间观注重过去、现在和未来之时间序列的前后承继，注重天命、时运、权命对人的生命延展之意义，对于生死问题有广泛而深刻的思考，时间意识在此时更多呈现出伦理生命价值观的意义；道家时间观承认自然时序的客观存在，主张"顺世应时""放浪大化"，以对外在之客观时间的"屈从"来达到时间内在节律与宇宙绵延时间的契合，时间意识更多呈现出无为玄远的个体生命价值意义。以上两种时间观，无论是将生命的存续延展至彼岸世界，还是将生命节律比附于宇宙时序，都无法根本、彻底地消除人们对时间迁逝的深沉忧虑和死亡焦虑。相比两者，僧肇在指认"缘起性空"的前提下，以"性住"说诠释时间，从根底上以"空"解万事万物、以"空"解时间，引导、度化众生弃绝关于"常"、关于"断"的执念，是对世俗时间之有限性的一种超越。

二是这种时间观对于山水诗境的触发具有一定意义。山水既是人们的生存空间，亦是主体对自然投以关照、寄托人生意义的重要对象。有学者将中古时期诗人的山水体验分为三种，即：汉末魏晋时期感物思迁的山水体验、晋宋以后"寓目身观看"的真山实水和以王维山水小品为代表的禅趣山水。①在不同的体验中，作为客体的山水呈现出"符号山水""实存山水""现象山水"的不同情貌，作为主体的人亦在山水感兴中呈现出"感物迁逝""畅情远游""禅定静观"的不同生命体验，在山水与观者的主—客互动中，这种迥异情貌和生命体验的产生，都与人们的时间意识有着密切关系。"符号山水"阶段，受"物感"诗学传统影响，时间被情感化，山水及其中的虫跃鸟鸣等物态表征着自然时间的流淌，个体生命的内在时间节律与自然时间形成对峙，使人产生强烈的生命迁逝感；"实存山水"阶段，受佛禅思想尤其是僧肇时间观的影响，呈现出了和儒道伦理生命价值观和无为个体价值观全然不同的时间意识，即在"性住"说的规定下，"已去""未去""去时"等时间阶段呈现际断状态，以"空"观时的方法论在动静、来去、真俗之间行言教方便，帮助人们打破"常"或"断"的执念，以堪破时间之谜的智慧，将人们的生命情绪转入对真山实水的畅游体验，真正实现对山水物色的实观、静观，达到了空灵自由之生命境界。

---

① 详见詹冬华：《时间视域中的山水诗境——以中古为中心》，《贵州社会科学》2008年第3期，第67页。

结　语
诗歌中的时间意识：多样性与统一性

　　围绕时间的研究大致可以分为两类，一是对时间本质的探讨，多在自然科学和哲学的领域展开，意图在于阐明我们应该如何理解时间本身；另一种是对历史上、思想史上各种时间观念的研究，意在把握我们实际持有怎样的时间观，此种研究将时间作为人类生活生存方式的一个维度而展开。把时间作为一个哲学物理学问题的思考传统，以揭示时间的本质为目的，对于扩宽我们思维的广度和深度，让我们从身处其中而不自知的"混沌"中清醒过来，去思考时间的物理属性，以及时间是有限的还是无限的、是绝对的还是相对的等问题，是非常有意义的。但是，这种纯粹的理论探索往往离开生活本身的具体内容，不会涉及古今中外历史上丰富多样的时间意识，及其对于历史生活的影响。而这些丰富多样的时间意识和观念，深入到了实际生活和文化历史本身，更能直接切中生命存在本身。因此，近几十年来，后一类研究得到了来自社会学、历史学和文化学等方面的支持和加强。

　　诗歌作为表达情感和心灵的艺术，同人的生存状态紧密相连。钱志熙在《唐前生命观和文学生命主题》一书中提到："一部文学史，不仅是文学的艺术发展史，而且也是包含着各种精神、意识的发展史。其中，生命意识发展史正是构成文学史的一个重要成分。"①

---

① 钱志熙：《唐前生命观和文学生命主题》，北京：东方出版社，1997年，引言第1页。

　　基于这样的考量，本书采用第二种时间研究的方式，试图通过对《诗经》《楚辞》、汉乐府、三曹、郭璞、陶渊明、僧肇等先秦至魏晋诗歌中时间意识的考察，展现这一阶段中国古人时间意识的多样性和统一性，揭示一种更为清晰生动、有血有肉的历史生活，以及深沉、悲情而又乐天知命的生命状态。

　　这一历史阶段诗歌中展现的时间意识的丰富多样性表现在，其中的时间意识包蕴着众多迥然相反的特性。最为突出的问题是：时间是否就是单向的、线性的？通常认为，历史的发展是线性的，是渐进、积累和文明进步的过程。而如果是纯粹的循环，历史就没有合法性；而非线性的循环时间观则认为，时间像一个圆圈，世界上万事万物在经历了一个时间周期之后，又回复到原来的状态。在本书所考察的诗歌中，《诗经·豳风·七月》细致描述每年大多月份的具体生活内容，通过物候和天象揭示了时间的线性发展。相比较于《楚辞》，这里没有明显展示循环的时间意识。《楚辞》中则体现的是循环的时间观，其中诸多篇章揭示的时间意识与围绕太阳循环相关。例如《东皇太一》《东君》反映了太阳东升西落的一个昼夜交替循环。《远游》中由"东"而"西"而"南"而"北"的过程，反映了初民对太阳循环的认识的深入。各个篇章里的扶桑、若木、咸池、汤谷、神树等事物的迁移与并存，也是太阳东升西落的神话描述，等等。但是，这种以太阳循环为中心的时间循环，是一种较为单薄的循环时间观。汉乐府中的循环时间观，经由对生命循环的看法而展现出来。生命的循环观必定会导致时间的循环观。相比于循环时间观，这种生命循环观则更为强烈地表达出对死的抗拒和对永恒和不朽的追求。

　　时间意识的统一性则表现在更多的方面。由于不同朝代历史背景、哲学思潮的不同，时间观的统一性并非总是贯穿全部三个时代，常常是两两相交集的状况。

　　第一个统一性表现在"四时成岁"的农耕时间意识上。在古代社会，由于科学知识的匮乏，人们还不能将自己的时间意识从所处的自然存在状态中抽离出来，以作抽象的概括。因为天地万物与人本身成为一体，外在自然世界还没有独立成为人的对象，因而人们尚没有形成对时间概念的抽象认识，普通生民也没有可以用来测量时间的工具。因此，"以日为名"，以物候、天象来判断和把握自然时序，不仅成为展现时间的刻度，还是古人具体的农耕和日常生活本身。这种农耕时间是以天象、物候的运动作为标志的周期变化。《诗经》中就有诸多诗篇是将对自然中的时间意象的感知吟咏成歌，为农耕生活提供客观的时间指南。最著名者是《豳风·七月》，其中的时间记载，便是属于这种素朴的口头流传的农时歌谣，时间在此时被理解为"时令"或者"节令"。另外，《大雅·韩奕》《大雅·泂酌》《周颂·天作》《周颂·思文》《周颂·臣工》《周颂·噫嘻》《周颂·丰年》《周颂·载芟》《周颂·良耜》《周颂·清庙之什》等篇，也记载了当时的农业生活。可以说，《诗经》中的农耕时间被硬生生地载录于册或吟咏成歌，带有很强的实用目的性。这种对农耕时间的经验累积成为先民生活的"指令簿"，在稍后的《月令》系统中，这种自然时序的客观标度时间发展得更为完善。

在本书随后考察的《楚辞》《汉乐府》等诗歌中，自然的时间节律，如春来秋复、秋景婆娑，并没有展示其作为农耕生活指南的"时令"意义，而是被情感化，成为衬托衰败时局和表达诗人幽愤沉郁情致的工具。到了陶渊明，对四时、朝暮、阴晴等自然节律的感受，不仅重新回到了农耕时间的指示层面，成为田园农耕生活的指南，如《劝农》篇所言："气节易过，和泽难久。冀缺携俪，沮溺结耦。相彼贤达，犹勤陇亩。矧兹众庶，曳裾拱手"，丰富的田园耕隐的生活经验赋予了陶渊明解释人的行为和自然现象序列的基础；而且农耕时间在陶渊明那里实现了升华。他在田园诗和诸多劝农诗中所描绘的自然的节律，如"晨出肆微勤，日入负耒还。山中饶霜露，风气亦先寒"（《庚戌岁九月中于西山获早稻》），"春秋多假日，登高赋新诗"（《移居二首》），甚至"草荣识节和，木衰知风厉。虽无纪历志，四时自成岁"（《桃花源诗》），相较于《诗经》时期的农耕时间记载，显得更加活泼泼和信手拈来。农耕时间就是陶渊明据以生活其中的时间，而不是僵化地作为指令的外在存在。所以此时农耕时间对于陶渊明来说，没有时令逼人的压迫感。"时间"不总是表现为一种为农民所用的指令序列，而是可以作为一种世界存在的"形式"而被人独立地体验到其真实性。在《桃花源诗》中，甚至不需要岁历推算的记载，四时更替的自然节律已经了然于心，真正是一种"委运自然"的状态。

第二个统一性是，除了由物候、天象等物体运动标志的周期变化的农耕时间以外，诗歌中的时间意识也包括存在于人类意识之中的流逝，即人们对个体生命迁逝的敏感。个体生命终结的必然性，是诗歌中时间意识中的重要一环。《诗经》中诗人通过祈命永年的方式，间接反映了它们对个体生命终结的恐慌。《楚辞》中诗人通过"仙游"出世的方式，构筑了一个充满玄幻和浪漫的死亡飞升过程。汉乐府的"死亡"认知更加全面和通透，既在慨叹生之短暂与无奈中体味死的必然性，认为死亡是人不可避免的结局；又在此世生命的终结之外，另辟彼岸世界以将人的生命在死后延续，展开了时间意识的另一侧面，即对"彼世性"的关注。而魏晋时期的"三曹"、阮籍、嵇康、陶渊明也讨论生死问题，但是他们的应对方式更加积极、通脱，或是通过建功立业来实现"不朽"，或是于现世存在中泰然地自然体道而无惧"死"的来临。

既然汲汲于生死，那么寻求生命安顿以舒缓对死的恐惧，也就成了诗歌中时间意识的题中之意。复古返璞与穿越到未来，是最常被吟诵的两种安顿方式。复古返璞主要表现为对先王、先贤之德的追念，表达对逝去时间的追述。《诗经》在祭享的远祖崇拜中通往过去的时间，《楚辞》于追怀往古中表达对先贤的遥遥相知之情，陶渊明在《桃花源诗》中构筑理想的生活王国——桃花源，实际上也是代表着他对上古"羲皇之世"的希冀。而穿越到未来通常都是通过"仙游"出世的虚构想象而实现。例如《楚辞》中，诗人在现世存在之"美政"理想的破灭之后，希冀凭借"仙游"出世，到超现实的虚构时空中，去寻求魂归帝丘的灵魂安顿。这种未来的维度本身已经超度到了现实之外。可以说，复古返璞涉及过去，它和穿越到未来一起，通过诗人希冀安顿生命的想象，出现在了"现在"的存在时刻中，于是过去、现在、未来实现了"统一到时"。这里的时间经验触及到了悲观主义的底蕴，因为时间冷酷无情地追逐着我们，为了不至于对现世存在绝望，人们必须学会希冀，或者是复古回返到过去，或者是仙游出世到未来。由此可以看到，在动乱的局势中，时间观产生了两种显然矛盾的后果，对个人时间、生命的不断压缩和倾轧，导致了想象中的生命空间的大规模拓展。

最后，此一时期诗歌中的时间意识与道教、佛教有着密切的关系。以道教为例，道教是东汉时期形成的一种宗教。道教成立之初，以老子为教主，以《道德经》为主要经典。"神异之物，灵而有信"的道，与神秘化了的元气结合，成为道教的基本信仰。道教在发展的过程中，对易学、阴阳五行思想、墨家思想等古代文化思想都有不同程度的吸收，并且还吸收了传统的鬼神观念、巫术和它之前的神仙思想和神仙方术。例如，在燕齐一带鼓吹流行的长生成仙之术，起初并无系统的理论，后来方士利用邹衍的五德终始的阴阳学说加以解释，形成了所谓的方仙道。这些都被道教所继承吸收。所以在本书中所列举的诸多诗歌中，可以经常看到神仙方术之类的修炼功夫。

更重要的是，修道成仙思想是道教的核心。道教的诸多教理教义和修炼方术，都围绕此核心展开，其目的在于成仙而长生。而道教成仙的内容，又分为不出世与出世两个层次，二者表现了不同的时间意识。一种是不出世的成仙信仰，这种信仰反映了帝王贵族对现世生活的富贵淫靡的极度贪恋，目的在于求得肉体的长生不死，以确保永享人间的幸福。葛洪的《抱朴子·论仙》中说："若夫仙人，以药物养身，以术数延命，使内疾不生，外患不入，虽久视不死，而旧身不改。"[①]这里所说的成仙，就是通过炼养而不得病，久活不死。诗歌中描写得道仙人时，常提到的彭祖、安期生，就是此类仙人。所以本书在论及汉乐府中的"服食求仙"的眷生方式时，是将其放在生命的"此世"存在一章中论述，原因就在于通

---

①　［东晋］葛洪：《抱朴子》影印本，上海：上海古籍出版社，1990年，第6页。

过灵丹或妙药的摄取而修行的方式，目的是为了使生命得以延长。这种"求仙"的目标绝不会像早期的仙人那样弃绝现世的浮华生活和荣耀，而是希冀将"仙人不死"的观念投射到现世生活中，以延续世俗的快乐，使其绵延以至不绝，绝不是鲁惟一所认为的"充当通往帝之世界的全新存在之路"。

另一种修道成仙的层次是出世的成仙信仰，指的是肉体离开人世，飞升并永远存在于天上或世外的仙岛仙境。《抱朴子》将仙分为三等，上等是"天仙"，即肉身向仙境的飞升；中等称为"地仙"，即保持肉身的长生不死，并优游于名山仙岛；下等的仙被称为"尸解"，此时肉身难以逃脱死亡的命运，但死后身心能俱为蜕化，永生于天上、仙山。这三等仙虽然肉身的存有形式不同，去往的仙境不同，但同以离开人间为永恒的归宿。原因盖在于人们对现世存在的境遇抱以悲观主义的态度，而宁愿离开人间而永享仙境之乐。比如曹植是曹氏父子中最喜言鬼神、道教、长生、求仙之事的。但统观其意，其对游仙长生之说的态度是经历了一个变化的，即早期他是反对方士，否定长生之说的。其后由于固守藩国，不得归京，自表陈请屡遭漠视的原因，其思想遁入了追踪仙人，继而由仙而隐的立场之中。郭璞《游仙诗》因"坎壈咏怀"以抒愤俗的情绪而起，但他的确常有得道飞升以成仙的渴望。

至此，从道教这种生命观看出其中独特的时间观，可以说"社会时间在以自己独特的方式感知它、体验它的各阶层，各群体的意识中并不是均匀流逝的，而是像他们所感知、所体验的那样以不同的节律发挥作用。换言之，在每个社会中，不是存在唯一一种'铁板一块的'时间，而是存在一系列由不同过程法则和由不同人群性质控制的社会节律"[①]。换言之，时间意识本身亦在时间中流逝。

概而言之，本书通过还原诗歌中展示的人的生存境况，勾勒出先秦

---

① ［俄］A.J.吉列维奇：《时间：文化史的一个课题》，见［法］路易·加迪等：《文化与时间》，郑乐平、胡建平译，杭州：浙江人民出版社，1988年，第329页。

至魏晋时期诗歌中诸多时间观念的交叠与回响，并由此揭示了诗歌中众多虚拟的想象、历史叙事和情感，以及处事方式和生命态度，突显诗歌中纷繁的生命主题，展示诗歌中的时间意识的多样性和统一性。这种多样性在于呈现了诗歌中对时间经验中迥然相异的特性，如时间是线性的还是循环的等问题的回答。更重要的是，从时间问题在诗歌中的呈现和变化中，我们试图抓住诗歌中时间意识的统一性，即"农耕时间"的确定与升华；在面对死之必然性而寻求生命安顿时，过去、现在、未来等三重时间维度的"统一到时"；以及时间意识与道教、佛教的密切关系。

不论这些诗歌中的时间意识如何纷繁和复杂，或者充满想象而显得浪漫与虚幻，但就其从根本上内在于人的生命、展示了生活的意义这一点看，它足以成为一个促动人心的参照系。凭借于此，技术时代作为时间的奴隶而存在的人们，或可能寻绎到人与时间关系的真谛。

参考文献

一、主要引用文献

余冠英选注：《乐府诗选》，北京：人民文学出版社，1954年。

隋树森：《古诗十九首集释》，北京：中华书局，1955年。

〔晋〕陶渊明著，王瑶编注：《陶渊明集》，北京：人民文学出版社，1957年。

〔魏〕曹植著，黄节注：《曹子建诗注》，北京：人民文学出版社，1957年。

黄节笺释，陈伯君校订：《汉魏乐府风笺》，北京：人民文学出版社，1958年。

〔魏〕曹操、曹丕著，黄节注：《魏武帝魏文帝诗注》，北京：人民文学出版社，1958年。

〔清〕王夫之：《楚辞通释》，北京：中华书局，1959年。

〔魏〕曹操：《曹操集》（全二册），北京：中华书局，1974年。

〔晋〕陶渊明著，逯钦立校注：《陶渊明集》，北京：中华书局，1979年。

〔宋〕洪兴祖撰，白化文等点校：《楚辞补注》，北京：中华书局，1981年。

〔清〕陈沆：《诗比兴笺》，上海：上海古籍出版社，1981年。

〔魏〕曹植著，赵幼文校注：《曹植集校注》，北京：人民文学出版社，1984年。

〔清〕方玉润著，李先耕点校：《诗经原始》，北京：中华书局，1986年。

〔晋〕郭璞著，聂恩彦校注：《郭弘农集校注》，太原：山西人民出版社，1991年。

〔宋〕郭茂倩辑：《乐府诗集》影印本，上海：上海古籍出版社，1993年。

〔晋〕陶潜著，龚斌校笺：《陶渊明集校笺》，上海：上海古籍出版社，1996年。

〔汉〕王逸注，〔宋〕洪兴祖补注：《楚辞章句补注》，长春：吉林人民出版社，1999年。

蒋见元、程俊英：《诗经注析》，北京：中华书局，2009年。

［晋］曹丕著，魏宏灿校注：《曹丕集校注》，合肥：安徽大学出版社，2009年。

［魏］阮籍著，陈伯君校注：《阮籍集校注》，北京：中华书局，2012年。

二、主要参考书目

1. 中文

姜亮夫：《楚辞今绎讲录》，北京：北京出版社，1981年。

马茂元：《古诗十九首初探》，西安：陕西人民出版社，1981年。

程千帆、沈祖棻：《古诗今选》，上海：上海古籍出版社，1983年。

曹道衡：《中古文学史论文集》，北京：中华书局，1986年。

王瑶：《中古文学史论》，北京：北京大学出版社，1986年。

袁行霈：《陶渊明研究》，北京：北京大学出版社，1997年。

钱志熙：《唐前生命观和文学生命主题》，北京：东方出版社，1997年。

叶嘉莹：《汉魏六朝诗讲录》，石家庄：河北教育出版社，1997年。

朱自清、马茂元：《朱自清马茂元说〈古诗十九首〉》，上海：上海古籍出版社，1999年。

侯外庐：《中国古代社会史论》，石家庄：河北教育出版社，2000年。

刘文英：《中国古代的时空观念》，天津：南开大学出版社，2000年。

李泽厚：《中国古代思想史论》，天津：天津社会科学院出版社，2003年。

罗宗强：《玄学与魏晋士人心态》，天津：南开大学出版社，2003年。

余敦康：《魏晋玄学史》，北京：北京大学出版社，2004年。

余英时：《东汉生死观》，侯旭东等译，上海：上海古籍出版社，2005年。

游国恩：《游国恩楚辞论著集》，北京：中华书局，2008年。

吴国盛：《时间的观念》，北京：北京大学出版社，2009年。

汤用彤：《魏晋玄学论稿》，北京：三联书店，2009年。

刘大杰：《魏晋思想论》，长沙：岳麓书社，2010年。

黄灵庚：《楚辞与简帛文献》，北京：人民出版社，2011年。

章启群：《星空与帝国——秦汉思想史与占星学》，北京：商务印书馆，2013年。

章启群：《论魏晋自然观——"中国艺术自觉"的哲学考察》，合肥：安徽教育出版社，2013年。

〔德〕海德格尔：《存在与时间》，陈嘉映、王庆节合译，北京：三联书店，1987年。

〔法〕路易·加迪等：《文化与时间》，郑乐平、胡建平译，杭州：浙江人民出版社，1988年。

〔日〕小尾郊一：《中国文学中所表现的自然与自然观》，邵毅平译，上海：上海古籍出版社，1989年。

〔德〕顾彬：《中国文人的自然观》，马树德译，上海：上海人民出版社，1990年。

〔法〕保尔·利科：《活的隐喻》，汪堂家译，上海：上海译文出版社，2004年。

〔日〕小野泽精一、福永光司、山井涌：《气的思想——中国自然观与人的观念的发展》，上海：上海人民出版社，2007年。

〔英〕鲁惟一：《汉代的信仰、神话和理性》，王浩译，北京：北京大学出版社，2009年。

〔法〕加斯东·巴什拉：《空间的诗学》，张逸婧译，上海：上海译文出版社，2013年。

〔美〕巫鸿：《黄泉下的美术》，施杰译，北京：三联书店，2016年。

〔美〕巫鸿：《礼仪中的美术》，郑岩、王睿编，郑岩等译，北京：三联书店，2021年。

张祥龙：《中国古代思想中的天时观》，《社会科学战线》1992年第2期。

段德智：《试论孔子死亡思想的哲学品格及其当代意义——与苏格拉底死亡哲学思想的一个比较研究》，《中州学刊》1997年第6期。

张祥龙：《孝意识的时间分析》，《北京大学学报（哲学社会科学版）》2006年第43卷第1期。

章启群：《〈月令〉思想纵议——兼议中国古代天文学向占星学的转折》，载《哲学门》第九卷第二册，北京：北京大学出版社，2009年。

张祥龙：《智慧、无明与时间》，《江苏社会科学》2010年第1期。

2.外文

Lau, D.C. (trans.) , *Mencius*, Harmondsworth: Penguin, 1970.

Michael Loewe, *Ways to paradise: the Chinese quest for immortality*, London; Boston: Allen & Unwin, 1979.

致　谢

随着致谢的起笔，学术生涯的第一本小书即将付梓。本书是在我的博士论文基础上进一步补充、完善而成的，主要改动是增加了第6、7、10、11章等四章内容，增加这几章内容的主要考虑是：阮籍、嵇康为魏晋时期重要玄学家、文学家，二者诗文中丰富的时间意识与养生哲学是此一时期文人生存焦虑与生存悖论的一面放大镜，补充此部分内容对于本书较为全面地呈现先秦至魏晋时期诗歌中时间意识的流变逻辑是十分必要的；谢灵运山水诗中的时间意识具有独特性，尤其是在全景式的山水描绘中线性时间得以展露出空间化的一面，对于我们从时间性维度把握中国人"俯仰自得"的节奏化的宇宙感具有重要价值；而对僧肇《物不迁论》之时间意识的探讨更是必须补充的，它开呈出了佛玄并糅的时间体悟形式，既与儒道时间观、生命观迥然相异，也对魏晋之后山水诗境的触发具有重要意义。

时隔七年，因工作原因，目前教学科研工作的学科支撑、读书写作的氛围习惯已与读博期间有了很大的不同，这使修改博士论文这项工作本身变得比较困难，加之天资聪颖不足、才学亦不力，所以本书的考辨、论证甚或辞章上，都有诸多不尽如人意之处；至于创新与学术贡献，更是唯叹遗憾。若本书还剩些许可读的价值，全都离不开师长和亲朋的帮扶与支持。

要特别感谢我的博士生导师北京大学哲学系章启群教授。我在2007年的保研面试中第一次见到章老师，老师温和的眼神加之冷峻的提问，让我此后几年对他既敬且畏，一学期《西方美学原著选读》的课程，更是在略为忐忑的心情中度过的。2010年，我有幸进入老师门下继续博士阶段学业，得以在教研室活动、课堂和著作之外，接触和认识到了老师学者身份之外更真切的人格，愈是接近，畏惧愈褪去一分，取而代之的是亲切和钦佩。我喜欢听老师聊人生、学术与境遇，很多话虽是闲谈但充满力量，其中深藏的情怀是北大之所以为"北大"的精神，是很多人"长途跋涉"于此来寻找，却被很多人已经或者正在丢弃的东西，浸润于其中，心会踏实，步伐会坚定。"不怕慢，只怕站"，"学术是我们唯一的尊严"，在本书修改完善的过程中，我时常想起老师的这两句话，谢谢老师不离不弃的督促和严谨悉心的指导。

感谢我的硕士生导师北京大学哲学系王锦民教授。王老师谦和且宽容，一头扎进卷帙浩繁的古籍里，做着最精细和踏实的学问。《中国美学》和《目录学》的课程让我受益匪浅，学术的源流与格局经过老师的整理和提点，在我脑里绘制成网，这是思想史研究的根本。

感谢我的入门导师武汉大学哲学学院陈望衡教授，16年前陈老师主讲的《美学概论》课程为我开启了美学学习与研究的窗户。如今，陈老师已近杖朝之年，仍笔耕不辍、教书育人，推动中国环境美学取得与时俱进的发展，即将完成多卷本《中华美学通史》……老师在境界本体论美学、中国环境美学、中国美学史方面的诸多开创性、奠基性著作，为代代后学提供了权威性、规范性学术资源，更为辈辈学人提供了斀文朴学的典范。

非常感谢四川人民出版社的王定宇主任与责编母芹碧女士，感谢王主任对于我几次延期交稿给予的理解与耐心、宽容与鼓励，感谢母芹碧女士专业悉心的编校，本书才得以完整、清晰地呈现在读者面前。

最后，感谢我的爱人和家人，为我提供了一个坚固而有爱的"后方堡垒"，让我能全身心地投入工作；更感谢我最敬爱的父母，他们的一生朴实而辛劳，发肤受用之恩尚无以回报，何况我眉目所及、心灵所至的广阔全由父母的肩背和脊梁扛起。唯有更努力，才有望不负家人的期望与恩情。

本书修改期间，四岁儿子正处于时间敏感期，他常莫名发问，"妈妈，死是什么？人为什么会死？""妈妈，你会死吗？"这些提问让我惊觉，时间感觉是人格的一个基本参数，"时间是什么"——对于人类而言，是一个永远的、未竟的话题。

2021年8月29日于上海松江